# 글길을 따라 걷다

# 글길을 따라 걷다

남소회 소설가 12인의 소설 모음집

정은출판

| 차례 |

# 남산 허리를 휘감는 문향文香

金芝娟(한국소설가협회 이사장)

남산도서관 소설창작반에서 수련하여 등단한 작가들의 모임체 남소회(南小會)에서 처음 출간하는 '글길을 따라 걷다' 상재를 진심으로 축하한다.

필자에게 굳이 격려사를 부탁하는 것은 5년여 소설창작반의 강의를 맡아왔기 때문이겠지만 솔직히 흐뭇하고 뿌듯한 기분이다.

세상에 존재하는 수백 수천 가지 일 중에서 동일한 분야의 그것도 쉽지 않은 글터에 모인 사람들이, 자신들의 갈고 닦은 내적 심상(心像)을 한 둥우리에 담아 간행한 첫 작품집이다. 동호인끼리 작품을 묶는 일이사 흔하지만 한 지붕 밑 둥지에서 수년간 서로 경쟁하여 앞서거니 뒤서거니 등단한 신예작가들의 구성체여서 신선하다.

남산 소설창작반의 수강생 중에는 시나 수필로 이미 등단한 문인이 당초의 꿈이던 소설을 쓰기 위해 도전한 경우가 3분의 1이고 나머지는 오로지 소설을 쓰고픈 욕구로 참여한 문학도로서 그 열정이 뜨겁도록 순수했다. 이론(理論) 강조로 자칫 형식과 테크닉에 치중하여 소설 본질의 감동이 덜할까 우려하여 매시간의 본인 작품 합평(가능한 혹평)과 첨삭, 퇴고 중심의 실기 위주 강좌로 다달이 작품의 수준이 성장함을 보면서, 필자도 나름 보람을 느꼈다.

그러나 이제부터 비로소 시작이라는 특별한 각오가 참여한 저자 12명의 심장에 부조되어야 함은 어찌할 수 없는 진실이다. 세상에 공개되는 내 작품은 독자의 혜안으로 천착되면서 가감없이 평가되기 때문이다.

그러나 경이롭고 희망적인 점은, 이들은 등단을 하고서도 자기들끼리 한 달에 한 번씩 모여 3시간씩 돌아가며 써온 작품으로 합평회를 갖고 선의의 경쟁을 이어서 한다는 것. 인적 구성은 남녀노소 30대부터 80대까지이며 상호간의 소통이 원활하여 삶의 따뜻한 동반자들로 각별한 문우애도 쌓는다.

소설이 삶의 진실을 추출하고 인성(人性)의 조화로 사회나 국가를 구원한다는 대 명제를 놓고 보면, 이들의 자발적인 회동은 지극히 고무적이다. 또한 이들은 나름 남산도서관 소설창작반 출신 작가로서의 긍지도 갖고 있다.

나날이 주옥같은 글로 불쑥불쑥 성장되어 한국 소설 문단의 핵심적인 작가들로 우뚝 부상되기를 바라면서, 남소회의 '글길을 따라 걷다' 출간을 거듭 경하하여 마지 않는다.

2017년 2월

구자숙

충북 괴산 출생

2016년 제47회 한국소설 신인상

단편 「책갈피에 숨은 여우」로 등단

한국소설가협회 회원

kucs0125@naver.com

단편소설

# 책갈피에 숨은 여우

구자숙

도서관 책 반납함으로 책을 밀어 넣는 순간, 미란은 '안 돼!' 소리를 지르며 도리질을 했다. 교통비 명목으로 은행에 넣으려던 오만 원권 1장이 책갈피에 꽂혀 반납함 속으로 떨어져 버린 것이다. 허리를 굽히고 투입구를 더듬었으나 손이 들어갈 리 만무했다. 발을 동동거리다 어문학 실에 전화를 걸었다. 아무도 전화를 받지 않자, 반사적으로 핸드폰 시계를 확인했다. 18시 01분.

"칼퇴네."

미란은 아쉬운 표정을 지으며 반납함 옆구리에 발길질을 해대곤 안내실로 향했다.

"책을 잘못 반납했어요. 반납함 좀 열어 주세요."

"저희 소관이 아닙니다."

"비상 열쇠도 없으세요?"

미란은 안내실 직원에게 볼멘소리로 말하고, 그만 되돌아 나왔다. 일당이 한 방에 날아간 듯 속이 쓰렸다. 내일 아침 다시 들러야지 생각하며 정문을 빠져나왔다.

초저녁 공기가 싸늘했다. 미란은 카키색 야전잠바 주머니 속에 두 손을 찌르고 소월길을 따라 내려갔다. 찬바람을 쐬어서인지 목 안이 칼칼하고 따끔거렸다. 집에 도착한 그녀는 따뜻한 유자차 한 잔을 타서 마시고 잠자리에 들었다.

목 안의 건조함을 느끼며 한밤중에 잠에서 깼다. 창문으로 스며든 가로등 불빛이 방안의 어둠을 희석하고 있었다. 몸을 감싸고 있던 연미색 이불이 희미한 불빛에 젖어 싸늘해 보였다. 몸을 뒤척이며 막힌 코를 킁킁거렸다. 꽉 막힌 콧속처럼 좀체 뚫리지 않는 현실에 두려움이 일었다.

무슨 영화를 보겠다고 고집을 피우며 서울로 겨 올라왔는지, 차라리 지방의 국립대학에서 장학금을 받으며 대학을 졸업했다면 어떻게 풀렸을까?

실속 없이 서울 소재의 대학을 고집했던 것에 대한 후회가 학자금의 빚을 갚을 때마다 여지없이 밀려왔다.

미란이 아르바이트하러 남산 꼭대기를 오르내린 지도 4년째 접어들었다. 시간당 육백 원을 더 준다는 미끼를 덥석 물고 이곳에 들어와 버티고 있지만, 꼬박 여덟 시간을 서서 커피를 내리고, 아이스크림을 푸고, 생과일 주스를 만들고, 바닥 청소며 온갖 허드레 잡일을 한 대가가 고작 백만 원 남짓이다. 매년 최저임금 인상액이 발표될 때마다 희망을 품기보다는 물가상승률에도 못 미치게 오른 최저임금에 몇 백 원 미끼를 덧붙인 근로계약서를 갱신하는 것이 전부였다. 정규직이라면 각종 수당은 물론이고 분기별 상여금 칸에도 두둑한 액수가 채워졌을 일이다. 그러나 삼 년이 지났어도 정규직은커녕, 계약직 반열에도 못 오른 자신의 처지가 안쓰러워 가슴 한편이 생마늘처럼 아렸다.

'죽도 밥도 안 되겠어.'

무슨 대책이라도 강구해야 되겠다는 생각이 들자 미란은 이불 속에서 빠져나왔다. 탁상시계의 야광 시곗바늘이 새벽 두 시를 가리키고 있었다. 거실로 나와 형광등 스위치를 올리자 미처 달아나지 못한 바퀴벌레들이 죽은 척 미동도 하지 않았다. 신발장 옆에 걸어놓은 파리채를 꺼내 들고 일격을 가할 태세였지만 어깨 위로 치켜든 파리채를 내려치지 않았다.

극한 상황에 처해있을 때는 저들처럼 임기응변으로 상대방을 따돌릴 수 있는 그만한 배짱도 필요하다 싶어서였다. 미란은 감기 기운에 몸살기가 겹쳐 옴을 느끼자 다시 방으로 들어와 이불 속을 파고들었다.

'뭘까? 이 막막함은……'

삼십 대 중반에 들어서며 노처녀란 소리를 듣고부터는 피부도 혈색도 포부도 윤기를 잃었다. 그보다도 지하 셋방에서 지지리 궁상을 떠는 자신이 한밤중 처세술에 능했던 바퀴벌레만큼도 못한 것 같아 서글픔이 밀려왔다.

손수레에서 잔치국수라도 말아 팔까? 아니면 아크릴 수세미라도 떠서 온라인 창업이라도 해야 하나? 지난날 하찮게 여겨왔던 소규모 창업 아이템들이 이날 밤 자못 진지하게 다가왔다. 그러나 이 같은 생각도 잠시, 그동안 미란의 가슴속에 잠재해 있던 고고학에 대한 욕망이 끓어오르며, 고대의 유물들을 발견해 보고 싶은 충동이 솟구쳐 올랐다. 그녀의 상상은 이미 한반도를 지나 몽골 알타이산맥 근처의 데니소바 동굴 속을 탐색하며 인류 조상의 새로운 화석을 찾아가고 있을 때, 세찬 바람이 창문을 흔들며 지나갔다. 그 바람 소리에 이 허무맹랑한 고대의 유물들이 쪽박 깨지듯 부서져 내리고, 방바닥에서 올라오는 냉기가 현실의 바람벽을 흔들고 있었다.

아닌 밤중에 잔치국수건, 빗살무늬토기건, 결론은 '비빌 언덕이 없다.'는 점이었다. 이쑤시개 하나도 만들 능력이 없는 주제에, 창업은 무슨 놈의 창업! 다 집어치우고, 지금껏 돌고 돌아 남산 꼭대기까지 올라온 자신의 다양한 아르바이트 이력을 글로 써서 구청 소식지에라도 투고하여 알바칼럼니스트라도 되는 것이 차라리 지름길인 듯했다.

미란은 피식 웃었다. 동네 뒷골목 가정집 대문에 걸려있던 현수막 글귀가 떠올랐기 때문이다. 누군가 노가리 1천 원의 술안주를 내세우며 잔치국수 집을 개업하려던 광고였다. 개업 예정일 보름 전부터 나부끼던 '곳감 먹은 돼지'라는 상호와 '9월 오픈예정'이라 쓰인 현수막은 개업도 하지 못한 채, 그해 겨우내 굳게 닫힌 대문에 걸려 을씨년스럽게 펄럭였다. 동네 간판 삼 년을 못 버티면 망했다고 했던가, 삼 년은 고사하고 개업도 못 해보고 주저앉는 현실에 '벌리지 않는 것이 돈 버는 것'이란 이치쯤은 미란도 잘 알고 있었다. 미란이 이불을 끌어올리며 씁쓸하게 돌아누웠다.

몇 년 전부터 미란은 기간제 아르바이트 외에도 일회성 아르바이트로 억척스럽게 돈을 모았다. 잠들기 전 적금통장을 펼쳐놓고 '종잣돈 모으기'에 최면을 걸었다. 퇴근해서는 밤늦도록 인터넷 댓글을 다는 아르바이트를 했었다. 어떤 땐 개업식 이벤트에 인형 탈을 썼었고, 광화문 광장에 축제가 있으면 안내요원을 했었다. 그 외에도 손톱모델과 결혼식 신부의 친구 역할도 했었다. 어디 그뿐이랴, 방송국 방청석에 앉아 손뼉 치는 일도 했었다. 미란은 수많은 일을 경험하며 요지경 세상을 엿볼 수 있었다.

몇 년에 걸쳐서 학자금 대출을 다 갚고 종잣돈 통장으로 돈이 모이자, 일회성 아르바이트를 대폭 줄이고 번역원에서 받아온 초벌 원고를 타자해주면서 출판에 관하여 관심을 가지게 되었다. 그 후론 퇴근길 도서관에 들러 틈틈이 출판에 관련된 서적들을 탐독했다. 그뿐 아니라

야간에 직장인을 위한 글쓰기 무료강좌가 도서관에서 열리면 빠짐없이 수강하며 자신의 소질을 계발해 왔다.

남산 꼭대기는 지독히 추웠다. 매장 외벽에 걸린 신메뉴 출시용 홍보판이 찬바람에 흔들리며 몸살을 앓더니 강풍 한 방에 떨어져 나갔다.

그날도 아이스크림 판매대 앞에는 전날 판매량을 경신할 기세로 국내외 관광객들이 밀려들었다.

'미친것들 아냐? 길 아래 편의점에 가서 따뜻한 어묵이나 한 그릇 사서 먹을 일이지.'

미란은 오들오들 몸을 떨며 아이스크림을 퍼 댔다. 숙련된 손놀림으로 아이스크림용 종이컵에 180g 정도를 떠내야 했으나, 손이 곱아 제대로 양을 가늠할 수 없었다. 손목밴드를 착용해도 뼛속까지 시리고 시근거렸다. 아르바이트생들의 피와 땀으로 엄청난 부를 챙기면서도 사장은 코빼기 한 번 내민 적이 없었다.

'알량한 웃돈의 아르바이트 자리에 연연해 자신의 인생이 엉뚱한 방향으로 끌려가고 있는 것은 아닌지?'

미란은 새삼 회의에 차올랐다. 교대시간이 되자 화장실에 들러서 부어오른 종아리를 주물렀다.

그날따라 매장 유니폼에 새겨진 세련된 기업 로고가 가증스럽기 짝이 없었다.

라일락꽃이 필 무렵 미란이 사는 반지하 전세방의 계약 만기일이 한 달 남짓으로 다가오고 있었다. 천정부지로 치솟는 전셋값에 많은 세입자들이 서울의 외곽 지역으로 밀려나고 있었다. 미란도 예외는 아닐 듯싶어 걱정이 앞섰다. 행여나 집주인이 깜빡 잊고 계약 만기일을 제때에 챙기지 못하기를 간절히 바랐다. 계약 만기일이 은근슬쩍 넘어가기만 한다면, 주택 임대차보호법의 '묵시적 갱신'이라는 법적 장치하에 자동연장이 되리라 싶었다. 그러나 아침 식사도 시작하기 전에 자지러지게 울려대는 전화벨 소리가 미란의 희망 사항을 싹 뭉개버렸다.

"세입자죠?"

"네. 안녕하세요?"

"아이고, 간밤에 생각이 났지 뭐야. 다음 달 중순이면 전세계약이 만기가 되어 돌아오니 전세금을 올려야 할 것 같아서. 반전세로 돌리려고. 금리가 폭락이니 이자가 붙어야 말이지, 보증금 올려봤자 재미도 못 보고 계약 동안 보증금만 보관하고 있다가 내줄 판이니. 그래서 하는 말인데, 이참에 보증금은 올리지 않고, 인상액 분량의 월세를 추가하려고."

주인은 신이 난 것인지, 짜증이 난 것인지, 애매한 어투로 자신의 감정을 쏟아내며 미란의 반응을 기다리고 있었다.

"생각해보고 전화 드릴게요."

미란은 전화를 끊고 우두망찰 앉아있었다.

'헉! 기가 막혀. 이 세상은 있는 놈들 세상이야! 망둥이가 뛰니 꼴뚜기도 뛴다고, 방안 창틀 벽에 사시사철 곰팡이가 피는 꼴에, 꼴값을 떨고 지랄이네.'

미란은 집주인의 슈퍼 갑질에 숨이 막혀 격하게 내뱉었다. 그렇게 다세대주택의 허름한 반지하 방도 덩달아 춤을 추고 있었다.

집주인의 전화통보를 받은 후부터, 미란은 부동산 사무실을 돌며 여러 곳의 전셋집을 구하러 다녔지만, 원하는 가격대의 전셋집을 찾을 수 없었다. 가는 곳마다 허탕을 치며 부동산 사무실에 연락처를 남기고 돌아서야만 했다.

게다가 시골의 부모님은 지난 겨울 폭설에 딸기재배의 비닐하우스가 무너지고 영농자금으로 빌려 쓴 대금이 그대로 남아 있었다.

십오 년 전, 미란이 고등학교를 졸업하고, 대학 합격통지서와 옷가지를 챙겨 들고 서울행 기차에 몸을 실었을 때만 해도 그녀는 보란 듯이 출세하여 저명한 고고학자가 되어 멋지게 세상을 살아보고 싶은 꿈이 있었다. 그러나 박물관에 사표를 낸 이후로 출세는커녕, 패가 좀체 풀릴 기색이 없었다.

서른 살까지만 해도 수십 곳에 이력서를 내며 구직활동을 했었다. 바늘구멍의 취업 문을 뚫기 위해서 면접관의 감성을 자극할 수 있게 자기소개서를 써 보기도 했었다.

"…… 올해는 내게도 봄이 올 것 같습니다. 그동안 내 곁을 외면하던 봄이 내 등을 두드리고 있습니다. …… 이 봄, 풀 향기처럼 주부들의 식단을 상큼하게 책임지겠습니다." – 도레미 식품부.

또 어느 땐 아주 객관적이고 이성적인 언어로 회사의 미래 향을 들먹이며 자기소개서에 담아 보기도 했으나, 그 역시 돌아오는 건 공허함뿐이었다.

미란이 대학을 졸업하자마자, 박물관의 큐레이터로 입사하여 당당하게 신입사원의 명찰을 달고 근무하던 때도 있었다. 아직 박물관 전시실의 전시유물조차 제대로 파악하지 못한 상태로 갓 두 달을 넘길 무렵, 출근길 버스 안에서 뜻하지 않은 사건이 발생했다. 그때 미란은 하차할 준비를 하며 빽빽한 승객들을 밀치며 출입문 쪽으로 빠져나가고 있었다. 버스가 다음 정거장을 향하여 막 출발하려는 순간, 갑자기 승객 중 한 여자가 소리를 내질렀다.

"소매치기요! 경찰서로 차를 몰아요! 빨리요. 어서요."

승객들은 주위를 두리번거리며 걱정의 눈빛을 발산하더니 금세 벌집을 쑤셔놓은 듯 웅성거렸다.

"안돼요. 출근 시간 늦어요."

승객 중 한 명이 언성을 높이며 물꼬를 트자, 사방팔방에서 이구동성으로 고함을 질러댔다.

"나도요. 문 열어요. 내려요. 아 씨발! 아침부터 재수 없어. 어서요."

버스 문을 쾅쾅 두드리며 내지르는 고함들로 인하여 버스 안은 쓰나미 몰려오듯 아수라장으로 변했다.

"경찰서로 직행합니다."

버스 기사는 승객들을 향하여 짧은 양해를 구하며 액셀러레이터를 밟았다. 두 정거장을 무정차로 지나치며 경찰서 앞에 차를 세웠다.

"아, 이 무슨 70년대의 시츄에이션이야."

미란은 한마디 내뱉곤 바싹 타들어 가는 입술을 잘근잘근 깨물었다.

'아, 망했다. 완전지각이다.'

그녀는 핸드백 속을 더듬어 핸드폰을 꺼내 주머니에 넣었다. 그 날은 입사 후 처음으로 교육담당 큐레이터로서 오후에 거행될 '큐레이터와의 대화'란 주제를 가지고 관람객들과의 만남이 있는 날이었다. 백제의 무늬 벽돌에 대한 고찰을 해보며 관람객들과 대화와 소통을 할 예정이었다. 이날을 위하여 미란은 노트북 컴퓨터를 들고 수십 번 백제 실 내부를 돌며 전시된 무늬 벽돌들을 특징별로 나누고 메모를 해가며 머릿속에 외웠다. 부여 백마강 건너편에서 발견된 산수 무늬 벽돌, 짐승 얼굴 무늬 벽돌, 반룡 무늬 벽돌, 봉황 무늬 벽돌, 연꽃무늬 벽돌, 구름무늬 벽돌들은 바닥에 깔던 부전이 아니라, 벽면을 장식하는 벽전일 가능성이 더 크다고 관람객들에게 강조할 참 이었다.

경찰관들이 버스에 올라와 거수경례하고 우왕좌왕하는 승객들을 포위하며 경찰서 안으로 들어갔다. 그들은 곧바로 상황파악에 들어갔고, 담당 경찰관이 컴퓨터 앞으로 다가앉으며 피해 여성에게 물었다.

"분실 내용이 뭡니까?"

"지갑을 잃어버렸어요. 지갑 속에는 현금 칠십만 원과 신분증, 신용

카드, 그리고 몇 장의 카드 영수증들이 들어 있어요.”

여자는 옆구리가 찢겨 속이 훤히 들여다보이는 핸드백을 턱밑까지 들어 올리며 흥분된 말투로 말했다.

경찰관 서너 명이 조를 이루어 승객들을 일렬로 세우고 소지품 검사를 시작했다. 차례가 되자, 미란이 가방 속의 내용물들을 탁자에 쏟아내자, 소지품들과 함께 낯선 밤색 가죽 지갑이 튀어나왔다. 갑작스럽게 눈앞에 펼쳐진 황당한 사건 앞에, 몹시 당황한 미란은 사색이 된 얼굴을 하고 석고상처럼 얼어붙었다.

“내 지갑이요.”

지켜보던 여자는 눈을 휘둥그레 뜨며 손가락으로 지갑을 가리켰다. 그 여자의 이마와 콧등은 화장발을 뚫고 솟아난 땀방울로 인하여 개기름처럼 번들거렸다.

경찰이 지갑을 열고 내용물을 확인했으나 현금 칠십만 원은 흔적도 없이 사라진 상태였다. 신분증과 신용카드는 그대로 지갑 속에 꽂혀있었다.

시내버스 기사는 승객들을 다시 태우고 돌아갔고, 미란은 경찰의 손에 이끌려 조사실로 들어갔다.

“난 모르는 일이에요. 왜 이 지갑이 내 가방 속에 들어있는지 정말 몰라요. 누군가 나에게 덮어씌운 거예요. 누명이에요. 돈만 빼 가고 그 지갑을 내 가방 속에 몰래 넣은 게 틀림없어요. 억울해요.”

미란은 경찰에게 바락바락 대들 듯 혐의를 부인했다. 그러나 똥통을 뒤집어쓴 듯 경찰의 지문감식 결과 지갑 귀퉁이에서 그녀의 지문이 검출되었다. 경찰은 단호한 표정을 지으며 다시 조사를 시작했다.

“바른말로 대답해요. 이름?”

“……”

미란이 꾸물거리자 “어서요.” 하며 재차 물었다.

"최미란."

"나이: 스물넷, 본적: 경남 하동, 주소: 서울 은평구, 직업: 큐레이터, 주민등록번호, 연락처……"

경찰의 날카로운 물음에 졸아버린 미란이 눈물을 훌쩍이며 하소연을 했다. 그러나 경찰은 그녀의 말에 아랑곳하지 않고 심도 있는 조사를 계속했다.

"정말로, 훔치지 않았어요. 가방 속에서 제 핸드폰을 꺼낸 게 전부예요."

그러나 진술 중에 섬광처럼 떠오르는 것이 있어 그녀는 경찰을 향해 물었다.

"혹시, 핸드폰을 꺼내려고 가방 속을 더듬었을 때 자신도 모르게 지문이 묻었을 수도 있지 않나요?"

"핸드폰을 가방 속에서 꺼낸 게 확실합니까?"

경찰이 정색하며 반문을 하자, 미란이 명료하게 대답했다.

"네."

경찰 조사를 마치고 미란은 바르르 떨리는 손으로 주머니 속의 핸드폰을 꺼냈다. 직장에 전화를 걸어 출근길에 벌어진 돌발 상황을 말하려고 했으나 배터리가 소진되어 켜지지 않았다. 상황은 엎친 데 덮친 격으로 꼬여만 가고 있었다.

한나절을 붙들어 두고도 경찰은 사라진 현금을 그녀에게서 찾아내지 못했다.

그러자 진술의 정황들이 정상참작이 되었는지 경찰은 두 시가 넘어서야 그녀를 귀가 조처시켰다. 결국, 신분이 확실했던 미란은 증거불충분으로 절도혐의는 벗었지만, 큐레이터와의 대화는 이미 산산조각이 나버린 상태였고, 직장에서는 미란에 대한 뜬소문이 일기 시작했다. 시간이 갈수록 소문은 일파만파로 퍼져나갔다. 회사 분위기가 끊임없이 술렁이자 며칠 후 직장에서는 징계위원회가 소집되었고, 그로부터 일주일 후, 그녀는 징계위원회의 의결통보서와 함께 해고통지서를 받았다.

"…… 근로기준법 제35조에 근거하여, 최미란은 1999년 4월 27일 불미스러운 절도혐의에 연루되어 무단결근이라는 개인행동으로 인하여, 박물관의 야심 찬 프로젝트인 '큐레이터와의 대화'란 프로그램을 실행하지 못했습니다. 그동안 쌓아 온 관객과의 신뢰를 무너뜨렸고, 박물관의 이미지를 크게 실추시켰기에 상기 인에게 중대한 책임을 물어 1999년 5월 21일부로 해고됨을 통보합니다. ……"

미란은 징계위원장의 서명이 들어간 해고통지서를 손에 쥐고 화장실에 들어가 소리 내어 울었다.

'아, 이렇게 무너질 수는 없다.'

미란은 눈물을 그치고 박물관 관장실에 면담을 신청했다. 면담하면서 미란은 절도혐의가 추호도 없었음을 강하게 주장했다. 한편으로는 박물관의 이미지를 크게 실추시킨 점에 대해 자신의 잘못을 뉘우치며 선처를 갈구했으나, 해고의 번복은 끝내 이루어지지 않았다. 그녀는 계속되는 징계위원회의 강압을 이기지 못하고 사표를 내 던졌다.

재수가 옴 붙은 격으로 이 사건이 있고 난 뒤부터, 근 십여 년이 지나도록 도무지 취직이 되지 않았다. 해가 갈수록 청년실업이 넘쳐나고 자신은 점차 경쟁에서 멀어지자 스스로 구직활동을 포기할 수밖에 없었다.

미란이 나박김치와 오이소박이와 마른 김 몇 장을 꺼내놓고 아침 식사를 할 때, 느닷없이 책 반납함 속으로 떨어져 버린 여우같은 돈, 오만 원이 떠올랐다. 그날 저녁 감기 기운에 몸살이 겹치지만 않았어도 다음날 일찍 어문학 실에 들러 돈을 찾아보았을 텐데, 몸을 추스르고 나서 뒤늦게 도착해보니, 돈은 이미 사라지고 없었다. 생각할수록 여전히 아깝고 아쉬웠다. 그러나 이러한 마음이 채 가시기도 전에 밥상 옆에 놓아둔 핸드폰이 자지러지게 울렸다.

"부동산입니다. 전세물건이 나왔는데 집을 보시렵니까?"

"위치는요?"

"남산 중턱이요. 의향 있으시면 11시까지 부동산으로 나와요"

미란은 서둘러 식사를 마치고 부동산으로 향했다.

부동산에 도착하여 부동산 아저씨와 함께 산길을 올랐다. 도심에서 멀어질수록 산마을의 집들은 띄엄띄엄 이어져 있었다. 길은 가파르지만 지루하지 않았다. 멀리 산 중턱에 있는 요양병원 간판이 먼 시야에 들어왔다. 부동산 아저씨의 뒤를 따라 비탈진 골목길을 오르며 미란이 투덜댔다.

"겨울에는 어떻게 다녀요? 이 꺆아지른 산길을……"

앞서가던 그가 숨을 헉헉대며 뒤돌아보며 한마디 했다.

"다급하지 않은가 봅니다."

"그런 것이 아니고, 빙판길에서 엉덩방아를 찧었던 기억이 있어서요."

"다들 살아가는 방법이 있겠지요. 이곳도 사람 사는 곳인데."

"……"

멀리서 보이던 요양병원 앞에 다다르자 그는 발길을 멈추었다.

"이 근처인 것 같습니다."

"네? 처음 오세요?"

"그래요. 나도 오늘 아침에서야 국제전화로 연락을 받았어요."

그는 전화상으로 받아 적은 듯한 약도를 주머니에서 꺼내 들더니 병원 맞은편 골목 끝에 있는 허름한 한옥으로 향했다.

집 둘레에 산벚나무들이 군집을 이루어 벚꽃이 하얗게 만발했다. 빈집은 산촌의 외딴집 풍경처럼 고즈넉했다. 뒤쪽 산허리를 감싸고 돌아가는 산책로에서 간간이 행인들의 말소리도 들리는 듯했다. 아직은 개발의 입김이 불어오지 않은 듯 마을 주변의 낡은 집들 사이로 텃밭이 보이고 판자로 지은 개집도 보였다.

"와우, 놀랍네요. 서울에도 이런 곳이 있다니!"

"고도제한에 걸려서 그럴 거예요. 아니면 그린벨트에 묶여 있던가."

그가 마당을 가로질러 현관 앞에 이르자 주머니에서 열쇠를 꺼내 굳게 닫혀있는 현관문을 열었다.

"며칠 전, 한 할머니가 찾아와 이 열쇠를 맡기고 갔어요. 자기 딸이 일본에 있는데 조만간 이 집 문제로 전화할 거라고 하면서 제 사무실의 전화번호를 적어갔어요."

"네, 그렇군요."

"그런데 바로 오늘 아침에 딸이라는 사람한테서 걸려온 전화를 받았어요. 이상하게 아가씨가 제일 먼저 떠오르지 뭐예요. 부동산에 연락처를 남기고 간 사람들이 숱하게 많이 있었는데도 말이에요. 전화상으로 들은 바로는 할머니가 가끔 치매기가 있어 딸이 모셔가야만 하는 처지라 합니다. 세입자가 집을 관리해 주는 조건으로 최소한의 전세금만 받는다고 했어요. 이 집은 한 번도 전세를 내어 준 적이 없다고 했어요. 어떠세요? 집은 낡았지만 10여 년 전의 가격대이니 땡잡았지 뭐예요. 이만한 평수의 한옥 독채가 시내 한복판에 있다손 치면 요즘 시세로 전세 3억이 능가할 거예요. 전셋값이 좀 비싸야지요. 기회가 왔을 때 얼른 잡아요. 타이밍을 놓치면 다른 사람이 언제 계약할지 몰라요."

그가 계약을 성사시키고자 유창한 말솜씨로 설득하자, 미란은 '사기! 아니면 장땡!' 이라고 생각했다. 미란이 당장 반응을 보이지 않자, 부동산 아저씨는 말을 계속했다.

"가전제품과 가재도구들을 그대로 놓고 가니, 버릴 건 버리고, 쓸 건 쓰라고 했어요. 그런데 큰방에 놓여있는 반닫이는 처분해서는 안 된다고 했어요. 할머니가 아끼는 물건이고 손때가 밴 거라 그대로 보관해야 한다는 단서가 붙었습니다. 훗날 딸이 고국에 건너와 이 집을 헐고 건물을 짓는다고 했어요. 숲 속의 갤러리를 짓는다나 뭐라나. 그래도 사람이 계속해서 살았던 집이라 꼴은 우습게 보여도 살만할 겁니다. 산 밑이라 바람이 차긴 해도 도배를 하고 문짝을 새로 갈기만 하면 지금보다는 아늑해 보일 거예요. 주변의 나무들 좀 보세요."

미란이 숨 돌릴 틈도 없이, 부동산 아저씨는 침을 튀기며 말을 덧댔다. 전세를 싸게 내주는 만큼 주인은 그 집에 대해서 수리나 보수를 해줄 의향이 전혀 없음을 분명히 전했다. 특히, 세입자가 집을 관리해 주는 조건이라는 것을 재차 강조했다.

집주변을 둘러본 미란은 산 목련이 피어있는 골목길이 마음에 들었다. 맞은편에 자리 잡은 요양병원이 적막감을 주긴 했으나, 봄볕으로 가득한 집 마당은 평화로워 보였다. 호박이 넝쿨째 굴러 들어온 격으로 현재 사는 전세금만으로도 충분했다. 미란은 이 기회에 완벽하게 환경을 바꿔보고 싶었다.

2주 후, 미란은 폐지 줍는 할아버지에게 자신이 사용해온 반지하 방의 잡동사니 가재도구들을 모두 내어주고 옷가지와 몇 권의 책들만 챙겨 들고 남산 한옥으로 이사를 왔다. 방 두 칸에 거실 겸 부엌이 딸려 있었다. 가전제품들과 가재도구들이 그대로 남아 있었다. 거실의 소파며 텔레비전과 받침대들이 적절히 배치되어 있었다. 모든 것이 새로웠다. 작은방의 책꽂이 속에 몇 권의 낡은 책들도 꽂혀 있었다. 자신의 책들도 그것들 옆에 나란히 꽂으며 낯선 책 한 권을 뽑아 들었다. 무심코 펼친 페이지에서 컵 받침용 코바늘 뜨개도안이 접시꽃처럼 펼쳐져 있었다. 코바늘 뜨개가 유행하던 시절에 할머니가 사용했던 뜨개질 교본인가 싶었다. 또 다른 한 권은 일본어판 디자인 서적 같았다. 책표지에 나부끼는 깃발의 구성이 패기가 있어 보였다. 미란은 특별한 영감이 떠오르는 듯 출판사 이름께를 뚫어지게 바라보았다. 맞다, 출판사! 미란은 희망봉이라도 발견한 듯, 그동안 도서관에서 틈틈이 읽었던 출판에 관한 기록물들을 떠올렸다.

이곳에 이사 오고 나서 불편한 것이 있다면, 병원병실에서 보이는 조망권에 미란의 전셋집도 완벽하게 들어간다는 점이다. 전에 살던 할머니가 마당가에 심어놓은 봉숭아, 맨드라미, 채송화, 붓꽃, 접시꽃 등 토종 꽃들이 앞다퉈 꽃을 피우면 많은 환자와 보호자들이 병원 베란다 창문을 열고 꽃들을 감상하는 것이다. 그러나 다소 불편한 점이 있더라도 전셋집을 횡재한 것 같아 미란의 마음은 한층 밝아지고 있었다.

이사 온 지 1년이 지날 무렵, 자꾸만 출판계 쪽으로 마음이 쏠리자, 그동안 쌓아온 지식을 바탕으로 1인 출판사 창업을 목표로 정했다. 근 한 달여를 사업구상에 매달리며, 초기비용을 최소화하기 위해서 인터넷 정보 검색도 게을리 하지 않았다. 출판업계에서 살아갈 방법을 모색하며 자비출판을 원하는 작가를 찾아내어 출판경험부터 차분히 쌓아야겠다는 방향이 설정되자, 본격적으로 사업에 돌입했다. 방 한 칸을 출판사 사무실로 꾸몄다. 컴퓨터와 복합기능이 딸린 프린터를 구입했고, 팩스도 한 대 놓았다. 사무용 책상과 자신이 앉을 가장 멋있고 세련된 회전의자도 샀다. 미란은 회전의자에 앉아 빙글빙글 의자를 돌려보며 성공한 자신의 모습을 그려봤다.

미란은 관할구청에 출판사 등록신청서를 제출하고 3일 후에 출판사 신고필증을 찾았다. 내친김에 세무서로 가서 사업자등록도 마쳤다. ISBN(국제표준도서번호) 발행자 번호도 발급받았다. 무점포 등록이어서 특별한 구비서류는 필요 없고 임대차 계약임을 증명하려 전세계약서만 제출했다.

구청에 비치된 출판사 등록신청서를 작성할 때 주소와 출판사 이름을 적는 순간, 미란은 감격스러워 온몸이 떨렸다. 호흡을 가다듬고 그동안 심혈을 기울여 지어낸 출판사 이름을 힘주어 써 내려갔다. 호두출판사!

미란이 출판사를 창업하자 엄마의 기는 다시 살아났다. 만나는 사람마다, "응, 우리 딸은 출판사 사장이여, 서울 남산 밑에서 한옥 독채를 얻어서 잘 나가고 있지 라. 고것이 쎄 빠지게 고생을 하더니만 이제 사운이 트이나 벼."

동네 사람들이 그녀의 허풍 섞인 자랑을 들어주며 기특하다는 반응을 보이자 수시로 미란에게 전화를 했다. 한 번은 전철 안에서 미란이 엄마의 전화를 받았다.

"얘야, 이사한 집이 남산 밑이라 했지? 내가 지난주에 어느 예식장엘 갔었는데 그곳에서 옆에 있던 몇몇 하객들이 자기들끼리 하는 이야기를 주서들은 게 있어서 전화하는 게다. 서울에 사는 어느 노인이 죽기 전에 책을 내고 싶어 한다는데 어떻게 하는지 몰라 고심하고 있다고 하더라. 그래서 내가 얼른 끼어들어 서울에 있는 우리 딸이 책 맨그는 회사 사장이라고 했더니, 그 사람 전화번호라고 하면서 적어 주더라. 한번 전화해 보거라. 그라고 이사한 집에도 가 볼 겸, 조만간 서울 한번 갈란다."

미란은 1인 출판사의 매력인 창업비용이 들지 않은 것에 만족을 느끼며, 틈만 나면 문예지를 검색하여 신인작가 위주의 등단 작가들의 정보를 수집했다. 그러나 자비출판의 작가를 찾기가 말처럼 쉽지 않았다. 그동안 글쓰기 강좌에서 습작한 자신의 자전적 소설이라도 출간해서 출판의 경험을 쌓아야 할 판국이었다. 그러나 이도 저도 신통치가 않자, 망설인 끝에 엄마가 불러 준 전화번호로 전화했다.

"여보세요. 책을 내고 싶어 하는 분이신가요?"

"그렇습니다만. 뉘 신지요?"

막 잠에서 깬 듯 노인의 목소리는 탁하게 잠겨있었다.

"네, 출판사 사장입니다."

"아, 뭐 대단한 것이 아니고, 내 신변잡기요."

"일단 한번 만나 뵈어야 할 것 같군요."

"저 대신 제 아들을 보내겠습니다."

약속장소에 도착한 미란은 제라늄 화분이 놓여있는 창가 테이블에 앉았다. 목을 빼고 주변을 두리번거리자, 미리 나와 있던 한 청년이 그녀의 곁으로 다가오며 조심스레 말을 건넸다.

"혹시, 출판사 사장님이신가요?"

"네, 그렇습니다만……"

"제 아버지가 나올 처지가 못 되어 대신 나왔습니다. 읽어 보시고 연락 주세요."

청년은 선 채로 원고 봉투를 전달하고 황급히 나가버렸다. 청년의 뒷모습을 바라보며 미란은 찻잔을 들어 한 모금 마셨다. 재스민 향기가 입안으로 퍼졌다. 그녀는 찻잔을 마저 비우고 원고 뭉치를 가방에 넣었다. 들뜬 기분으로 찻집에서 나왔다. 미란은 집에 도착하여 가슴을 두근거리며 원고를 펼쳤다.

"…… 어릴 적, 나는 친구의 주머니에서 눈깔사탕 하나를 훔쳤다. 그때는 단지 호기심이 발동하여 저지른 행동이지만, 청소년기로 접어들면서 주변의 불량 친구들과 어울려 다니며 소매치기를 하곤 했다. 소매치기의 스릴을 느낄 때마다 도벽의 핏줄이 나 자신에게도 이어지고 있음을 직감할 수 있었다. 아버지가 며칠씩, 혹은 몇 달씩 집을 비우면, 할머니는 아버지가 타지로 일하러 갔다고 말했다. 그러나 할머니의 떨리는 음성과 흔들리는 눈동자를 보면서, 나는 아버지가 경찰서 유치장을 들락거리고 있었다는 사실을 어렴풋이 알고 있었다.

나는 공부에는 전혀 뜻이 없었고, 중학교 문턱도 밟아 보지 못했다. 열일곱 살 때 무작정 집을 나왔다. 거리를 방황하며 청소년기를 보냈다. 호구지책으로 중국집 배달 일을 할 때도 있었으나, 늘 배가 고팠다. 소매치기가 성공할 때마다 통쾌함을 느꼈다.

…… 중략……

손만 내밀면 모든 사람의 지갑이 내 것이 된다고 확신하던 시절, 나는 소매치기를 일삼으며 수많은 사람에게 고통을 주며 살았다. 처음에는 큰돈이 오가는 시골 우시장을 활동무대로 삼아 소매치기 기술을 연마했다. 한 농부가 황소 팔은 돈을 상의안주머니에 넣고 버스 안에서 잠든 사이, 안창 따기 기술로 돈을 몽땅 빼냈다.

그 후에도 몇 번의 성공으로 자신감이 붙자 활동무대를 대도시로 옮겼다. 어떤 때는 은행에서 뭉칫돈을 찾아가는 사람들을 대상으로 퍽치기 기술을 했었다. 버스에서건 길거리에서건 소매치기 기술에 성공할 때마다 짜릿함을 느꼈다.

그런데 내 나이 삼십 대 중반이 되자, 어느 날, 내 가슴속에서도 양심이란 것이 꿈틀대고 있었다. 그것이 점점 고개를 쳐들며 날 비난하듯 내 가슴을 찔러댔다. 나는 뭔가를 깨달은 듯 청담동 예비신부의 혼수비용을 싹쓸이한 것을 끝으로 소매치기를 접었다.

그 후로 근 삼십 년 동안 소매치기 근성을 누르며 살아왔지만, 배움과 학식이 짧았던 관계로 세상살이가 생각만큼 녹록하지 못했다. 그 날도 예순다섯 살의 생일상을 거르고 새벽 인력시장에 나가 일자리를 찾아봤지만, 일거리를 구할 수 없었다. 인력시장에서조차 번번이 젊은 이들에게 밀리고 멸시를 당하자 젊어서 했던 소매치기 충동이 강하게 다시 일었다. 늙어가는 것에 대한 서러움과 현실에 대한 일종의 사회적 반항이었다.

너희가 소매치기의 짜릿함을 알까? '딱! 한 번만.' 나는 고동치는 가슴을 쓸어내리며 그날 그 길로 어릴 적 소매치기의 멤버였던 동료 하나를 불러냈다. 밤늦도록 모의를 하고 의기투합했다. 다음날 출근시간대의 콩나물시루 같은 시내버스에 올라탔다. 나는 그와 2인조가 되어 날카로운 매의 눈빛으로 대상을 물색하던 중 명품짝퉁가방을 들고 있는 뚱뚱한 중년 여자를 먹잇감으로 골랐다. 그간 잊고 지냈던 오래된 수법의 빽 따기 기술을 꺼냈다. 예리한 면도칼로 가방을 찢어 지갑 속의 현금을 꺼냈다. 한탕 치고 한 정거장을 더 갈 때까지도 여자는 둔한 표정이었다. 단물 빠진 지갑을 옆에 있던 한 아가씨 핸드백 속에 게 눈 감추듯 집어넣고 버스 문이 닫히기 직전에 버스에서 내렸다.

그 후, 십여 년 넘게 세월이 흘렀지만, 그때 나의 파렴치한 소매치기 소행으로 인하여 두 여자가 겪었을 고통을 생각하면 살을 에듯 가슴이 아팠다. 그것이 내 인생에서 마지막 소매치기 사건이라 지금까지도 두 여자의 이미지가 생생하게 남아있어 내 마음을 괴롭히기 때문이다. 특히, 세상 물정 몰라 보이던 그 앳된 아가씨에게 누명을 씌운 것이 늘 미안했다.

그 일이 있고 난 뒤부터 경찰에게 붙잡힐지도 모른다는 생각에 남산 골짜기에 숨어들어 살아왔다. 내 나이 여든 살이 넘고 지병이 도져 죽을 때가 되니 그동안 짓눌렀던 고백을 아니 할 수 없다. 공소시효가 끝나고 완전범죄로 지문 하나 남기지 않은 치밀함으로 살아왔지만, 죽기 전 이 무거운 고통을 털어내고 싶다. 수많은 피해자에게 늦게나마 용서를 빌고 싶다……"

미란은 가슴이 떨려 원고를 더는 읽을 수가 없었다. 어안이 벙벙했다. 둔기로 뒤통수를 얻어맞은 듯 뒷골이 댕겼다.

"그놈이 이놈이었네! 내 꿈을 송두리째 앗아간 인간. 내 희망을 망쳐놓은 짐승만도 못한 놈. 악! 죽여 버릴 거야. 악마 같은 놈!"

미란은 숨을 헐떡이며 전화기 버튼을 눌렀다.

"야, 이 악마 같은 놈아! 내 인생 물어내!"

상대방의 말소리도 듣기 전에 소리부터 질렀다.

"누구시죠? 저, 저희 아버지 운명하셨습니다. 전화를 대신 받았습니다."

청년의 목소리가 수화기 너머에서 담담하게 들려 왔다.

"뭐야?"

"혹시, 출판사 사장님이세요?"

"넌, 뭐지?"

"그렇군요. 죄송합니다. 저희 아버지는 출판사에서 전화 오기를 기다리고 있었습니다. 세상에 없더라도 꼭 출판해달라고 부탁하셨습니다. 자비출판비용을 자신의 통장으로 남겨놓으셨습니다. 저에게 출판비용을 대신 전해주라는 유언과 함께요."

"……"

미란은 까무러칠 듯 주저앉으며 말없이 수화기를 놓아버렸다. *

# 김창수

부산 출생
중앙대학교 심리학과 졸업
前 ㈜대우인터내셔널 (前대우무역부문)
2015년 「월간문학」 소설부문 신인상
단편 「카이로의 자스민 청년」으로 등단
2016년 스마트소설집 『네여자 세남자』(共著)
문학의식 공동대표
한국문인협회 회원

# 카이로의 자스민 청년

김창수

카이로의 하루는 항상 더운 바람으로 시작되었다. 오늘 새벽 내가 눈을 떴을 때는 여느 날과는 달리 조금은 공기가 서늘해 있었다. 나는 자리에 누운 채로 벽에 걸린 시계를 보았다. 벽시계의 바늘은 새벽 5시를 가리키고 있었다. 나의 잠을 깨운 것은 사원 쪽에서 들려오는 '아잔' 소리였다. 아직 여명이 남아 있는 새벽에 첫 기도가 시작되면서 들려오는 '아잔' 소리는 새벽마다 나의 잠을 설치게 만들었다.

이곳 카이로의 무슬림 신자는 매일 하루에 5번 예배를 올렸다.

"알라는 위대하다. 나는 알라 외에는 신이 없다고 증언한다. 나는 무함마드가 알라의 사도인 것을 증언한다. 자, 예배에 와라. 자, 성공을 위해서 와라. 알라는 위대하다. 알라 외에 신은 없다."

7절로 된 '아잔' 소리는 은은하게 읊조리는 독경讀經 소리처럼 들을 때마다 내 마음을 차분하게 해주었다. 하지만 오늘 새벽 서늘한 새벽 공기 속에서 들려오는 '아잔' 소리는 다른 날과 달리 내 마음에 불안의 그림자를 드리우고 있었다. 그런 까닭은 어제 저녁 텔레비전 뉴스를 통해서 카이로 람세스광장의 '알파트' 모스크의 진압 작전을 연기한다는 방송을 들었기 때문이라고 생각했다. 카이로의 새벽은 폭풍 전야의 바다처럼 고요했다. 나는 그 고요 속에서 느껴지는 팽팽한 긴장감을 온몸으로 감지하고 있었다.

'아잔' 소리가 그쳤을 때 전화벨 소리가 들려왔다. 이렇게 이른 새벽에 전화를 하는 사람은 어머니가 아니면 한국에 있는 사람들이었다. 현지 시간을 모르고 한국 시간에 맞춰 전화를 할 때가 종종 있었다. 나는 어머니의 모습을 떠올리며 수화기를 집어 들었다.

"그들이 몰려오고 있어요!"

전화선을 타고 들려오는 목소리는 뜻밖으로 메기드였다. 다급하게 들리는 목소리속에는 폭음소리, 소란한 움직임, 알아들을 수 없는 아랍어 등등 잡음이 뒤섞여 있었다. 메기드는 어디론가 급하게 이동 중인 듯 목소리가 희미하게 잡음을 타고 들려왔다.

"무슨 일이야?"

나는 소리를 질렀다. 그러나 전화기 속에서는 아무 소리도 들려오지 않았다. 메기드에게 무슨 일이 생긴 것이 분명했다. 나는 마음이 점점 불안해졌다.

"메기드! 메기드! 메기드!"

메기드를 애타게 부르고 있는 내 목소리는 그때 다시 들려오기 시작한 '아잔' 소리에 덮였다.

"아~앗!"

그때 아무 소리도 들리지 않던 전화기 속에서 메기드의 외마디 비명이 들려왔다

"왜 그래? 메기드! 메기드! 내 말 안 들려요?"

나는 또다시 메기드를 정신없이 불렀다. 하지만 대답은 없었다. 조용해졌다. 내 손에서 스르르 힘이 빠지면서 들고 있던 전화기가 카펫 위로 떨어지면서 뒹굴었다. 자세한 상황을 파악할 수는 없지만 지금 메

기드는 위험한 상황에 빠져 있는 것은 분명했다. 그런 메기드를 위해 내가 해줄 수 있는 것은 현실적으로는 아무것도 없었다.

내가 카이로에 온 것은 1년 전이었다. 착륙 직전 비행기 창문으로 내려다 봤던 카이로는 '캄신'으로 자욱하게 덮여 있었다. 사막 속의 도시인 카이로에서, 도시 속의 사막이 보였다. 카이로 시내로 들어 왔을 때는 3월이면 사막에서 불어오는 모래바람인 '캄신'이 안개처럼 자욱하게 시야를 가로막고 있었다. 바로 앞에 있는 물체도 알아볼 수 없을 정도로 시정거리가 짧았다. 그런 '캄신' 속에서 카이로는 얼마 전 중동 전역으로 불어 닥친 '자스민 혁명'의 물결을 타고 전 지역이 전쟁터와 같았다. 혁명의 꿈에 부풀어 목숨도 아깝지 않다고 생각하는 사람들이 있는가 하면, 혁명의 성공과 상관없이 오랜 군정에 지친 나머지 표정이 잔뜩 굳어 있는 사람들도 있었다. 그들은 이 혁명이 어느 쪽의 승리로 끝날지 알 수 없었지만 오래 전 자신들을 착취했던 영국인들이 스핑크스 코의 일부를 잘라버린 것에 대해 무감각해진 것처럼 역사는 그렇게 흘러가리라 생각하는 것 같았다.

카이로에 도착한 나는 외국인들이 밀집해 살고 있는 '메다니'에 짐을 풀었다. 저녁 식사를 하기 위해서 가까운 한국식당으로 갔다. 식당 안에는 사람들이 많았다. 다음 날은 중동의 안식일인 금요일이기 때문인 것 같았다. 나는 자리를 잡고 앉았다. 내가 앉아 있는 탁자의 건너편 자리에는 이집트인처럼 생긴 젊은 남자가 한국인들과 같이 식사를 하고 있었다. 처음 보는 젊은 남자는 밝은 표정으로 웃고 있었지만 눈빛은 뭔지 모를 수심이 짙게 깃들어 있었다. 그 눈빛이 내 가슴속을 쓰윽 파고들었다. 동행했던 한국직원은 줄곧 젊은 남자를 주시하고 있는 나를 보고 쓸데없이 저런 사람들에게 관심을 갖지 말라는 주의를 주기도 했다. 그날 나와 젊은 남자는 그렇게 헤어졌다.

며칠 후 나는 다시 한국식당을 찾아갔다. 한국식당이니 한국 사람이 찾아오는 것은 당연한 일이었다. 그런데 식당 안에는 외국인들도 제법 되었다. 외국인이 한국 식당을 찾아오는 경우는 한국인의 초대해서 오거나 한국의 진한 양념 맛에 중독이 되어서 오는 사람들일 것이다. 나는 식당 주인을 통해 며칠 전 이곳에서 보았던 젊은 남자에 대한 정보를 들을 수 있었다. 이름은 메기드, 카이로 대학에서 신학을 전공하면서 한국 여행사에서 일하는 이집트인이라고 했다. 한국 여행사는 이집트에서 외국인들이 관광가이드를 할 수 없어서 현지에서 관광가이드 자격증을 가진 사람을 채용하고 있었다. 이집트 정세가 이처럼 불안한데도 불구하고 한국 관광객들은 기독교 성지순례라는 명분으로 위험을 무릅쓰고 카이로에 왔다.

나는 한국에서 온 손님과 함께 한국 식당을 갔다. 나는 식사를 마치고 나를 숙소로 데려다 줄 기사를 기다리며 식당 앞에 서 있었다. 그때 나는 우연히 메기드를 또 만났다. 메기드가 먼저 나를 알아보고 수인사를 했다. 나는 어색했지만 여러 번 눈인사를 나누었던 관계로 자연스럽게 아는 체를 했다.

“반갑습니다. 제 이름은 메기드입니다."

메기드의 한국말은 유창했다.

“어디서 한국어를 배웠어요?”

내가 웃으면서 물어봤다.

“한국여행사에서 일한 지 5년이 넘어서 자연스럽게 몇 마디 배웠습니다.”

한국에 대한 관심 때문이 아니라 생계를 위해서 어쩔 수 없이 배운 한국어인 것 같았으나 그런 건 중요한 일이 아니었다. 나는 그날 그렇게 메기드와 정식으로 말을 트는 사이가 되었다. 나는 메기드에게 명함을 건넸다. 외국생활을 하다보면 현지인을 알아 둘 필요가 있었기 때문이었다. 한국 사람에게 호감을 갖고 있는 이집트인들은 더욱 그랬다.

매일 같이 벌어지는 시위로 인하여 나의 카이로 생활은 하루하루가 긴장의 연속이었다. 무장 군인, 경찰들이 거리를 삼엄하게 통제하고 있었다. 집 앞에 서 있는 장갑차는 언제 터질지 모르는 사태에 대비하고 있었고, 곳곳에 기관총을 든 군인들이 서 있었다. 전날도 카이로 '타흐리르'광장에서는 야권 및 시민단체들이 모여 '무르시' 대통령의 권한을 강화한 신헌법 선언문 발표에 항의하는 집회가 열렸었다. 집회는 시위로 번졌다. '무르시' 정권 출범 이후 발생한 가장 큰 규모의 반정부 시위였다. 수도 카이로뿐만 아니라, 알렉산드리아, 수에즈, 포트사이드 등 주요 도시에서 동시 다발적으로 발생하였다. 연일 사상자가 늘어나면서 불안은 가중 되고 있었다.

나는 이집트에 대규모 발전소공사를 수주하여 프로젝트 책임자로 근무하고 있었다. 카이로 인근에 건설하고 있는 발전소는 이집트 정부에서 전력난을 해소하기 위해서 심려를 기울이고 있었다. 발전소 경비를 위해서 많은 인원의 경찰들이 배치되어 삼엄한 경계를 서고 있었다. 하지만 최근의 반정부 시위의 확산으로 경찰 병력이 시위진압으로 차출되면서 치안문제가 발생하였다. 현장소장이 공사 작업이 중단되었다는 보고를 했다. 이미 준공단계에 있어야 할 공기工期가 벌써 6개월 이상 지연이 되고 있었다. 그래서 이집트 전력부장관 면담을 요청한 상태였다. 공기工期가 늘어지면 계약에 따라 그 기간만큼 배상을 해야 했다. 정부 발주 프로젝트는 항상 예상하지 못한 변수로 인해 신경을 쓰지 않을 수 없었다. 이번 장관면담에서는 '불가항력 조항'을 협의하기 위해서였다. 나는 이 문제를 책임지고 해결해야 했으므로 골치가 아팠다. 현장소장이 시내에 있는 나의 사무실로 온 것은 늦은 저녁이었다. 이번 사태에 대해서 전력부장관 면담 자료준비를 하기 위해서였다.

"김 소장! 현장 분위기는 어때요?"

공기工期 연장 문제로 다소 짜증스러운 내 목소리가 사무실 전체로 흘러내렸다.

"현지 폭력배들이 권총을 소지하고 현장 근로자들을 위협하면서 스트라이크를 하라고 합니다. 그러면서 돈을 요구하고 있습니다."

현장 소장은 현지 폭력배들과 경찰들이 내락內諾이 되어 있어서 속수무책 상황이라며 혀를 내둘렀다.

"현장 사진을 찍고 가능한 많은 증거를 채집採集하세요."

나는 대책협의를 끝내고 사무실을 떠나는 현장소장에게 안전에 유의하라는 말도 잊지 않았다.

나는 시간이 꽤 늦어서야 한국식당으로 갔다. 그날도 손님들은 많았다. 그들은 이미 술에 취한 듯 얼굴을 불그스레 붉히고 목청을 높이고 있었다. 한국 관광객들 속에는 늦은 저녁식사를 하고 있는 메기드를 볼 수 있었다. 나는 반가운 마음에 손을 들어 인사를 했다. 메기드도 나에게 손을 흔들어 주었다. 식사를 마치고 식당을 나가던 메기드가 관광객들을 근처 숙소로 바래다주고 시간이 되면 오겠으니 나에게 기다려 달라고 말했다. 메기드가 나에게 무슨 말이 하고 싶어 그러는지 예상할 수 없었지만 흔쾌히 기다리고 있겠다고 대답했다.

"오래 기다렸죠?"

잠시 후 메기드가 친한 친구를 만난 듯 반가운 얼굴로 식당으로 다시 들어왔다.

"이슬람교에서는 술 마시는 것을 금기시 하던데 술을 마셔도 괜찮아요?"

내가 걱정스럽게 물었다.

"저는 곱틱'(Coptic)입니다."

메기드가 앞니를 드러내면서 씩 웃으며 말했다.

'곱틱'은 이집트에서 자생적으로 발전한 기독교인들이었다. 이집트 인구의 10퍼센트가 '곱틱'이라고 했다. 어느 나라나 종교의 자유가 있다고 헌법에 명시가 되어있지만 실제로 대세를 이루는 종교 집단이 그 나라를 지배했다. 그런데 이집트는 역대 대통령들이 '곱틱'이어서 다수의 이슬람교도들이 10퍼센트 '곱틱'에 의해서 지배를 받아 왔다고 말했다. 소수가 다수를 지배하는 것은 매우 특이한 일이었지만 이집트는 그랬다.

"이집트에서 이슬람이 번성할 수 있었던 것은 이슬람의 관대한 교리 때문이었습니다. 일반적으로 이슬람은 굉장히 폭력적이고, 파괴적이라고 생각하지만 소문과 다릅니다. 이슬람의 코란에는 '한 사람의 억울한 죽음은 만 명의 죽음과 무게가 같다'라는 말이 있을 정도로 결코 잔혹한 종교가 아닙니다. 이슬람은 점령지의 주민들에게 이슬람교를 절대 강요하지 않았습니다. 종교의 자유를 허락한 거였죠."

메기드는 신학을 전공하는 학생답게 종교에 대해서 중립적인 입장을 취하고 있는 것 같았다. 기독교와 이슬람이 공존하는 이집트에서 종교적인 갈등이 없었던 시절은 아이러니하게도 식민지 시대뿐이었다. 세계 문명의 발상지라는 자부심을 가지고 있는 이집트 사람들이었지만 종교적 교리로 인해 삶이 파괴되고 있는걸 보면서 메기드는 이집트의 문제를 또 다른 각도에서 비판하고 있었다.

"이집트는 1952년 영국으로부터 독립을 하면서 왕정이 끝났습니다. 1956년 군사 쿠데타가 일어난 이후 3명의 대통령이 모두 군인이었습니다. '무바락' 대통령이 독재정권의 타깃이 되었던 이유는 극심한 부정부패와 민생압제 정권이었기 때문이었습니다."

'자스민 혁명'은 튀니지에서 시작하여 중동지역으로 퍼졌다. 그리고 이웃 국가인 이집트의 '무바락' 정권까지 퇴진시켰다. 2년간의 무정부 상태에서 새로 들어선 것이 이슬람교도인 '무르시' 정권이었다. 55년 만에 민간정부가 그것도 이슬람정부가 들어서면서 '무르시' 대통령은 이슬람식의 신헌법을 추진하였다. 그런 과거로의 회귀에 반대하는 세력들은 그 동안 미국을 배경으로 국부國府를 가지고 있는 '곱틱'이었다. '무르시' 대통령은 결국 군부에 의해서 축출되었다. 메기드가 주장하는 이집트의 비극은 종교적 갈등에 있는 것이 아니라 오랜 군사정권에 길들여진 국민들의 무기력이라고 말했다. 한 명의 조련사에 의해 길들여진 여러 마리의 사자들은 무서운 이빨을 드러내면서도 일사불란하게 움직이듯이 그렇다고 말했다. 메기드는 이집트의 그런 현실을 한탄하면서 술을 마셨다. 메기드의 괴로움은 자신이 이집트의 젊은이로서 할 수 있는 것이 아무것도 없다는데 있었다. 나도 그랬었다. 나는 메기드가 하는 말을 들으면서 나의 대학 시절을 떠올리고 있었다.

그때 나는 도서관에서 다음 날 수업시간에 제출할 리포트 준비를 하고 있었다. 자료를 찾아 책상에서 리포트를 쓰고 있었을 때였다. 갑자기 한 남학생이 도서관 안으로 뛰어 들어왔다. 그리고 바로 내 앞의 빈 자리에 앉았다. 남학생은 불안감을 감추지 못한 얼굴로 바깥을 응시하고 있었다. 바로 그때 쿵쿵쿵 하는 발자국 소리가 들리더니 곧바로 도서관 안으로 들이닥쳤다.

"저놈이다! 잡아라!"

한 무리의 경찰과 사복차림의 사내들이 험악한 얼굴을 하고 앞자리에 숨죽이고 숨어 있던 남학생을 찾아내어 무참하게 두들겨 패더니 끌고 나갔다. 남학생의 눈동자는 풀려 있었고, 머리에서는 빨간 핏물이 흘러내리고 있었다. 도서관은 순식간에 아수라장이 되었다. 공포가 가득했던 도서관 한구석에서 누구인가 흐느끼는 소리가 들려왔다. 슬픔이나 두려움의 울음이 아닌 울분을 가누지 못하고 터져 나오는 눈물이었다.

"나쁜 놈들! 인간쓰레기 같은 놈들!"

누군가 울먹이는 소리로 말했다.

동시에 몇몇이 밖으로 뛰쳐나갔다. 그 사람들은 다시 도서관으로 돌아오지 않았다. 내가 도서관을 나왔을 때는 석양이 지고 있었다. 도서관 앞 군데군데 최루탄의 잔재들이 쌓여 있었다. 한국도 이집트처럼 꽤 오랜 세월을 군사 정권 속에서 숨죽이고 살았다. 경제성장이라는 미명하에 많은 젊은이들이 숨을 죽이고 절대 권력에 굴종하면서 살아왔다. 그리고 마침내 젊은이들이 일어났다. 독재타도를 위해 목숨을 건 항쟁을 하기 시작한 것이었다. 그때마다 자유가 있는 민주주의를 요구하는 젊은이들이 희생되었다. 앞이 보이지 않는 터널 속에서 한줄기의 빛을 향해 걸어가는 사람들은 자신들의 나약함에 또 절망을 해야 했다. 나는 대학 시절을 그런 분위기 속에서 보냈다.

내가 메기드를 볼 수 있는 유일한 장소는 한국 식당이었다. 메기드가 한국관광객을 이끌고 식사를 하러 왔을 때 우연히 마주칠 수 있는 시간은 그때뿐이었다. 그날 밤늦게 메기드와 헤어진 나는 한동안 한국 식당에서도 볼 수 없었다. 나는 이집트의 불행한 현실을 안타까워하면서도 밝은 표정을 잃지 않으려는 메기드의 모습이 항상 눈앞에 아른거렸다. 힘든 현실을 살아내는 이국의 한 청년에 대한 연민憐憫은 내 가슴을 아프게 했다. 30년 전에 내가 했던 고민을 지금 메기드가 하고 있다는 것에 동병상련同病相憐의 감정을 느꼈다. 나는 메기드를 더 이상 이국異國 사람으로만 여기지 않게 되었다. 메기드와 연락이 단절된 후 혹시 한국식당에 가면 볼 수 있을까 해서 나도 모르게 찾아가곤 했다. 금방이라도 메기드가 미소를 띠며 한국관광객들과 식당 문을 열고 들어설 것 같았으나 그는 끝내 나타나지 않았다.

아침마다 사막에서 불어오는 뜨거운 바람에 카이로의 생활은 날로 더 힘들어 지고 있었다. 5월의 꽃향기마저도 모래 바람과 함께였다. 멀리 보이는 나일 강에는 유람선들이 떠다니고 있었다. 그날도 비상사태를 선언한 군부세력들은 '무르시'를 지지했던 세력들을 탄압하고 있었다. 많은 사람들이 군부독재 타도를 외치며 거리로 뛰쳐나왔다. 카이로 시내에 있는 '타흐리르' 광장에는 연일 집회가 열렸다. 무슬림들은 알라신의 위대함을 방패로 맞서며 중요한 의무 다섯 가지인 오주五柱를 실천함으로써 알라에게 봉사한다고 생각하고 있었다.

어릴 때부터 늙어 죽을 때까지 하루에도 몇 번씩 '알라에게 나는 알라 이외에 신이 없음을 증언합니다. 또 나는 마호메트가 알라의 사자임을 증명합니다.'라는 고백을 하고 있었다. 매일 달라지는 예배 시각에 하루에 다섯 번 일출, 정오, 하오, 일몰, 심야에 메카를 향해서 예배를 드렸다. 재물을 희사喜捨했으며, 매년 라마단 기간에 단식을 하였다. 이슬람 성지를 순례하기도 했다. 그러면서 모든 일은 알라의 뜻대로 이루어지기 때문에 군부의 무차별적인 폭력에 대항해서 순교함으로써 위대한 알라에게 갈 수 있다고 믿고 있었다. 무슬림들은 알라에 대한 믿음으로 이집트의 상황을 뒤집을 수 있다고 믿고 있는 듯했다. 하지만 군부는 만만치 않았다. 체제의 전복을 원치 않는 군부는 알라의 위대함을 외치는 무슬림들을 향해 밤마다 총을 겨누었다. 알라를 부르는 소리가 커질수록 총소리도 커졌다.

그런 정세 속에서도 시간은 강물처럼 흐르고 있었다. 뜨거운 모래바람이 걷히기 시작하면서 나일강의 물줄기는 조금씩 약해지고 있었다.

날씨가 더워지면서 시위도 조금씩 약해져 가고 있었다. 하지만 시내 곳곳에서는 여전히 알라의 위대함은 건재하다는 것을 보여주기 위한 폭탄이 펑펑 터지고 있었다. 그럴 때마다 비밀경찰들은 폭탄 테러한 사람들을 끝까지 추적하여 자신들이 알라보다 더 위대하다는 것을 보여주었다. 테러로 불안한 시민들에게 정부는 소수의 폭력에 무고한 시민들이 죽어간다는 홍보 전략을 펼치기 시작했다. 많은 사람들이 정부의 말에 솔깃하면서 이제는 자신들이 믿어야 하는 것은 강력한 정부라는 생각을 갖기 시작했다. 그날은 군부가 더 이상의 폭력은 용납을 할 수 없다면서 계엄 선포를 했던 날이었다.

오랫동안 메기드를 만나지 못한 나는 그날도 한국 식당에 있었다. 내가 저녁을 먹고 있을 때였다.

"안녕하세요? 오랜만입니다."

인사를 한 사람은 메기드였다. 그동안 너무 많이 수척해져 버려서 식당으로 들어오는 메기드를 보고도 미처 알아보지 못했다. 메기드는 백기를 들고 항복하는 패잔병처럼 어깨가 축 늘어져 있었다.

"그 동안 어떻게 지냈어요?"

나는 자리에 앉은 메기드의 어깨를 감싸주며 말했다. 메기드의 눈빛은 내가 처음 보았을 때보다 형편없이 지쳐있고 무력해져 있었다.

"타흐리르 광장에서 텐트를 치고 한 달 동안 연좌농성을 하고 있었습니다. 그런데 오늘 새벽에 갑자기 군인들이 들이닥쳐서 텐트를 부수고 주동자들을 체포해 갔습니다."

메기드는 농성을 하는 동안 잠을 제대로 자지 못했는지 눈동자가 빨갛게 충혈이 되어 있었다.

"어제 저녁에 계엄선포를 한다는 소식을 듣고 철수하라는 전달을 받았지만 강경파들은 끝까지 이곳을 사수해야 한다고 했습니다. 오늘 새벽 여명黎明이 밝아 오기 직전에 그들이 들이닥쳤습니다."

메기드는 낮은 목소리로 떨며 말했다. 그는 농성 장소가 아수라장이 되는 걸 보고 필사적으로 도망쳐 나왔다고 했다. 많은 사람들이 개처럼 끌려가면서도 알라의 위대함을 외쳐댔다고도 했다. 자신은 '곱틱'이지만 이집트는 종교를 초월해서 군사정권의 재집권을 막아야 한다고 말했다. 50여 년간 이어온 군부독재의 종식을 위해서 이번에는 반드시 '무르시' 대통령이 정당성을 가지고 민간 정권을 지켜야 한다고 했다. 나는 메기드의 말을 들으면서 또다시 30여 년 전의 일들을 반추하고 있었다.

아무것도 모르고 시작한 캠퍼스 생활이었다. 교정에는 내가 상상했던 낭만이나 자유는 없었다. 학생들은 매일 같이 시위를 하면서 정문 밖을 돌파하기 위해서 애를 썼지만 경찰봉을 들고 서 있는 방패들에 의해서 번번이 실패만 하고 있었다. 매캐한 최류탄 가스만이 우리의 코를 중독 시키고 있었다. 얼마 전까지만 해도 정문 안에서 경찰을 향해 돌을 던지고 있던 학생들이 이번에는 반대로 정문 안의 학생들을 향해 최류탄을 쏘아대고 있었다. 그들 자신의 의지와 상관없이 적들이 되어 있었다. 경찰들은 담을 넘어서 골목으로 우회하여 큰길로 진출하려는 학생들을 잽싸게 잡아서 닭장차에 실었다. 사복경찰들은 교내에서 서클 활동을 하는 선배들을 찾으러 다니고 있었다. 그러한 소문이 퍼지면서 선배들은 잠정적으로 활동을 해체하고 은둔하였다. 그 무렵 나는 영장이 나왔다. 2년간 나와 같이 서클 활동을 하면서 형제처럼 지내온 웅철이는 군대에 입대하는 나를 배웅했다. 군에서 나는 연일 계속되는 폭동진압 훈련으로 지쳐있었고, 폭도들에 대한 분노가 가슴을 폭발시키기 직전이었다. 웅철이는 폭동진압에 지친 우리가 폭도라고 부르는 시위대의 앞 대열에 있었다고 했다. 시위대는 맹수가 되어 성난 목소리로 자유를 부르짖었다. 진압군은 포수가 되어 시위대를 무차별하게 사냥을 했다. 그렇게 포획한 먹잇감의 일부가 웅철이었다는 것을 나는 나중에야 알게 되었다.

내가 웅철이 생각에 잠겨 있을 때 메기드는 식당을 떠났다. 그날 이후 메기드가 내게 전화를 한 것은 '타흐리르' 광장에서 빠져나온 지 며칠이 지난 후였다. 메기드는 이집트의 불행을 막을 수만 있다면 자신이 '곱틱'이라도 알라의 위대함을 인정하고 무슬림들이 알라가 유일한 신이라고 고백하는 일을 받아들일 수 있다고 말했다. 그렇게 해서 이집트인들이 자유와 평화를 얻을 수만 있다면 종교를 문제 삼고 싶지 않다고 말했다. 메기드는 그때 카이로 람세스광장의 '알파트' 모스크에는 수천 명이 모여서 군부독재 종식을 위해서 기도하고 있는 중이라고 말했다.

이슬람교의 모스크는 단지 공동으로 기도 의식을 하는 자유 공간일 뿐이었다. 신상神像이나 제단을 불허하고 신비한 장면, 종교적 의례도 없었다. 모스크는 매우 단순한 구조로 되어 있었다. 건축양식에 특별한 방식과 예식도 없었다. 건물 내부에는 메카의 방향을 나타내는 '끼블라'가 있을 뿐이었다. 교도들은 자리에 앉아 코란을 외면서 예배를 드렸다. 모스크는 내적인 세계를 구현하기 위한 장소로 신분계층에 상관없이 자유롭게 들어갈 수 있었다. 넓은 양탄자를 깐 공간은 그들과 알라와의 유일하게 만날 수 있는 공간이었다. 생과 사가 구분되지 않는 그런 지점이었다.

"지금 여기는 많은 사람들이 침묵 속에서 코란을 외면서 기도하고 있어요. 여기 분위기는 차분하고 사람들도 평화스러워 보여요. 밖에는 수많은 군인들이 총격전에 대비해서 곳곳에 저격수들을 배치한 모습이 눈에 띄고 있어요. 결사의 항쟁을 준비하고 있는 듯 이 곳에 모여 있는 사람들은 전혀 동요가 없습니다."

전화선을 타고 들려오는 메기드의 목소리는 긴장하고 있었으나 침착했다.

지금 알라만이 조국 이집트를 구원할 수 있다고 믿고 있는 사람들 속에 메기드도 함께 있다고 했다.

"당신은 '곱틱'으로 이교도인데 그들이 당신의 진정성을 받아드릴까요?"

'곱틱'들은 의상이나 생김새로 구분이 되었다. 종교의식의 차이가 큰데 쉽게 종교적동화가 될 수 있을지 의문이었다.

"당신의 애국심은 얼마든지 나중에라도 증명할 수 있으니 그 자리를 빨리 빠져 나오세요."

나는 메기드를 재촉하며 말했다. 메기드는 그 어떤 것도 자신의 신념을 무너뜨릴 수 없다고 단호하게 말했다. 이번 군부의 탄압에 대해서 무슨 일이 있어도 물러설 수 없다고 마음을 굳히고 있는 듯했다. 내가 가장 염려했던 것은 그런 메기드가 자칫하면 군부의 스파이로 오해를 받을 수 있다는 점이었다. 나는 메기드가 진심으로 그곳에서 빠져 나오기를 바랐다.

나는 메기드가 걱정이 되었다. 이집트의 문제가 종교와는 무관하다는 것을 증명하기 위해서 그는 '알파트' 모스크로 들어갔던 것일까? 이집트의 과거 정권이 '곱틱'들에 의해서 지배되었다는 것을 부정하기 위해 그는 무슬림과 함께 있었던 것일까?

지난 수십 년간 지구상에는 많은 사람들이 종교적 이념과 정치적 이데올로기 속에서 사라져 갔다. 그들이 원했던 것은 오직 한 가지 역사 속의 진실이었다. 그 진실을 다른 것으로 바꿀 수 있는 것은 아무것도 없다고 믿었을 것이다. 다만 역사 속에서 그들의 희생이 옳았다는 것을 증명해 주기를 바랐을 것이다. 그래서 그들이 치른 희생으로 후세들에게는 더 좋은 세상을 만들어 줄 수 있다고 믿었을 것이다.

메기드의 전화는 그렇게 내 의식 속에 잠재되어 있던 기억들을 자꾸 끄집어내었다. 30여 년 전 광주에서 벌어진 사건이 메기드를 통해서 다시 보이기 시작하면서 나는 웅철이와 박 상병이 못 견디게 그리워졌다.

시위가 극도로 다다랐을 때였다. 새벽 기상 음악에 점호를 위해서 연병장으로 뛰어나갔다. 고참들의 눈초리가 그날따라 이상하게 느껴졌다. 긴장감이 돌았다. 점호를 취하면서 대열을 봤을 때 1개 소대가 없었다. 전날 저녁까지만 해도 같이 식사를 하고 취침 점호 준비를 했었던 소대였다. 이상한 생각이 들었다. 그 소대는 폭동 진압 당시 제일 먼저 출동하는 화학소대였다. 그 소대의 대원들은 자기가 맡은 임무에 대해 누구에게도 발설할 수 없었다. 보안검열에 걸리면 영창을 갈 수 있었기 때문에 항상 보안교육을 철저히 했다. 화학소대가 부대로 복귀한 것은 그날 오후 늦은 시간이었다. 그들은 지친 모습으로 화학 장비를 정리하고 저녁을 먹기 위해서 식당으로 왔다.

"박 상병! 무슨 일이 있었나?"

박 상병은 나와 입대 동기였다. 박 상병은 구수한 전라도 사투리로 나를 항상 웃겼다. 어릴 적 광주 무등산 철쭉, 진달래꽃을 보면서 친구들과 뛰어 놀던 일, 양동시장에서 어머니 손을 잡고 따라가서 맛있는 음식을 먹던 일, 광주도청에 근무하는 아가씨와 사귀다 결국 헤어진 일들을 한편의 소설처럼 이야기 해주었다.

"아무 일 없었어……"

말끝을 흐리는 박 상병의 눈가에는 이슬이 맺혀 있었다. 화학소대가 출동한 일이 있은 지 한 달 후 비상이 풀렸다. 면회와 외박이 다시 재개 되었다. 그동안 영내營內에서는 소문이 떠돌고 있었다. 그 소문의 내용은 화학 소대가 그날 새벽 북악산에 있는 헬기장에서 헬기를 타고 남쪽으로 가는 것을 보았다는 것과 다음 날 광주 사태가 전남도청 진압작전으로 마무리가 되었다는 것이었다. 나는 그날 이후 박 상병이 왜 그렇게 침묵으로 일관을 했는지 알 수가 있었다. 박 상병은 제대할 때까지 재미있는 이야기를 하기는커녕 줄곧 나를 피하면서 침묵으로 일관했다. 박 상병은 제대하면 고향인 광주로 내려간다는 말을 했었다. 그것이 내가 박 상병을 본 마지막이었다.

메기드 생각으로 머릿속이 혼란스러울 때 전화벨이 울렸다. 나는 메기드가 한 전화일지 모른다는 생각에 얼른 수화기를 집어 들었다. 하지만 그 전화는 한국에서 걸려온 전화였다.

"오늘 아침에 뉴스를 보니까 카이로 시내에 있는 사원에서 군인들의 진압작전으로 많은 사람들이 죽었다고 하던데 괜찮으냐?"

내 안부를 걱정하는 어머니의 전화였다. 어머니는 내가 대학에 다닐 때도 그러셨다. 시위대에 참가하지 말라고… 군대에 있을 때는 밖이 시끄러울 때 몸조심 하라고… 그리고 지금 또다시 멀리 있어 눈으로 직접 볼 수 없는 아들을 위해 같은 걱정을 하고 계셨다.

"어머니, 여기는 안전해요. 문제가 있는 지역은 여기서 멀어서 괜찮아요."

나는 그런 어머니에게 30년 전처럼 똑같은 대답을 했다. 어머니는 그래도 안심이 안 되는지 몸조심 하라는 말을 수십 번 되풀이하고 나서야 전화를 끊었다. 내가 메기드에게 하고 싶은 말도 어머니의 말처럼 부디 몸조심하라는 당부였다. 하지만 메기드는 이집트의 군부독재 항거가 종교와 무관하다는 것을 증명하기 위해 '곱틱'이면서도 '알파트' 모스크에서 그렇게 알라에게 영원히 가버렸다.

나와 메기드가 만난 기간은 짧았지만 그때 내가 그를 통해서 맡은 자스민 향기는 지금도 내 영혼 깊이 스며들고 있다. *

# 남상진

2016년 제48회 한국소설 등단
한국소설가협회, 한국문인협회 시분과 회원
고려대학교 수학과 졸업
가톨릭대학교 교리신학원 졸업 선교사
산문집: 『노루목의 솔바람』, 『먼동 터올 때』
시집: 『카푸치노』

# 파묘

남상진

샛바람이 불던 날, 김민우金敏佑는 무심코 한강 상류를 바라보고 있었다. 구름 한 점 없는 하늘이 더없이 맑았다. 가슴 깊이 심호흡을 하려니, 전화벨이 울렸다. 소식이 없던 고향, 선친의 친구 석일규 노인의 전화였다. 노인은 밑도 끝도 없이 갑자기 부모님 산소를 옮겨가라고 했다. 그래도 민우는 인사를 올렸으나 노인은 아랑곳없이 흥분된 목소리로 말했다.

"자네 부모님 묘를 옮겨가게."

민우는 자기 귀를 의심했다.

"어르신 무슨 말씀이십니까?"

"말귀도 못 알아듣는가? 자네 부모의 묘를 파가라는 말일세."

하늘이 무너지는 날벼락 같은 소리였다. 민우는 어이없어 멍하니 서 있었다. 서서히 노인에 대한 분노가 머리끝까지 치솟았다. 그러나 꾹 참고 자초지종을 물었다.

"좀 자세히 말씀하시죠! 아닌 밤중에 홍두깨 내밀 듯 부모님 묘를 파가라니요?"

민우의 입에서 고운소리가 나오기는 어려웠다. 석노인 쪽도 경우는 마찬가지였다.

"아, 댐건설회사에서 그 산 흙을 파가기로 했네. 잔말 말고 속히 묘를 옮기게."

석노인은 아주 당연한 일인 냥 명령하듯 거침없이 말했다. 민우는 아무런 대꾸도 하지 못하고 듣고만 있었다.

"내 말 듣고 있는가?"

노인은 다그쳤다. 민우는 그냥 전화를 뚝 끊어버렸다. 몸에 열이 오르고 가슴이 벌렁벌렁 뛰었다. 말도 안 돼, 민우는 차분히 마음을 가라앉히며, 곰곰이 생각을 정리해 보았다. 몇 해 전부터 고향, 산골마을 사람들은 고랭지채소 재배로 한창 재미를 보고 있었다. 해발 6백50미터에서 7백50미터나 되는 고산지대라 고랭지 채소밭으로는 최적지였다. 해마다 농가소득이 올랐다. 어렵던 사람들이 갑자기 돈맛을 알고부터는 한층 더 기승을 부렸다. 산을 마구 파헤쳐 밭을 만들고는 배추, 무, 양배추, 고추 등을 재배했다. 도시민들과 밭떼기 매매로 유통과정 또한 하루가 다르게 변해갔다. 사람들의 욕심이 하늘을 찔렀다. 그중 한 사람 — 그는 원래 목상 출신 — 인 석노인도 예외는 아니었다. 경우도, 체면도 없다는 소문이 파다했다.

그날 이후, 석노인은 사흘이 멀다 하고, 묘를 파가라며 생떼를 부렸다.

민우는 관할 도청소재지에 가서, 친환경농업과로 찾아갔다. 마침 기반조성계장이 사정을 잘 알고 있었다. 댐의 둑을 만들기 위해선 그곳의 흙이 필요함은 사실이었다. 업자들에게 흙을 파가게 하는 대신 석노인의 산을 농경지로 만들어 달라는 신청이 접수된 것도 확인했다. 문제는 그 곳 산에 묻혀있는 민우 부모님의 산소였던 것이다. 그러나 원체 높고 비탈진 지대라 산의 흙을 다 파간다 해도 물을 끌어올리기엔 부적절한 지형이었다. 때문에 도청에서도 밭(田)은 만들 수는 있으나 논은 만들기가 어렵다고 단정했다. 산소를 옮겨야 한다는 부담만은 덜 수 있었다. 기반조성계의 현장조사결과도 논은 허가해 줄 수 없다는 결론이 나왔다. 자기 욕심이 채워지지 않자, 노인은 민우 부모의 산소 때문이라며 그에게 원망의 화살을 쏘아댔다.

*

몇 해 전이었다. 온 가족이 즐거운 마음으로 나들이를 겸해 고향을 찾아갔었다. 아이들을 앞세우고 아내와 함께 모처럼 산소를 찾으니, 효자 효부가 된 것 같아 하늘을 날듯 기쁨이 부풀었다. 하지만, 호사다마라는 말이 있듯 조금 전의 즐겁던 기분은 도착하자마자 바로 사라져 버렸고, 민우는 그만 깜짝 놀랐다. 산사태를 만난 현장과 맞닥뜨린 듯 파헤쳐진 그 자리에 털썩 주저앉았다. 이게 뭐람. 산소 봉분만 주먹만큼씩 남기고 주변을 파고들어, 배추와 무를 심어놓았던 것이다. 화가 난 민우는 바로 석노인의 집으로 달려갔다. 마침 노인은 집에 있었다.

"어르신, 제 부모님 산소를 어찌하여 저 꼴로 만들어 놓았습니까?"

민우 자신의 생각 같아서는 당장 노인을 쳐들어 패대기라도 치고 싶었다. 펄펄 끓어오르는 심기를 가라앉히기에는 적잖은 인내가 필요했다. 석노인의 반응이 더 가관이었다. 헛웃음이 절로 나왔다.

"산소를 파가라고 해도 그냥 두고 있기에 내가 그렇게 했네."

민우는 더 이상 말이 나오지 않았다. 확 멱살을 잡을 수밖에…….

"당신이 그래도 젊어 한때 내 아버지의 친구였다고 말할 수 있겠소? 세상에 땅이 욕심나고 돈에 눈이 멀었다 해도 이럴 순 없는 법이오. 천벌을 받을 일이지요."

아이들을 냇가에 내려놓은 후 아내 다혜多惠도 참지 못하고 석노인의 집으로 달려왔다. 아무래도 싸움이 더욱 불거질 것만 같아 석노인의 아내와 상의하려 들었다. 부인은 부엌에서 불을 지피고 있었다.

"할머니, 어서 나와서 싸움을 좀 말리셔요. 큰일 나겠어요."

다혜가 석노인의 아내에게 간청하듯 애원을 했다. 할머니는 고개를 푹 숙인 채 아궁이에 솔가지를 푸득푸득 꺾어 넣으며 불을 지필 뿐 들은 척도 하지 않았다. 다급해진 다혜가 부엌으로 들어가 할머니의 손을 잡아 문밖으로 끌어내려 했다. 할머니는 여전히 꿈쩍도 않았다. 부엌아궁이 불길에 얼굴을 붉힌 채 고개를 내흔들었다.

"내 그럴 줄 알았어, 저놈의 늙은이가 죽을 때가 되어 환장을 했나 보오. 그렇게 말렸는데도 저 지경으로 만들어 놓았으니……."

할머니는 말만 그렇게 할 뿐 다혜를 쳐다보지도 않았다. 실망한 다혜는 부엌에서 나와 민우와 석노인의 싸움을 혼자 뜯어 말렸다. 두 사람을 떼어놓자 석노인이 툇마루 끝에 걸터앉았다. 다혜가 승용차에 가서 오렌지주스를 박스째 들고 와 한 병씩 따주면서 노인을 설득하려 했다.

"어르신 정말 사람으로서는 차마 할 수 없는 일을 저지르셨습니다. 그래도 젊어 한때 저희 아버님과 친구 사이로 한 동네에서 사셨다면서요?"

바짝 마른 체구에 얼음장 같이 차고 긴 얼굴의 노인, 다혜는 석노인의 잘못을 질타했다. 민우는 화를 참지 못하고 숨을 벌름거리며 울타리 나뭇가지를 꺾어 질겅질겅 씹어 퉤퉤 내뱉었다. 하늘을 원망하며 부들부들 떨었다.

"개 무덤도 저렇게 하지는 않습니다, 저 사람이 얼마나 가슴 아프겠어요?"

다혜는 노인이 자신의 잘못을 깨우치고 민우에게 사과하도록 간절하게 요청했다.

"입장을 바꿔놓고 생각해 보면 금방 알 수 있는 일이지요. 저세상에 계신 친구 분이 무어라고 하실지 심히 걱정되네요. 지목 변경에 대해서도 말씀드려야겠는데, 어떻게 이 땅을 노인명의의 전으로 변경할 수 있었는지 놀랍기만 합니다."

그녀는 고개를 설레설레 흔들며 노인을 설득하려 노력했다.

"어르신께선 큰 잘못을 저지르셨습니다. 이 일을 민우씨가 관청에 고발하면 몇 사람이 다치는지 아시기나 합니까?"

옆에서 지켜보던 민우가 얼굴을 붉혀가며 고발하겠다고 다그치자, 석노인의 표정이 잠시 마른 무쪽 같이 일그러졌다. 그러고는 마침내 민우에게 사과를 했다.

"미안하게 됐네. 내 생각이 짧았어. 당장 내가 묘소를 원형대로 만들어 놓겠네."

민우 내외는 노인에게서 묘를 원상태로 복구시켜 놓겠다는 약속을 받아냈다.

다혜는 개울에서 놀고 있던 아이들을 데리고 와 함께 승용차에 탔다. 그들이 탄 승용차는 노인의 집을 빠져나왔다. 민우는 지금껏 머리를 쥐어짜가며 가슴 졸여 살아온 세월이 마치 벌을 받는 듯, 죄인의 심정이었다. 다혜는 민우의 아픈 마음을 위로하며 집으로 향했다. 민우에게 이참에 산소를 옮기는 것이 좋겠다는 의견도 넌지시 내 비췄다. 민우는 어림도 없는 소리라며, 말도 못 붙이게 버럭 화를 냈다. 다혜의 말이 한마디도 민우의 귀에 담기지 않았다. 노인에게 어처구니없이 당한 사실이 너무도 화가 났다. 자신이 바보스럽게 느껴져 참을 수가 없었다. 숨을 들이쉬고 내쉴 때마다 그의 가슴이 널뛰듯 요동을 쳤다.

한 달 후, 민우는 다혜와 함께 산소를 다시 찾아갔다. 산소는 달라진 게 하나도 없었다. 민우는 석노인을 만나려고 했으나 석노인은 집을 이미 비우고 없었다. 오래 머물 시간이 없다고 여겨 바로 집으로 향했다. 침묵이 차안을 무겁게 짓눌렀다. 도중 쉼터 휴게실에서 민우는 커피 한 잔을 들었다. 한숨만 푹푹 내쉬다가 무거운 입을 열었다. '부모님 산소를 저렇게 내버려둘 수는 없다.' 당장은 아니더라도 언제고 원상복구 할 것이라 다짐했다. 민우는 부글부글 끓어오르는 화를 이겨낼 길이 없었다. 부모님께 아들로서 못난 모습만 보여드린 것 같아 가슴이 더욱 아팠다.

다음 해 봄 한식 때가 되었다. 사람들을 사서 봉분을 높이고 주위를 돌아가며 잔디 혹은 사철나무를 알맞게 심고, 상석도 마련해 놓았다. 그런데 다혜는 일꾼들이 돌아가며 수군대는 소리를 들었다. '옛날 어른들이, 묵은 산소를 저렇도록 헐고 다시 손질하면 안 된다고 했다. 산화山禍가 나면 집안이 쑥밭이 된다고 했는데, 차라리 파묘해 버리고 말 일이지.' 민우도 수군대는 소리를 들었다. 흔히 하던 일이 잘 안 되면 조상 탓으로 미루는 속설로만 여기며 흘려버렸다. 사토작업이 한창 열을 올리고 있을 때, 민우는 틈을 타 동네 아저씨께 노인의 안부를 물어보았다.

"아저씨, 석노인이 보이지 않아요. 집도 비어 있는 것 같고……"

"아 그 노인 말도 말게."

"……."

"그 노인이 가족들을 데리고 이사를 갔어. 이 동네에서 더는 살 수 없었나봐. 그동안 자네한테도 얼마나 못할 짓을 했는가. 자네 땅도 자기 명의로 바꾸어 놓고 이곳 사람들이 다 안다네 — 자네는 잘 살지 않는가. 베풀었다고 생각하고, 아픈 속맘 훌훌 털어 버리게 — 노인은 얼굴을 들고 살 수 없었던지 야밤에 도주를 했다네."

민우는 석노인이 도망치듯 이사했다는 소리가 어쩐지 꺼림칙했다. 지나간 과거라는 생각이 들자, 노인이 더욱 측은하게 여겨졌다. 사토를 끝마친 민우의 마음은 가벼워질 줄 알았는데, 오히려 더 무겁게 느껴졌다. 천지가 어둠에 스며들면서, 그도 명상에 잠겼다. 어둠 속에서 나뭇잎이 사그락대는 소리가 났다.

*

직장이 먼 곳이어서, 민우는 밤 12시가 넘어야 귀가하는 일이 일상화 되었다. 싸늘한 밤기운이 문틈으로 스며들자 다혜가 뒤척이는 게 느껴졌다. 어둠속에서 그녀의 눈빛이 예사롭지 않았다. 그녀는 평소에도 몸이 허약했다. 피로가 쌓이고 정신적 스트레스가 심했다. 그녀가 살아온 세월의 젖은 흔적 때문인지, 눈에 띄게 잔주름 진 얼굴이 곧잘 창백해지기 일쑤였다. 이즘에는 피곤을 참지 못해 입술이 부풀고 힘없이 눕기도 했는데 감기, 몸살증세 같았다. 매사에 의욕을 잃어갔다. 단란했던 가정이 다혜의 잦은 질환으로 휘청거렸다. 그러나 민우는 직장일에 바쁜 나머지 매사에 자기중심적이고 아이들에게까지 소홀했다. 와중에 7년 동안이나 집안 살림을 자기살림같이 보살펴주던 가정부마저 집을 나갔다. 날이 갈수록 힘들어졌고 숨 조이는 가정사만 쌓여갔다. 아이들의 외할머니마저도 아들을 따라 멀리 이사를 가버렸다. 누적된 가정사 때문일까, 마침내 다혜가 쓰러지고 말았다. 남매의 연락을 받은 민우는 그제야 정신이 번쩍 들었다. 민우는 가까운 병원 응급실로 갔다. 원장이 큰 병원으로 가야한다고 했다. 도립병원으로 옮겨갔다. 응급치료를 받았다. 다혜의 콩팥 한쪽이 급성 염증이란 진단이 나왔다. 핏덩이가 터져 나와 절제수술을 받았다. 다혜는 자신의 병이 적잖이 걱정되었다. 아직 죽을 수가 없다는 생각이었다. 퇴원하기 전에 남은 한쪽 콩팥마저 검사를 다시 받았다.

"다행히도 콩팥 하나를 가지고도 살 수는 있습니다."

의사의 희망적인 말을 듣고 그녀는 가볍게 병실로 돌아왔다. 그런데 아이들의 고모가 두 눈에 쌍심지를 켠 채 흥분했다. 다혜를 보면서, 위로는커녕 파묘하자고 우격다짐을 했다. 민우가 그만두라고 소리쳤다. 한참 망설이던 고모가, 조상 묘에 산화가 나 언니도 죽을지 모른다고 으름장을 놓았다.

"두고 보라지."

고모는 시종 흥분한 채 물색없이 빈정대고는 무슨 생각을 했는지 묘한 눈길로 병실을 두루 한번 살피더니 유령처럼 사라졌다. 병원 측에선, 후유증을 염려해 서울 큰 병원으로 가서 입원치료를 받으라고 권했다. 다혜는 다니던 직장도 그만 두었다. 그러나 가족들을 떠나 입원할 수만은 없었다. 차선책으로 통원치료를 택했다. 민우는 다혜와 두 아이들을 서울세브란스병원 부근으로 이사를 시키고 그는 홀로 그곳 직장에 남았다. 다혜는 매일 내원하면서도 성당을 찾아가 자신의 병이 회복되기를 기원했다. 다행히 아이들은 손쉽게 서울로 전학시켰고, 학교생활도 잘 적응해 갔다.

"자네 부모의 묘를, 파 옮겼는가?"

어느 날, 어디로 이사했는지 몰랐던 석노인에게서 전화가 걸려왔다. 그동안 부모님 산소에 대해서는 까맣게 잊고 있었다. 생뚱맞은 석노인의 전화가 민우의 마음을 또 다시 뒤흔들어 놓았다. 석노인은 아직도 뉘우치지 못했구나! 소름 끼치도록 미운 생각만 들었다. 대꾸할 여유조차 없었다. 석노인과 민우 사이의 힘겨루기에서 민우는 항상 졸렬한 기권뿐이었다. 말 상대가 되지 않았기 때문이다. 더 큰 이유는 인감을 소홀이 다루었던 실수로 인해 자신도 모르게, 네 명의 사람들에게서 재산상 큰 피해를 입은 일이 있었다. 부동산특별조치법(69'~71') 시행 시, 민우의 고모부가 남의 부탁을 받고 찾아 왔었다. 잘 아는 한 사람의 미등기 사항을 정리한다고 해 그 사람을 믿고 인감을 보냈었다. 사후에 자신의 실수를 알았지만 관련자 고모부가 죽었고, 밝혀 봤자 하늘에 침 뱉기였던 것이다. 엎친 데 덮친 격으로 동생이 또 왔다.

"오빠, 나하고 얘기 좀 합시다."

당돌하게 이렇게 말하던 여동생이 뭔가 따질듯 민우와 같이 구석방으로 옮겼다.

"오빠, 더 큰 화를 입기 전에 부모님 산소를 없애도록 합시다."

"너, 쓸데없는 말 자꾸 하려거든 당장 가거라. 전에도 그런 적 있었지. 오랜만에 왔으면 조용히 있다가 갈 것이지."

"오빠, 얼마나 더 혼 줄이 나야 되겠어요?"

"너, 무슨 소리냐. 당장 나가지 못해. 나가라니까."

민우는 상을 찌푸리며 버럭 화를 내었다. 다혜는 아무 말도 할 수가 없었다. 두 사람의 말속에 담겨진 숨은 뜻이 무엇일까 궁금했다. 삿대질까지 마다않는 민우와 고모사이를 보며 다혜는 자신이 모르는 깊은 골이 있으리라는 예감이 왔었다.

"왜들 그래요. 모처럼 만나 점심들 잘 들고."

한참 만에 다혜가 끼어들자

"언니, 저 가요. 오빠, 더 이상 고집부리다가 큰 코 다칠 거야."

고모가 벌떡 일어났다. 다혜가 쫓아갔으나 뿌리치며 가버렸다.

"붙잡지 말라니까. 쓸데없는 말 지껄이는 사람을 왜 붙들어."

민우는 얼굴을 붉혀가며 또 다시 "어서 나가" 라며 큰소리로 외쳤다.

"당신도 좀 참으면 되지. 왜 그런지 몰라. 모처럼 온 고모를 화나게 했어요."

민우는 마음이 쓰리고 아팠다. 온몸이 떨리고 혼란스럽다 못해 어지러웠다. 다음날 다혜는 고모에게서 온 전화를 받았다.

"언니, 오빠는 직장에 갔우?"

"네, 그런데 왜들 만나면 그렇게 화들을 내세요?"

잠시 후 고모가 성난 얼굴로 찾아와 다혜에게

"부모님 산소를 파 없애야 해요. 아버지가 자동차 사고로 돌아가셨댔어요. 우리 집안은 풍비박산 났었지요. 그 화근을 지우지 않으면 아이들한테까지 두고두고 화를 입힐 거래요."

다혜는 웃어넘겼다. 고모는 못마땅한지 억지로 참는 표정을 짓더니 사시나무 떨듯 몸을 부들부들 떨었다.

"지난 봄 산소 손질로 '산화'가 나, 그냥두면 집안이 쑥밭이 된대요. 내가 몇 번이나 말했건만 그 고집통이 오빠……. 언니도 죽을 뻔했잖아! 아이들이 큰 변을 당하면 어떻게 해. 내가 하도 답답하고 끔찍스러워서 유명한 역술원에 가서 알아보았어요. 그 역술원은 서울 장안에서 제일 잘 맞히는 곳으로 유명하다구요."

고모가 내뱉는 섬뜩한 말들이 계속 이어져갔다. 줄줄 내리엮는 그녀의 당당한 말을 듣는 순간 다혜는 등골이 오싹 소름이 끼쳤다.

"고모가 오빠한테 한 번 더 잘 말해 봐요. 저는 고모의 뜻대로 하길 바라요. 무슨 짓을 해서라도 집안이 조용해지면 좋겠어. 고모 왜 이제야 말해요?"

"오빠한테는 삶은 호박에 이도 안 들어가니 언니가 알아서 하세요."

가슴에 못을 콕 박는 아픔을 남기고 고모는 자기 집으로 가버렸다. 토요일이 되어 민우가 일찍 귀가했다. 저녁식사 후 그들 내외는 함께 절두산 성당을 찾았다. 한강변에서 불어오는 시원한 바람이 옷깃을 날렸다. 다혜는 피곤해 보이는 민우의 안면을 살폈다. 그는 직장 일이 제대로 풀리지 않아서인지 몹시 고민스러운 표정이었다. 다혜는 아침나절 고모가 와서 함께 나눴던 이야기를 조심스레 풀어갔다.

두 사람은 오랜만에 얼굴을 맞대고 앉았다. 민우는 다혜가 부어주는 커피 잔을 감싸 쥐었다. 뜨거운 커피의 온기가 손바닥으로 옮겨져 한결 진정되었다. 다혜의 웃는 얼굴을 따라 접혀지는 자잘한 주름에는 그들이 살아온 세월의 결이 엿보였다. 마치 조각가가 새겨놓은 섬세하고도 부드러운 손길의 무늬 같았다.

살갗이 부스스 일어날 듯 시원한 바람이 사방에서 불어왔다. 가파른 언덕, 싱그러운 녹색 숲 사이로 지나가는 꼬리긴 전철이 그림 같아 보였다. 천천히 걸으면서 하늘을 쳐다보는 살가움들, 그것은 그동안 그녀와 민우의 삶속에 허락되지 않는 여유였다. 뿐만 아니라 세상의 모든 자연법칙이 자신에게 호의적이지만은 않다는 사실이, 내내 은밀한 교훈으로 받아들여져 오히려 쾌감 같은 걸, 처음으로 맛보았다.

다혜가 살프시 다가가 그에게 말을 걸었다. 그녀의 예리한 눈에 민우의 너그러움이 묻어났다. 민우가 펄쩍 뛰며 화를 낼 줄 알았으나 오히려 조용히 생각에 잠기는 모습이었다. 아직 여물지 못한 손을 가슴에 얹고 누워있는 아기처럼, 한동안 침묵을 지키던 민우는 잔디밭에 벌떡 드러누웠다. 멀리 당산대교를 오가는 차량 행렬을 보며 한숨을 푹푹 내쉬었다. 다혜는 더 이상 할 말을 잊고 민우의 태도에 신경을 곤두세웠다. 민우는 결심한 듯 벌떡 일어났다.

"좋은 게 좋겠지요. 고모 말 좀 생각해 보았으면 좋겠어요. 무슨 일 나면 두고두고 원망 듣지 않게 이번만은 고모 말대로 합시다."

다혜의 말이 귓가에서 맴 돌았다. 불안스러운 마음은 갈피를 잡기가 힘들었다. 가족의 크고 작은 우환과 여동생의 가시 돋친 이야기를 다시 떠올렸다. 골똘한 생각에 잠겨들었다. 이윽고 강가로 나갔다. 다혜가 그 뒤를 따랐다. 강물 위로 스치는 바람이 잔물결을 일으켜 출렁이는 위로 불빛이 눈부시게 빛을 튕겨냈다.

아들의 소식이 갑자기 날아들었다. 학교공부를 끝마치고 집으로 오던 중, 교통사고를 당해 머리를 다쳤다. 민우는 곧바로 병원으로 달렸다. 아들은 코와 입만 남기고 붕대로 머리를 휘감고 있었는데, 문득 어떤 날 입담 좋은 친구의 대화가 기억났다. '대문밖에 나가는 순간부터 내 목숨은 내 것이 아니다.' 라는 말을 두고 한 말이다. 바람에 날리는 간판에 죽을 수도 있고, 넘어지는 전신주에 치어 죽을 수도 있으며, 주차장이라 해도 다른 차가 벽을 뚫고 들어와 압사당해 죽을 수도 있다는 것. 남의 일로만 여겼는데 사랑하는 내 아들이 당하니, 가슴이 천길 만길 내려앉았다.

민우는 바쁜 걸음으로 의사를 찾아갔다.

"아들이 크게 다쳤으나 뇌에는 이상이 없습니다. 일주일이면 퇴원할 겁니다."

다행히 머리의 외상이라 12바늘을 꿰맸다고 했다. 뇌에는 출혈이 없어 괜찮다는 말을 듣고서야, 한결 마음이 가벼워졌다.

그런데, 그날로부터 며칠이 지나간 후 어느 날이었다. 멀쩡하던 딸이 하교시간도 아닌 이른 시간에 귀가를 했다. 다혜는 '이건 또 무슨 변이야, 어찌 공부가 끝나기도 전에 왜 일찍 집에 왔나 했더니.' 딸은 그만 울음을 터뜨리며

"엄마, 갑자기 칠판의 글씨가 안 보이고 희미했어."

라고 말했다. 딸은 안과를 오가며 수도 없이 검사를 받았다. 결과는 시신경에 급성 마비현상이 나타나고 있다는 것이었다.

"어쩌면 좋겠습니까? 선생님, 시력은요?"

"다행입니다. 조기에 발견되어 치료가 가능하니 걱정 마십시오."

다혜는 두 자녀가 줄줄이 사고가 나자, 불현듯 며칠 전에 고모가 했던 말이 떠오르며 두려워지기 시작 했다. 민우도 자기 자신을 돌아보며 왜 이런 우환이 우리 가족에게 계속 닥치는가? 고민했다. 딸은 결국 안경을 쓰게 됐다. 민우는 이만하기를 다행이라며 감사의 기도를 드렸다.

고모가 또 다시 찾아왔다. 때마침 일요일이라 온 식구들이 한 자리에 모여 함께 점심식사를 할 때였다.

"아니 왜 얘는 안경을 썼우? 언니는 괜찮아요?"

고모가 민감한 낯빛으로 물었다.

"큰 애도 교통사고를 당했어요. 집안에 우환이 떠나질 않네."

고모는 이때다 싶었는지 또 파묘를 해야 한다며 우격다짐이었다. 그런 그녀의 눈에서 언뜻 내비치는 불꽃이 적잖이 당황스러워 보였다. 안색이 심상치 않은 기운을 풍겼다. 그녀는 붙박이장처럼 한 자리에 한참이나 멈춰 서있었다. 민우는 전과 같이 펄쩍 뛰며 화를 낼 수도 없어 침묵만 지켰다. 고모는 억측일 수도 있는 말을 또다시 마구 떠들어댔다. 다혜가 눈살을 찌푸리며 턱짓으로 그의 얼굴을 가리켰다.

"그만 좀 하세요. 오빠의 심중도 헤아려야지요. 그런 억측은 나도 소름끼치네요."

다혜가 듣다 못 해 한마디 했다.

"흥 내 말을 헛되이 들어선 안 된다는 뜻이에요. 더 큰 화가 미치기 전에 묘를 아주 없애야 해요. 이대로 그냥 두면 시집간 딸네까지도 큰 화가 미친답디다."

한마디 휙 날리고 그녀는 가버렸다. 그녀의 날카로운 눈빛을 마주칠 때마다 민우는 세상사의 끝자락을 보는 것 같아 두렵기만 했다. 민우와 다혜는 어이없어 침묵하며 한숨을 쉬었다. 시간은 여과지처럼 고통스럽던 기억들을 걸러내고 정제된 미움과 원망의 감정들만 남아 먹구름처럼 부풀고.

*

민우는 지금껏 살아오는 세월동안, 남달리 조상들의 산소를 지키려 애를 썼었다. 그가 고향을 등지고 갑자기 떠나면서 굳게 결심했던 것 중, 첫 번째로 꼽은 항목이었기 때문이다. 지금은 출가한 여동생의 호소가 너무도 애처롭게 느껴지곤 했다. 결코 지나가는 바람만은 아닌 듯했다. 화석처럼 뜨거운 화살이 가슴에 와 꽂히며, 민우의 마음을 여지없이 압박해왔던 것이다. 끝내 고향 아저씨에게 전화를 걸었다.

"아저씨 제가 여쭈어 볼 말씀이 있는데요, 지난번 아버지 산소 사토할 때 왔던 지관 김씨 아저씨의 전화번호를 알 수 있을까요?"

"가만있자, 좀 기다려보게."

잠시 후 김씨의 전화번호를 돌려받았다. 민우는 김씨에게 전화를 걸었다.

"저 민우입니다. 생각나시는지요?"

"아, 잘 계셨는가. 웬일로 전화를 다 주셨는가?"

"전에 아버지 산소 사토할 때 산화가 나면 큰일이라고 하시던 그 말씀을 자세하게 듣고 싶어서요. 그 말이 무슨 뜻인가 해서요."

"아, 다 지나간 이야기야. 마음에 두지 말게. 새삼스럽게 그 이야기는 왜 묻는가?"

김씨 아저씨는 일방적으로 전화를 뚝 끊어버리고 말았다. 민우는 심중이 심란했다. 그는 몸을 이리저리 뒤집으며 어렵게 잠이 들었다. 눈을 떴을 때, 창밖에 앉아 있던 다혜의 축 늘어진 어깨가 달빛에 흠씬 젖어 있었다. 민우는 아내와 함께 드리워진 심적 고통의 굴레에서 벗어나기를 마음속으로 간절히 바랐다. 순간, 아내의 눈빛 위로 스쳐가던 많은 사연들이 떠올랐다. 그중 어느 것 하나 읽어내지 못하고, 그저 침묵의 시간을 견디고 있는 그녀의 마음을 흐릿하게나마 헤아려 볼 뿐이었다. 갈대처럼 흔들리면서도 쉽게 꺾이지 않는, 오직 그녀의 강인한 정신력에서 비롯된 듯. 꺾일 듯 꺾이지 않고 무너질 듯 무너지지도 않는…….

미움과 증오, 원망에 가려 보이지 않았던 순간들이 하나 둘 벗겨지기 시작했다. 전화를 끊은 지관이 사토할 때 했던 말들을 우선 기억해냈다.

"풍수지리상 그런 자리는 산소를 쓰면 좋지 않은 곳이네. 앞이 확 트이고 아늑하게 산소를 감싸주는 곳, 양지바르고 질 좋은 땅이라야 명당자리라네. 자네 부친 묘 자리는 어디 한 곳이나 좋다고 말할 수 있는 곳이 아니더라고. 앞도 뒤도 그렇고 옆은 낭떠러지 냇가에다가 누가 그런 곳을, 묘 자리로 쓰게 했는지 난 겁이 나더군 그래. 그 자리는 자식도 집도 모두 화를 입어 대가 끊기는 자리라네. 자네도 그간 고생 많았지? 자네가 살아있다는 것이 기적 같다고나 할까."

민우는 마음이 산란하고, 머리가 터질 것 같았다. 며칠간의 고민 끝에 민우는 다혜와 함께 신부를 찾아가 면담을 청했다. 그는 주변에서 일어난 혼란스럽던 일들을 신부에게 솔직히 고백했다. 그동안 쌓인 갈등과 고민을 고백성사 차원에서 다 털어놓았다. 그러자 숨통이 확 트이고 한결 가벼워졌다.

다음날, 때마침 신부가 민우의 집을 방문했다.

"신부님, 부모의 산소를 파묘하여, 선산에다 수목장을 치를까 합니다."

"그러세요, 마음편한 대로 하셔요. 요즘은 사회규범이 많이 바뀌었습니다. 교회도 간편한 장례문화를 허용했고요. 잘 생각했습니다."

생각에 잠겨있던 민우를 보며 신부는 위로의 말을 이어갔다.

"죽음이란 영과 육이 분리되는 순간입니다. 육은 실체를 지녀 눈에 보이지만, 영은 실체가 없어 눈에 띄지 않습니다. 파묘를 한다고 불효하는 것은 아니고, 시간이 나면 더 자주 찾고 대화할 수 있는 공간을 마련한다고 생각하세요."

순간 민우의 머릿속에서 번쩍 깨달음 하나가 떠올랐다. 태초에 흙으로 빚은 후 입김을 불어 넣어 사람이 되었다가, 다시 한줌의 흙으로 돌아가는 우리네 생이 아니던가! 죽음과 동시에 영혼은 떠나가고, 육신

만이 썩어 흙이 된 무덤, 긴 세월 의미 없는 묘만을 지키려고 고통과 갈등 속에서 버텨낸, 자신의 세월 속에서 지난 삶의 허무감에 젖어들었다. 민우가 기도대에 엎드려, 얼마의 시간이 흘러간 뒤였다.

"민우야, 이곳은 음지이고 습하구나. 양지바르고 따뜻한 곳이 그리워."

분명한 어머니의 목소리였다. 하얀 소복을 한 어머니의 쪽진 모습이 나타났다 이내 사라졌다. 꿈이었다. 어머니의 영혼이 민우에게 암시한 듯 섬뜩했다. 민우는 '마음을 비우고 산소자리 만이라도 농부의 손에 넘겨주고, 대신 부모를 영적으로 더 정중히 모시겠다.'고 자신의 심중을 굳혔다. '그래 새로운 장묘문화 공간이 더없이 필요하고, 영적인 만남이 더 중요한 일이지. 이 아이들도 언제 선산을 찾을 것인가.' 그는 날밤을 꼬박 새웠다. 긴 세월 지켜온 조상의 얼을 생각하며 수화기를 들었다.

*

마음 변하기 전에 심중을 굳힌 대로, 산소에서 가까운 장의용역에 통화를 했다.

"묵은 산소를 파묘하려고 합니다, 예약합시다."

민우는 단숨에 용역사와 파묘 날짜를 정한 후 예약을 했다. 파묘키로 약속된 전날 민우는 다혜와 함께 고향으로 갔다. 지나온 세월이 뉘우쳐져 잠을 설쳤다. 잠에서 깨어났을 때다. 새벽 4시를 가리켰다. 칠흑같이 캄캄한 밤, 민우는 서둘러 약속된 장소로 갔다. 장의용역사의 한韓기사와 그가 데리고 온 일꾼 네 명과 만났다.

"날씨가 차고 너무 어두운데 괜찮을까요?"

"엄동설한에도 하는데요 뭐."

민우는 그들과 함께 꽤 먼 부모의 산소로 향했다. 싸늘한 아침, 팔뚝이 소름끼치도록 시렸다. 해발 6백50 미터나 되는 곳의 날씨를 실감했다. 초겨울이 훨씬 넘은 듯 체감온도가 싸늘했다. 산소에 도착하여 한 기사의 토신제가 있었다. 그 후, 민우는 산소 주위를 한 바퀴 둘러본 뒤 가스등을 비추며 손수 장만한 축문을 꺼내 들고 읽어나갔다. 고요한 아침 영혼을 부르는 소리는 의미심장했다. 정성들여 읽는 동안 자신도 감당키 어려운 심경에 빠져 들었다. 영혼이 춤을 추듯 한줄기 바람으로 스쳐 가는지, 때맞춰 나목들도 동참에 동의한다는 듯 바람에 가지가 일렁이었다. 기사들이 묘 한쪽부터 삽질을 시작했다.

"음복을 해야 복을 많이 받는다는데요."

한기사의 말이 떨어지자 모두들 돌아가며 막걸리를 한 대접씩 들이켰다. 팔촌 동생이 감칠맛 나는 국을 내왔다. 차가운 아침 공기가 붉은 햇살에 빨려들어 제 구실을 못했다. 기구 다루는 기사들의 손놀림이 빨라졌다. 뼈를 찾아내는 세공이라 조심스레 다루었다. 유해가 나올만한 곳에선 수석기사 혼자서 보석을 캐는 모습이었다. 관 넓이보다 넓게, 어깨가 빠져나가 활동할 만한 공간을 두며 파들어 갔다. 숨소리도 멎은, 고요한 시간 흰 한지를 폈다. 저승사자를 만나는 모습이 저러리라 싶었다.

나무 빛의 길쭉한 두 개의 뼈를 캐내어 붓으로 미세한 흙까지 털어내는 조심성을 보였다. 그 후부터는 더 조심스럽고 손놀림이 느려져 갔다. 기사의 정성이 돋보였다. 첫 유해가 나오고 일 미터쯤 지나서 턱뼈가 나왔다. 치아의 틀이 원형 그대로 보존되어 있었다. 잠시 후 접시 모양의 보물을 흰 종이 위에 올려놓았다. 전두골이었다. 민우는 기사 가까이에서 눈 여겨 보았다. 기사는 계속 솔질을 하며 신중한 태도였다. 아버지의 유해가 여러 점 나왔다. 노르스름한 고운 색의 유해가 아니고 검게 변색되어 있었다. 가슴이 쓰리고 소름끼치도록 아렸다. 기사들이 짓궂게 노자를 놓으라고 농을 걸었다. 다혜가 주머니를 뒤져

노자를 유해위에 놓았다.

"미리 알았더라면 많이 준비했을 걸, 카드를 그을까요?"

"카드기계가 없어요."

아무도 웃는 사람이 없었다. 대신 옆에 서있던 민우가 노자를 듬뿍 놓았다. 아버지보다 10년 더 먼저 가신 어머니의 산소에서는 뼈가 몇 점밖에 나오지 않았다.

날이 밝아지자 아버지의 뼈는 더 검은 빛을 띠었다. 이렇게 나쁜 토질은 처음 본다는 기사들의 말이 튀어나왔다. 그 순간 민우는 눈을 감았다. 문중의 어른들은 아버지를 선산에 모시라고 했지만, 민우는 어머니 묘 옆에 모셔야 훗날 자신이 쉬이 찾아올 것 같아서였다. 그는 아버지를 어머니 곁에 모시고, 고향을 떠났었다.

민우가 부모의 뼈를 한 상자에 담아 화장터로 향했다. 화장장에서는 한 시간도 채 안 된 시간에 한줌의 재로 변한 유골을 조심스럽게 함에 옮겨 담았다. 민우는 유골함을 안고 선산으로 향했다. 산비탈을 거슬러 산등성이를 오르는 순간 바스락대는 소리가 났다. 숲속에서 비둘기 한 쌍이 길 위로 날아와 민우 앞에서 고개를 까딱이며 앞질러 종종걸음을 걸었다. 마치 길을 안내라도 하듯이 꼬리 깃을 펴가며 날개 짓을 했다. 땅을 쪼아 먹이를 찾아 살피는데, 어디선가 비둘기 떼들이 퍼드덕대며 무리지어 날아왔다. 구구 구구거리며 사이좋게 먹이를 찾는 모습이었다. 흰 비둘기 한 마리가 공중을 휙 날아올랐다. 남은 비둘기 떼들이 먼지를 날리며 일제히 흰 비둘기를 따라 하늘 높이 솟아올랐다. 하늘을 빙빙 돌며 비행무도회를 벌였다. 민우 일행은 신기한 듯 넋을 놓아 맑은 하늘을 쳐다보았다. 그들을 따라 옮겨가던 시선이, 솔밭 한가운데서 위엄 있는 자태를 들어낸 노송 한 그루에서 멈추었다.

"아! 바로 저곳이로구나."

비둘기들이 70년 만에 부모님의 안식처를 안내하는구나, 싶었다. 노송 앞이 확 트이고 양지바르며 토양도 좋았다. 불현듯 지관의 말이 기억났다. 평평한 공간에 솔잎마저 탐스럽다. 증조부모 묘소가 보였다. 민우는 노송 밑을 넓게 파고 뿌리근처, 흰 한지 봉지에 영골의 재를 한 줌 쥐어 정성껏 담았다. 손가락 사이로 유골이 풀려나갔다. 부드러운 촉감을, 부모의 체온을 손끝으로 느끼며 잠시 눈을 감았다. 감은 눈 위로 샘물과 바람의 세계가 펼쳐졌다. 부모의 슬픔이 뿌리를 타고 샘물에 실리어 고통 받는 이들과 함께 울어주길 바랐다. 또 한줌 쥐어 담으며, 부모의 즐거움이 줄기를 타고 바람에 실리어 웃음 웃는 이들과 함께 웃어주길 바랐다. 이렇게 재를 다 묻고, 추모비 표석을 놓았다. 민우는 하늘을 향해 외쳤다. 비우니 참 좋구나! *

# 낭 은

2014년 「월간문학」 등단

rangmj6582@daum.net

단편소설

# 마흔한 번째의 도둑

낭 은

동굴 속은 음습했다. 게다가 큼큼하면서도 고약한 냄새가 밀려와 숨이 막힐 듯 불쾌했다. 나뭇잎처럼 천장에 걸려 있는 박쥐의 똥과 오줌 냄새, 그것을 먹고 사는 벌레들의 서식지이니 당연했다. 평생 동굴 안에서만 사는 생물은 어둡고 습기 찬 환경에 완전히 적응돼서, 적은 양의 먹이로도 생존 가능하며, 몸이 하얗게 되거나 눈이 퇴화했다. 순영은 새하얀 장님 벌레들이 꾸물거리면서 그녀의 몸으로 기어오르는 상상을 하다가, 몸을 부르르 떨었다. 노래기처럼 수십 개의 다리를 꿈틀거리거나 갯벌 게처럼 딱딱한 등껍질을 하고선, 어둠 속에서 조용히 다가왔다.

어디선가 물 떨어지는 소리가 정적을 뚫고 간헐적으로 들려왔다. 소리의 울림이 긴 여운을 남기는 것으로 봐서, 깊은 동굴이었다. 공동空洞은 또 다른 공동으로 이어지는 긴 튜브 모양이었다. 어쩌면 크고 작은 벌레들을 집어삼킨 거대한 어미벌레의 몸속으로 들어온 것은 아닐까 하는 착각이 들어 아찔했다. 순영은 동굴 벽을 손으로 더듬으면서 걸음을 옮겼다. 바닥은 축축해서, 자칫 발을 헛디디면, 더 깊은 공동 속으로 끌려 들어갈 게 분명했다.

순영은 밀려오는 두려움을 참기 위해 이를 악물었다. 여기 어딘가에 그녀의 운명을 송두리째 바꿔놓을 엄청난 양의 보물이 숨겨져 있다는 생각을 하면, 어둠의 공포나 냄새나는 벌레쯤이야 문제 될 게 없었다. 순영은 한 걸음 한 걸음 옮기면서, 안으로 들어갔다.

그녀가 도착한 곳은 9층 특별 행사장이었다. 명품 세일을 한다는 홍보 기사가 급속도로 확산된 탓인지, 행사장은 발 디딜 틈조차 없었다. 일찍 온다고 했는데도, 그녀보다 서둘러 온 사람들로 만원이었다. 순영은 그 광경을 보면서, 가슴 밑바닥부터 벅차오르는 생동감을 느꼈다. 그것의 존재를 애써 외면하려 했지만, 번번이 실패하고 말았다. 신문 기사에서 '백화점 세일'이라는 문구를 확인하면, 잠자고 있던 욕망이 서서히 깨어나면서, 잔물결처럼 일렁이다가, 종내에는 거센 파도처럼 포효하는 바람에, 걷잡을 수 없는 심정으로 이곳으로 발길을 옮기고야 말았다.

백화점 맨 꼭대기는 층고가 높았다. 순영은 고개를 젖히고 천장을 올려다봤다. 가운데가 뻥 뚫려 있어서, 자연 채광이 가능했다. 아직 봄이라고 하기엔 이른 감이 있지만, 햇살은 따사롭게 내리비췄다. 쏟아지는 햇살에 눈이 부셔서 얼굴을 심하게 찡그렸다. 빛이 살갗에 닿자마자, 칼로 도려내는 것 같아, 어둠 속으로 숨어 버리듯이, 핸드백에서 선글라스를 꺼내 썼다. 순영은 자신의 몸이 하얀 털로 뒤덮인 상상을 했다. 털은 통증으로 가시처럼 날을 꼿꼿하게 세우고 있었다.

입구에는 무전기를 든 보안업체 직원이 대여섯 명 서 있었다. 흰 와이셔츠에 검정 바지를 입었고 왼쪽 가슴에 금속성의 반짝이는 명찰을 달고 있었다. 그들의 주 업무는 봇물 터지듯 밀려들어 오는 사람들의 안전을 책임지는 수준이었다. 그들이 매장 안까지 침투돼서 고객들의 일거수일투족을 꿰뚫기는 어려웠다. 게다가 이곳은 평소에는 쉼터였다. 중앙에는 작은 간이 분수대가, 그 주위로는 편히 쉴 수 있는 의자가 있었다. 입구 쪽을 제외하면 CCTV가 없었다. 물론 행사를 앞두고 CCTV를 설치했을 수 있지만, 그녀는 개의치 않았다. 최대한 자연스럽게 행동할 것이다. 게다가 순영은 짙은 색의 선글라스를 썼다.

물품이 진열된 매대는 입구에서 안쪽으로 길게 늘어서 있었다. 입구 쪽은 대개 손지갑이나 머플러, 선글라스 등의 소품 위주였다. 저렴해선지 매대 주위에는 사람들이 빽빽이 둘러서서 고개를 숙인 채 물건을 고르느라 여념이 없었다. 막 도착한 사람들이 예상보다 많은 인파에 놀라면서 자신들이 원하는 물건을 먼저 차지하려고 입구에 있는 사람들의 발을 밟거나 몸을 밀치면서 들어가는 바람에, 원성을 사기도 했다. 한마디로 아수라장이었다.

뒤쪽으로 갈수록 고가의 의류 상품과 백이 진열된 것이 보였다. 순영은 천천히 사람들 사이를 뚫고 들어갔다. 서두를 필요는 없었다. 아끼고 아꼈다가 아무도 보는 사람이 없을 때, 혼자서 몰래 꺼내 먹는 다락 속의 홍시처럼 한 입 한 입 베어 물면서, 달콤함을 음미하고 또 음미할 것이다.

"이 '자넬라토' 가방이 이태리 가죽제품인 것은 잘 아시죠? 이 제품은 숄더백과 토트백의 기능을 모두 하는 것으로도 유명한데요……. 이번의 이 제품은 신상품입니다. 특히 이 초콜릿색은 빈티지 느낌이 나는 젊은이들 취향이에요. 구입하시면 아주 만족스러울 겁니다. 태그를 한번 보세요. 얼마나 세일을 많이 하는지…… 자, 여기요."

직원은 관심을 보이는 젊은 여자에게 가방을 한번 메어보라고 건네면서, 가격표를 확인시켰다.

"자요, 여기 127만 원이라고 써 있죠. 그런데 이번 행사 기간에 38만 원에 드리고 있어요. 정말 엄청나죠. 70% 세일이에요. 거저 드리는 거나 마찬가지예요. 국산브랜드도 그 가격에 살 수 없는 것은 아시죠? 자, 한번 메어 보세요. 얼마나 잘 어울리는지……."

여자는 주춤거리며 망설이는 듯하더니, 이내 어깨에 메거나 팔에 걸어 봤다. 직원은 여자의 턱밑에 휴대용 원형 거울을 비춰주면서 그녀가 자신의 모습을 볼 수 있게 유도했다. 여자는 가방 속을 열어 보기도 하고 가죽 표면을 꼼꼼히 만지는 것으로 봐서, 이미 구매욕에 사로잡혀 있었다. 그것을 알아차린 직원의 목소리는 사뭇 강하고 빠른 템포로 변하기 시작했다.

"어떠세요? 정말 잘 어울리죠? 딱 손님 것이네요. 이런 기회에 장만하세요. 세일 끝나면 정상가 그대로 받는다니까요."

순영은 고개를 돌려 여자를 봤다. 이십 대 후반쯤 되어 보였다. 비싸 보이지 않은 패딩 점퍼를 입은 것으로 보아, 어쩌면 계약직이거나 아르바이트를 하며 푼돈을 버는 학생일지도 모른다. 여자는 망설이는 눈치였다. 보름치의 아르바이트 비용을 투자해서 주변 사람들의 호감을 살 것인지, 분수에 맞는 소비를 해서 여유자금을 만들 것인지는 어디까지나 자신의 선택이었다. 그 선택에 따른 결과 또한 그녀의 몫이고.

순영은 좀 더 깊숙이 들어갔다. 예상대로 명품 의류 판매대에는 여자 고객들이 많았다. 그들은 천천히 행거의 옷들을 하나하나 보면서 자신에게 어울릴 만한 것을 찾아서 치수나 가격표를 살폈다. 유난히 사람들이 북적이는 코너 앞에 섰다. '테드 베이커'라는 브랜드였다. 여심을 자극할 만큼 화려한 색상이었다. 연분홍 바탕에 수묵화를 그린 듯한 꽃무늬가 프린트된 원피스였다. 특별히 그 브랜드를 선호하는 것은 아니었지만, 순영의 입가에는 미소가 번졌다. 오늘 순영을 위한 번제물로는 안성맞춤이었다. 옷걸이에서 벗겨내면 한 줌 부피로 손안으로 빨려들어 올 듯한 가볍고 부드러운 질감이 마음에 들었다.

순영은 행거에 걸린 옷들을 일일이 뒤지는 척했다. 이미 여인의 마음속에 자리 잡은 봄기운에 들떠서 쇼핑하러 나온 것처럼. 하긴, 이런 하늘거리는 소재의 옷에 챙이 넓은 모자와 선글라스를 쓰고 나서면, 겨우내 쌓였던 묵은 먼지를 털어내듯 지겹게도 자신을 붙잡고 놓아주지 않던 문제들로부터 잠시나마 벗어날 수 있으리라는 생각이 들었다. 때론 산적한 문제들을 해결하기보다는, 외면해 버린다. 잠시라도 잊게 해줄 진통제를 찾아 나선다. 그것은 매번 더 강력한 것을 원하지만, 이미 중독된 몸은 차츰 늪 속으로 빠져들었다.

허리 뒤로 리본을 묶게 처리된, 은근히 복고풍이었다. 몇몇 여자는 중간중간 서 있는 직원을 불러, 자신에게 맞는 치수를 찾아달라고 부탁을 했고, 그 말이 떨어지기 무섭게 점원은 재빠르게 행거를 살피면서 치수를 찾았다. 지금이 기회였다. 직원의 시선이 분산됐다. 순영은 실행에 옮기기 시작했다. 절대 두리번거리지 않았다. 그녀는 강남의 헤어 살롱에서 붉게 염색된 부드러운 웨이브의 머리에 카멜 컬러의 무스탕 재킷을 입었다. 게다가 고급스러운 '안드레아 마비아니'의 정열적인 붉은 가방과의 매치라니! 그녀를 의심할 시선은 어디에도 없었다.

그녀는 날카롭고 강력한 발톱으로 재빨리 먹잇감을 낚아채는 독수리처럼 '테드베이커' 의류 하나를 행거에서 얼른 벗겨내서, 가방 속에 집어넣었다. 머리 꼭대기에서 시작된 짜릿함은 등줄기를 타고 손발 끝 마디까지 흘러내렸다. 황홀했다. 마치 겨우내 추위에 떨던 몸이, 따사로운 봄볕을 쬐면, 소름이 돋으면서 찌르르 감전되는 것처럼 전신의 뼈마디가 살캉거리면서 부드러워졌다. 순영은 오래도록 그 순간을 만

끽했다. 얼마의 시간이 지난 후 순영은 천천히 행거 주변을 돌기 시작했다. 아직도 완벽한 절정이 가셔지지 않은 나른함으로 구름 속을 걷는 기분이었다.

바로 그때였다. 누군가의 시선이 섬광처럼 스쳐 갔다. 머리가 쭈뼛할 정도로 강렬해서 자신도 모르게 고개를 돌려봤다. 약간 떨어진 곳에서, 순영을 향해 미소를 지으며 쳐다보는 중년의 사내가 있었다. 아주 노골적으로 빤히 바라봤다. 순간 두 뺨이 벌겋게 달아올랐다. 대체 저 눈빛은 뭘까? 뼛속까지 꿰뚫어 보듯 순영의 모든 것을 알고 있다는 의미심장한 시선이었다. 아니야, 그럴 리가 없어. 침착하자. 괜히 당황하면 약점을 잡히는 꼴이 되니, 그냥 무시하자며 자신을 안심시켰다.

일단, 그는 백화점 관계자나 보안업체 직원은 아니었다. 그의 가슴께에서 금속성의 반짝이는 명찰은 보이지 않았다. 그냥 호기심 많은 사람일 것이다. 그의 위아래를 훑어봤다. 정장 위에 가죽 재킷을 입고 있었다. 재킷은 꽤 고가의 것으로 겉으로 보기에도 가죽의 질감이 매끄럽게 흐르고 있었다. 그냥 쇼핑하러 왔다가 우연히 보고 호기심이 발동한 게 분명했다. 그가 자신을 해칠 사람이 아니라는 생각으로 기울자, 순영은 그를 매섭게 노려봤다. 그는 여전히 그녀에게서 눈을 떼지 않고 빙긋이 웃고 있었다. 그리고는 천천히 몸을 돌려 행사장 밖으로 걸어나갔다.

그가 순영의 행동을 문제 삼지 않고 사라졌으니 다행스러운 일이지만, 뭔가 개운치 않았다. 마치 오래전부터 알던 사람처럼 친근한 미소였다. 처음 보는 사람인데……. 순영은 그가 사라지는 쪽을 멍하니 바라보면서, 생각에 빠져들었다. 그러다가 소스라치게 놀라고 말았다. 머릿속을 무겁게 짓누르던 안개가 걷히듯이 비로소 모든 게 또렷해졌다. 그의 미소 속에 숨겨진, 음산하고도 눅눅한 기운은 바로 순영의 몸 구석구석에도 짙게 배어 있는 것이었다.

순영은 에스컬레이터를 타고 내려왔다. 흥분을 가라앉히기 위해 휴식이 필요했다. 그녀는 7층에서 내려서 곧장 계단 쪽으로 갔다. 6층으로 내려가기 전의 중간 지점에서 발길을 멈췄다. 그곳은 얼핏 보면, 백화점 내벽과 같은 아이보리 색 페인트칠이 되어 있어 아무것도 없는 것처럼 보이지만, 자세히 보면 출입문 모양의 손잡이를 찾아낼 수 있었다. 브이아이피 룸이었다. 그 문의 손잡이를 돌리면, 밖에서는 상상도 할 수 없는 넓고 쾌적한 공간이 나온다.

처음에 이곳을 들어올 때는, 꽉 막힌 벽이었던 곳에서 또 다른 세계로 통하는 비밀스러운 출입문을 발견하고는 신기한 느낌에 사로잡혔다. 마치 '알리바바와 40인의 도둑들'에 나오는 동굴문 앞에 선 기분이었다. '열려라 참깨!' 라는 주문을 외쳐야 할 것만 같았다. 하지만 이 룸은 주문 따위는 필요 없었다. 그저, 일 년에 일억 이상을 쓰는 소비자에게 주어지는 브이아이피 카드만 있으면 된다. 그들에게만 서비스로 부여되는 공간이었다. 그들이 쇼핑하다가 잠시 쉬어가는 장소였다. 그런 은밀한 특혜가 이뤄지는 곳이니 당연히 외부에는 잘 드러나지 않게 은폐시킬 필요가 있었다. 그곳을 자유롭게 출입한다는 것만으로도 그들의 자존감은 충분히 채워질 것이었다.

동화 속에서처럼, 그 문으로만 들어가면 금은보화가 가득 든 항아리를 얻을 수 있고, '알리바바'처럼 행복하게 살 줄 알았다. 그 너머에 순영을 반겨줄 세계가 펼쳐질 것만 같은 상상으로, '열려라 참깨!'를 외치며, 성공적으로 문턱을 넘었다고 생각했다. 순영은 그런 생각을 하면서, 자신도 모르게 씁쓸한 미소를 짓고 말았다.

순영은 팀장과의 친분을 이용해, '은행 브이아이피 고객을 위한 세미나'를 돕겠다고 나섰고, 그곳에서 남편을 만났다. 결혼과 동시에 직장을 그만뒀다. 창구에서 조금만 업무 처리가 늦어지면 대번 소리부터 질러대는 괴물 같은 고객을 상대하지 않아도 되고, 여상 출신이라고 은근히 내려다보는 시선에서 벗어날 수 있었다.

동굴 속에는 듣던 대로 눈이 휘둥그레질 정도로 금은보화가 지천이었다. 다이아몬드를 박은 금목걸이, 백옥 위에 에메랄드로 꽃무늬를 놓은 화병과 청동과 터키석으로 만들어진 새 모양의 향로, 기하학무늬가 정교하게 직조된 붉은 양탄자, 루비와 다이아몬드로 장식된 장검, 그 밖에도 셀 수 없이 많은 상자 속의 금화들. 순영은 넋을 잃은 채 보물들을 바라봤다.

정신을 차리고, 준비해온 배낭 속에서 자루 두 개를 꺼냈다. 배낭과 자루 속에 보물들을 가득 채워서 들고 나가면 된다. 도둑들이 들이닥치기 전에 일을 마무리하고 이곳을 빠져나가야 한다. 순영은 마음이 급해졌다. 주로 값이 나가는 다이아몬드와 진귀한 보석들로 짐을 꾸려서, 왔던 길을 되짚어 나갔다. 아까 들어올 때는 어둠과 악취 때문에 두려웠지만, 이제는 그렇지 않았다. 성큼성큼 걸음을 옮겼다. 간혹 천장에서 벌레가 떨어져서 목덜미를 기어 다니거나, 바닥에 있는 게 모양의 벌레가 작은 집게발로 따갑게 물기도 했지만, 몸을 흔들어서 떨쳐내거나 발로 밟아 짓이겨 버렸다. 자신은 이제 힘없고 나약한 존재가 아니었다.

동굴의 입구에 도착했다. 순영은 양손에 든 자루를 바닥에 내려놓고, 두 팔과 한쪽 발로 문을 힘껏 밀었다. 어, 그런데 웬일인가? 꼼짝도 하지 않았다. 다시 힘껏 밀어보지만 소용없었다. 뭐가 잘못된 걸까? 아, 맞다. 들어올 때와 마찬가지로 나갈 때도 주문이 필요했다. 그런데 주. 문. 이 뭐였더라! 머릿속이 하얗게 비워지는 것을 느끼면서 그 자리에 주저앉고 말았다. 온몸은 땀범벅이었고, 엉덩이는 바닥에서 올라온 습기로 축축했다. 기가 막혔다.

시간이 흐르자, 순영은 두려웠다. 도둑들이 곧 들이닥칠 것이다. 그들에게 잡힌다면……. 그녀는 공포로 얼굴이 하얗게 질려 갔고, 야속하게도 바위문 너머에서는 도둑들의 요란한 말발굽 소리가 모여들기 시작했다. 아, 이제는 꼼짝없이 죽은 목숨이었다.

안쪽에는 테이블이 스무 개쯤 있었고, 모든 음료는 공짜였다. 빈자리가 거의 없었다. 명품 세일 기간이라서 그런 것은 아니었다. 일반인들이 세일 때나 큰마음 먹고 구입하는 것에 비해 그들에게 명품은, 너무도 일상적이고 당연한 물건이었다. 그들이 투자를 아끼지 않는 명품은 고가의 시계나 주얼리였다. 특별히 명품 세일 행사에 열을 올릴 필요가 없다는 얘기였다.

실내의 인테리어는 극도로 절제된 듯 단순했다. 바닥에는 초콜릿색 카펫이 깔려 있어 사람들의 발걸음 소리가 들리지 않았고, 조금 무거운 느낌이 드는 회색 벽면에는 국내외 유명 작가의 진품들이 걸려 있었다. 은은한 피아노곡이 흐르는 사이를 은색 물 주전자를 든 여직원이 쉴 새 없이 움직이며 빈 유리잔에 물을 채워주었다.

"작년에 대학에 들어간 우리 아들이 방학이라고 들어왔잖아, 여기 지하 매장에서 아르바이트하고 있어. 새 학기 개강할 때까지 그러기로 하고 들어왔거든. 조금 있다가 점심시간 되면 불러내서 밥이라도 한 끼 먹이려고 해."

"걔가 중학교 때 갔나 그렇지? 이제 회화는 아주 능숙하겠구먼. 방학이라고 와서 친구들과 실컷 놀지도 않고 아르바이트한다는 것 보면 참 잘 자랐구먼. 훌륭해!"

"어머니! 제 용돈은 제가 벌겠어요. 경험도 쌓고 한국 물정도 한번 살필 겸 방학 동안에 나가서 아르바이트할 예정입니다 하더라구, 글쎄. 그래서 그러라구 했지. 지 아빠도 반대 안 하더라구. 그냥 빙긋이 웃기만 하던데……."

순영은 숨이 조여왔다. 부족한 것 없는 환경에서 나무랄 데 없이 자란 훌륭한 자식 이야기를 듣자, 왜 이리 숨이 막히는 걸까? 아들은 일 년 전에 캐나다로 조기 유학을 떠났다. 순영이 반대했지만, 남편에게 받아들여지지 않았다. 무엇보다 이 사회에서 명함이라도 내밀려면, '네이티브 스피커' 수준의 외국어 하나는 기본이라면서. 그러면서 남편은 자신이 유학파 인맥에서 은근히 제외되는 것에 그동안 얼마나 자존심 상한 줄 아느냐며 언성을 높였다.

밖으로 나와서 에스컬레이터를 탔다. 4층으로 내려가면서 매장이 한눈에 들어왔는데, 그때 그녀의 시선을 사로잡는 것이 있었다. 처음엔 정수리 부분이 휑하게 비어있어서 무심코 보고 넘겼는데, 점차 에스컬레이터가 낮아지면서, 그가 입은 가죽 재킷이 낯익었다. 그 남자였다. 순영은 자신의 예측이 맞는지를 확인하고 싶었다. 4층에서 내렸다. 남성복 판매장이어서 손님이 많지 않았다. 오히려 매장을 지키는 직원들이 더 많을 정도였다. 게다가 직원들은 하나같이 흰 와이셔츠에 검정 바지를 입고 있어서 그를 찾기는 어렵지 않았다.

그는 매장의 이곳저곳을 천천히 훑으면서 걸었다. 가끔 팔짱을 끼고 마네킹이 입은 상품을 유심히 살펴보기도 했다. 누가 봐도 쇼핑하러 온 사람으로 보였으나, 순영은 그가 도둑들의 대장이라고 확신했다. 그가 매장을 지나칠 때마다, 직원들이 다가와서 뭘 찾느냐고 공손하게 물었으나, 가벼운 목례만을 할 뿐이었다. 여긴 사람이 별로 없어서 그가 행동할 여건은 아니었다. 그렇다면 순영이 잘못 본 것일까? 자신의 육감이 분명하다고 확신하면서도 그의 알 수 없는 행동에 차츰 자신이 없어졌다. 그가 매장 안으로 들어갔다. 순영은 지켜보기로 했다. 그는 양복 한 벌을 골라서, 곧장 피팅룸으로 들어갔다. 진짜 물건을 사려는 걸까? 순영은 자신의 예상이 빗나간 것 같아 아쉬웠다.

그가 피팅룸에서 나오자, 점원은 이런저런 말로 옷을 구입하도록 유도했다. 남자는 거울 앞에서 자신의 옷매무새를 이리저리 살피다가, 갑자기 고개를 돌려 순영을 봤다. 거울 속으로 그녀가 비쳤던 모양이다. 그는 순영을 향해 알 수 없는 미소를 지어 보였다.

순영은 얼굴이 화끈 달아올라 재빠르게 외면하려 했지만, 그의 몸짓은 뭔가를 말하고 있었다. 가지 말라는 듯, 그의 시선은 순영을 집요하게 쫓았다. 직원은 바짓단을 수리하기 위해 그의 발아래 주저앉아서 치수를 조정했다. 순영은 뭔가에 끌리듯 발길을 뗄 수가 없었다. 그때였다. 남자는 아주 능숙하고도 민첩하게 카운터 옆에 데코레이션 된 넥타이를 주머니에 집어넣었다. 하도 순식간이어서 순영은 자신이 본 것이 실제 일어난 일인가를 의심할 정도였다. 가슴이 두근거리면서, 맞은편 매장을 쳐다봤다. 점원 하나가 입구에 서서 지나가는 사람들을 향해 상냥한 미소를 지어 보일 뿐 남자가 넥타이를 훔치는 것을 눈치채지 못했다. 그는 너무도 자연스러웠다. 역시 대장다운 솜씨였다.

직원이 일어나고서야, 남자는 다시 피팅룸으로 들어갔다. 순영은 자신이 첩보 영화의 한 장면을 보고 있는 듯한 긴박감으로 호흡이 가빠져 있음을 깨달았다. 스릴 만점이었다. 몸속 구석구석에 독소처럼 박혀 있던 울증이 봄눈 녹듯 사라져 내렸다. 관객이 보는 앞에서 신명 나게 한판 놀아보겠다는 의도였다. 순영에게 묘기를 보여주려는 것이 아니라, 자신을 위해서 '몰아지경'의 쇼를 벌였다.

남자는 룸에서 나와서 영수증에 서명하고 양복이 든 쇼핑백을 직원에게 넘겨받았다. 직원이 무슨 말을 건넸는데, 남자는 괜찮다고 손사래를 치며 아주 여유 있는 동작으로 그곳을 빠져나왔다. 바짓단 수리를 서비스로 해주겠다는 얘기였을 것이다. 그는 기다릴 시간이 없노라며 그 제안을 뿌리쳤을 것이고. 이미 홍미가 가서버린, 범죄 현장을 다시 가고 싶겠는가.

순영은 재빠르게 에스컬레이터가 있는 곳으로 걸음을 옮겼다. 순영은 기쁨에 들떴다. 그의 정체를 확인하고 나니, 힘이 났다. 그는 자신보다 한 수 위였다. 직원의 눈을 피하려고 복잡한 장소에서 일을 벌이는 순영에 비해, 여유롭게 직원 앞에서 자신의 욕구를 충족시키다니! 순영보다 몇 배는 더 짜릿했을 것이다. 그래서 아까 행사장에서 순영을 보고 웃었던 것이다. 자신보다 한참이나 하수인 것을 봤기 때문에. 창피하고 수치스러웠지만, 그의 부하가 되고 싶은 엉뚱한 마음이 들었다. 마흔한 번째의 도둑.

사람들이 빼곡한 에스컬레이터를 올라탈 때였다. 그녀의 등 뒤로 서늘한 기운이 느껴져 황급히 돌아봤더니, 바로 그가 웃고 있었다. 순영은 놀라서 고개를 돌렸지만, 사람들을 비집고 에스컬레이터 계단을 뛰어 내려가거나 그를 향해 얼굴을 찡그리지는 않았다.

그는 아무 말도 없이, 순영의 곁에서 보조를 맞추면서 걸었다. 1층은 화장품과 쥬얼리 매장이었다. 정오를 넘긴 시각이어서 사람들로 북적였다. 순영은 그에게 제안하듯, 천천히 유리 진열대 안의 물건들을 유심히 구경하기 시작했다. 그도 순영의 제안을 알아챈 듯 물건들을 찬찬히 훑어봤다.

순영은 휴게실에서 잠시 벗었던 선글라스를 핸드백에서 꺼내 썼다. 작전 개시 암호였다. 그도 순영을 따라 가죽 재킷의 안주머니에서 선글라스를 꺼냈다. 일층은 고가의 제품들이 많은 곳이라 곳곳에 CCTV가 설치돼 있었다. 그들을 발견한다고 해도 선글라스를 낀 럭셔리한 커플을 주목하지는 않을 것이다. 알아낸다고 해도, 정확한 인상착의를 들킬 일은 없었다. 순영은 시계 매장에서 발길을 멈췄다. 상점 안에 서 있던 남자 직원이 그녀를 향해 웃으면서 다가왔다.

"뭐, 찾으시는 게 있으신지요?"

순영은 브라운 다이얼로 된 스테인리스 스틸 제품을 골랐다. 눈금판이 갈색이어서 아주 세련된 느낌이었다.

"안목이 높으시네요. 사모님이."

직원은 그녀와 남자를 부부로 오해한 모양이었다. 그들은 아무렇지도 않게 부부 행세를 하기 시작했다.

"여보, 이거 어때요?"

남자는 순영이 너무도 자연스럽게 '여보'라는 호칭으로 부르자, 잠시 움찔하기도 했지만, 금방 부드러운 미소를 지으며 고개를 끄덕였다.

"좋다는 거에요? 그렇게 금방 결정하지 말고 천천히 한번 둘러봐요. 한번 사면 몇 년을 쓰는 것이니까. 당신 지금 끼고 있는 게 가죽 제품이니까 이번엔 이런 금속 재질로 한번 골라봐요."

순영은 이 순간만큼은 모든 이성의 문을 닫아걸고, 오로지 욕망이 이끄는 대로 손을 뻗치리라는 충동에 휩싸였다. 얼마나 고대하던 시간이었는가. 좀 더 자극적이고 강한 처방을. 그래서, 자신이 처음 보는 남자와 너무 자연스럽게 부부 행세를 한다는 데에 놀라면서도, 더 실감나게 해보고 싶었다. 순영이 진열대 안의 시계에 흥미를 보이자, 점원은 엽렵하게도 이 호들갑스러운 부인의 눈길이 잠시라도 머문 제품은 재빠르게 꺼내 놓았다. 진열대는 디귿자 모양이어서 순영은 저쪽 끝에서 이쪽 끝까지를 모조리 구경하기 위해서 천천히 걸음을 옮겼다.

남자는 진열대 위의 시계 개수에 주목하고 있었다. 그리고 처음으로 순영을 바라보며 말을 했다. 순영은 처음 듣는 그의 목소리가 그의 왜소한 체격과는 어울리지 않은 중저음이어서 놀란 시선으로 그를 빤히 쳐다봤다.

"그럼, 당신도 하나 골라봐! 내가 미리 주는 생일 선물이라고 생각하고."

남자다운 목소리에 어울리는 점잖은 말투였다. 점원은 순간적으로 고개를 약간 끄덕이면서 아랫입술에 힘을 주었는데, 그것은 그를 지극히 신뢰한다는 의미가 담겨 있었고 동시에 한없이 감사하다는 표현이기도 했다.

"아, 예. 그러시죠. 사모님. 이번에 들어온 신상품을 한 번 보여드리죠."

남자는 진열대 위로 팔찌형 시계를 꺼내 놓았다. 폭이 2cm 정도의 일자 모양의 심플한 팔찌였는데, 그 안에 시계 알이 쏙 들어가 있어서 세련돼 보였다. 순영은 아주 마음에 든다는 표정으로 남자를 돌아보며 고개를 끄덕였다.

"이거 아주 마음에 드네요. 이걸로 할게요. 그런데 여기 전시된 것 말고 새로 케이스 안에 들어 있는 상품으로 주세요."

점원의 얼굴에 희색이 돌더니, 곧바로 무릎을 꿇고 앉아서, 진열장 아래를 열심히 뒤지기 시작했다. 그 순간, 남자는 순영이 점찍은 팔찌형 시계를 진열대 위에서 자신의 쇼핑백 안으로 밀어 넣었다. 순식간이었다. 마치 탁자 위로 엎질러진 물을 밑으로 쓸어버리듯이. 순영은 온몸의 세포들이 일제히 깨어나는 자각 증상을 느끼면서, 미세한 현기증과 더불어 머릿속이 텅 비는 몽환적인 분위기를 경험할 수 있었다. 그러면서도 고개를 돌려 남자를 확인하는 것을 잊지 않았다. 그의 눈꺼풀은 엷게 경련을 일으켰다. 그는 이제 여자와 정신적인 교감까지 나누고 있으니, 최고의 흥분 상태일 것이다. 점원이 갈색 시계 박스를 들고 자리에서 일어서자, 순영은 정신을 차리고 그를 향해 부드러운 미소를 잃지 않으며, 아주 미안한 표정을 했다.

"이거, 죄송해서 어쩌죠? 글쎄 카드가 없지 뭐에요. 이이랑 며칠 전에 수선을 맡긴 양복을 찾으러 나왔다가 둘러본 거거든요. 차를 몰고 나와서 카드를 안 가지고 온 줄도 몰랐네요. 둘 다 정신을 어디다 팔고 다니는지……. 어떻게 하죠? 죄송해서……."

순영은 고개를 숙인 채 자신의 '안드레아 마비아니' 핸드백을 정신없이 뒤지기 시작했다. 그러면서, 슬쩍 브이아이피 카드를 잠깐 들어 보였다. 난감한 표정을 보이던 직원의 눈빛이 그것을 보자, 순간 반짝 빛났다. 좀 전의 난처한 표정은 사라지고 백화점 직원 특유의 상냥하고 환한 미소를 선보였다.

"아뇨, 괜찮습니다. 그럴 수도 있죠, 뭐. 그 대신, 다음엔 잊지 말고 꼭 찾아 주세요."

"아, 그러믄요. 그러믄요."

그들은 직원이 민망스러워할 정도로 허리를 굽혀 다음엔 꼭 찾아오겠다는 약조를 한 후에야 돌아섰다. 순영과 남자는 발길을 돌리면서, 마치 약속이나 한 듯이 보조를 맞추다가 점점 빠르게 걷기 시작했고, 인파를 어느 정도 헤치고 나서는, 정신없이 뛰기 시작했다. 순영은 생각하면 생각할수록 통쾌해서, 웃음을 참느라고 이빨을 질끈 물어서 얼굴은 일그러질 대로 일그러졌다. *

# 박준서

2014년 제39회 한국소설 신인상
단편 「모의환자」로 등단
단편 「망자의 실」, 「홍의 전쟁」 등

# 낯선 남자와 안테나

박준서

새천년이 시작되는 밀레니움 전 후를 즈음하여 사람들의 뒤통수 부분에서 안테나가 생기기 시작했다.

벌 한 마리가 기어가고 있었다. 날개 한 쪽이 부러져 있다. 황색 털로 감싼 벌은 머리위에 솟은 굵고 검은 더듬이를 부지런히 까딱거리고 있었다. 나는 벌의 통통한 배 꽁무니에 박혀있는 뾰족한 침을 바라보며 말을 걸었다. '얘! 그 몸을 해 가지고 어딜 가는게냐?' 놀랍게도 벌이 대답했다. '그렇게 말하는 댁은 누구슈? 그나저나 나 이제 죽으려는데 부탁이나 하나 들어 주슈!' '아니, 죽다니 왜?' '댁의 눈엔 내 몸이 잘 먹어서 통통한 줄 아슈? 댁들이 뿌린 농약에 중독되어 날개가 뒤틀리고 몸이 퉁퉁 부어 이렇게 되었다우.' '저런! 농약 먹은 꽃에서 꿀을 따다 변을 당했구나. 내가 한 건 아니지만 미안하게 되었구나.' '뭐 그리 미안해하실 건 없수. 댁들도 삼시 세끼 많이들 드시면서 뭘 그러슈. 나도 작년 가을에 태어나서 봄까지 살았으면 장수한 셈. 사람의 나이로 치면 팔십 세는 넘겼으니 억울한 건 없다오. 허긴 나도 애벌레 시절

로얄제리다 꽃가루에 꿀을 섞은 경단이며 받아먹었을 때가 좋았다우. 그래서 농약으로 중독된 이 몸은 죽어서 다시 태어나려는 것이유. 그런데 방향도 냄새도 잃어버린 더듬이가 이젠 무겁고 버거워 어지럽기만 하우. 그래서 댁의 손으로 좀 떼어 달라는 말이유.' '그렇다니 떼어주긴 하겠지만 아니? 벌들에게도 윤회라는 것이 있단 말이냐?' '그럼 그 많은 에너지가 어디서 그렇게 한없이 쏟아져 나오는 줄 아슈? 돌고 도는거지. 도대체 사람들은 모두 헛 똑똑이란 말이야. 자- 앉아만 있지 말고 적선한다 생각 하시구 좀 빼 보슈.' 하며 내게 머리를 내밀었다. 나는 나도 모르게 끙 소리를 내며 조심스럽게 벌을 손끝으로 집어 올려 벌의 머리에 달려 있는 더듬이를 떼어냈다. 더듬이를 잃은 벌은 소리는 들리지 않았으나 삐이거리며 맴을 몇 차례 돌더니 금방 동그랗게 몸을 말며 꼬리를 보였다.

'따르릉!' 시끄러운 소리에 나는 잠에서 깬다. 나는 반사적으로 손을 뻗어 자명종의 스위치를 끄고 오 분만 하며 다시 잠에 빠진다. 오 분이 한 시간 같은 자투리 잠 맛이 어딘데……. 어떤 때는 계속 꾸던 꿈마저 영화의 속편처럼 이어질 때도 있다. 조금 전에도 벌의 더듬이를 떼어내고는 잠에서 깼다. 그러나 이번엔 잠의 꼬리를 놓쳤다. 벌의 꼬리를 놓치고 만 것이다.

'삐이'가 어느새 제집처럼 귀 속에 자리 잡는다. 삐이-하고 아침인사를 하는 삐이. 그 옛날 진공관식 티브이가 하루방송을 마치면 애국가가 끝나고 나왔던 그 삐이 소리와 닮았다. 재주가 많은 녀석. 어떤 때는 한가한 오후의 공원을 비잉 거리며 배회하는 잠자리같이 조용하다가도 신경이라도 곤두서는 날에는 여름 날 포프라에서 시끄럽게 울어재끼는 매미소리를 온종일 흉내 내기도 한다. 그런가 하면 겨울철의 칼바람 소리나 바닷가의 소라 껍질 노래 소리도 복사하는 묘한 재주를 지녔다. 그러나 나는 기실 삐이가 언제부터 내 귀속으로 파고들었는지 잘 모른다. 아니 이 삐이는 무슨 소리지? 하고 고개를 갸우뚱 거리며 이상하다 싶었을 때는 이미 소라게처럼 내 귀를 완전히 점령한 후였다. 나는 한 며칠 지내보다가 제 까짓게 '아이구 집이 좁아 못 살겠네' 하며 나가겠지 했는데 그게 아니었다. 내가 눈을 뜨면 어김없이 녀석도 기상을 해서 귀 속에 숨은 채 따라다니다 내가 출근을 하면 삐이도 어디 나가는 곳이 있는지 소리도 없이 나가버리는 것이었다. 그러다 내가 퇴근을 하면 집에 들어오기가 무섭게 녀석도 내 귀속으로 들어오는 삐이. 어떤 때는 귀가 길에 같이 들어오는 경우도 많았다. 처음에 나는 이 삐이 녀석이 죽기보다 싫었다. 그러나 물귀신처럼 내 귀 바퀴를 물고 늘어지는데 어쩌랴. 남 같으면 쫓아 내려고 약을 먹네 병원에 가네 하며 굿을 떨었겠지만, 나의 천성이 게으르고 모질지 못하여 내 쫓지 못하고 동거한지가 십년. 찐득이처럼 떨어지지 않는 이명이었다.

삐이 생각을 할 때가 아니다. 나는 자리를 박차고 일어난다. 오늘 아침은 노모를 위한 식사를 책임졌기 때문이다.

화장실로 들어선다. 불을 켜자 거울 속에서 낯선 남자가 나를 빤히 보고 있다. 머리 부스스- 알콜 중독 색깔의 눈과 코, 보기 추한 주름살이 낯설다. 그래 맞아. 2040세대가 보는 느낌이 자기 부모 빼고는 이럴거야. 찬물에 세수를 하고 다시 거울을 보아도 짝짝이 눈의 남자는 낯설다. 돌아서는 내게 그는, "나는 네가 싫어! 싫단 말이야. 바보 병신...... 없어져 버려!" CF 대사처럼 읊조린다. 나도 지지 않는다.

"유투? 미투야." 삐이-. 삐이도 거들어 준다.

"오늘은 김치찌개를 해 볼까?"

"제가 할테니 어머니는 안방에서 텔레비나 보세요."

나는 노모를 안방으로 떠 밀어 넣고 텔레비전도 켜놓는다. 텔레비전엔 시간을 맞추듯 '모여라 딩동댕!' 프로가 시작한다. 노모가 어린이 프로인 모여라 딩동댕을 가끔 보는 걸 나는 안다. 퇴근 후 딩동하고 현관 벨을 눌러도 소식이 없어, 어디 나가셨나 열쇠를 따고 들어가 안방을 기웃하면 모여라 딩동댕 화면을 앞에 놓고 노모는 혼자 화투를 치고 있을 때가 있었다. 사람은 나이가 먹어 갈수록 어린애가 되간다는 말이 딩동댕과 관계가 있는 것일까.

쌀바가지에 덮어 두었던 삼베 수건을 걷었다. 두 사람이 두 끼니씩 먹을 분량의 쌀과 보리 그리고 흑미와 콩이 혼합되어 밤새 물에 잘 불어 있었다. 밥솥에 앉히고 스위치를 눌러 놓았다. 그런데 노모가 텔레비전의 볼륨 스위치를 너무 올려놓았다.

"아이구- 시끄러 옆 집 애기들이 쳐들어오겠네."

"놔 두라마. 옆방에 손주들이 있는 것 같아 좋기만 하대이."

나는 귓속의 삐이가 순간적으로 데시벨을 올리는 바람에 들고 있던 청양 고추 봉지를 떨어뜨린다.

어쩌다 감기 몸살로 앓아 들어 누워도 뜨거운 꿀물 한 대접으로 대신하며 흔한 약 한 알도 마다하는 체구는 작지만 남달리 강단이 있던 노모가 자리에 눕는 날이 생기기 시작하자 내가 밥하고 반찬을 챙겨야 할 필요성이 절실했다. '암만해도 니하고 내는 전생에 원수였든 갑다. 니가 죽어도 재혼에는 뜻이 업는거이 같으니 벨 도리가 없구나. 내 나이가 팔십하고도 하나이니 언제 어떻게 될지도 모리고 심이 딸려 더는 밥 몬하겠다. 내 밥하는 거하고 찬 만드는거 갈차 줄터이니 배아 가꼬 내가 자리보전하고 눕는 날엔 니가 만들어 묵고 내도 멕이거라.' 하는 노모의 최후 통첩을 받고 부랴 부랴 그날부터 스승과 제자가 되어 밥 안치는 요령부터 시작한지 한 달, 오늘은 동태찌개 실기시험 보는 날이었다.

냉장고를 열어 어제 저녁 마트에서 사두었던 동태를 꺼냈다. 해동이 되지 않아 봉지 입구만 풀러 그대로 찬물에 담근다. 언 채로 끓는 국에 넣으면 살이 퍽퍽해서 맛이 없다고 했다. 멸치 국물을 낸다. 양파를 썰어 넣는다. 청주가 없어 소주도 찔끔 넣어 끓여 낸다. 이래야만 멸치 비린내도 안 나고 깊은 맛이 난다고 했다. 냄비에 김치를 숭덩숭덩 썰어 넣고 멸치 국물을 붇고 끓인다. 처음엔 일회용 비닐장갑 끼는 것조차 어색하고 서툴렀는데 이제는 찬물에서 말랑해진 동태를 건져내 발라낼 내장이 있나 살펴보고 토막 내어 하나하나 끓는 김치국에 넣는다. 생태라면 내장 채 넣어도 맛있지만 동태는 쓰거나 떫어진다고 했다. 냉동고에서 메추리알 박스를 꺼낸다. 안에는 메추리알 대신 생강도 수박씨처럼 들어간 다진 마늘이 줄줄이 얼음 샤베트처럼 자리 잡았다. 두 덩어리를 넣고 푹 끓인다. 두부는 화투장만하게 썰었고 파는 어슷 쓸기로 해서 넣었다. 거품이 생긴다. 맛있는 찌개에 녹아들지 못하고 공기가 들어가 부풀어 오른 거품이 뽀글거리며 나를 비웃는다. 처자식과 알콩달콩 녹아들지 못했던 나를 비웃는다. 노모에겐 내가 거품이다. 수년전엔 나도 처자식을 거느린 가장이었으나. 어느 회사의 감사로 있던 곳이 부도가 나는 바람에 유일한 재산이었던 아파트가 넘어갔다. 어찌해서 마련한 자금으로 대학 앞의 카페도 운영해 보았으나 건물주가 재건축을 한다해서 권리금을 날리고- 아내는 아이를 데리고 친정으로 가고 집안이 거덜나고 이혼까지 하게 된 이야기의 끝은 거품뿐이었다. 거품은 말끔히 걷어내야 국물 맛이 깔끔하다. 노모의 심정이 되어 숟가락의 볼을 물에 헹궈 가며 떠낸다. 두부에도 김치 맛이 폭 배이면 다른 양념은 필요 없다고 했다.

상을 물린 노모가 '야가 제법이네. 이거는 합격이다. 팔십 점.'했다.

"아니 합격이면 백 점 주셔야지. 왜 팔십 점이예요?"

"식초 안너어쨌? 두어방울 넣바라. 맛이 상큼하고 화사할끼다."

"알겠습니다. 선생님!"

노모와 나는 오랜만에 웃었으나 속은 마늘을 다져 넣은 듯 아렸다. 삐이- 동태 김치찌개를 하느라 잊었던 삐이가 살아났다. 나는 삐이와 함께 재빨리 설거지를 마친다.

화장실 문을 다시 여니 낯선 남자는 칫솔을 물고 변기에 앉는다. 치카치카. 오늘 동태 김치찌개는 내가 만들었지만 정말 일품이었어. 오는 휴일엔 어머니 비장의 솜씨인 육개장도 배워 놔야지. 치카치카. 노모가 돌아가시는 것보다 입맛에 맞는 국을 걱정하는 나. 낯선 남자의 말이 옳다. 문을 닫고 나오니 노모가 어제 저녁 들여 놓은 화분을 베란다로 내 놓고 있다. 저녁이 되어도 다시 들여 놓고 싶지 않은 화분이 있다면 그것은 나일 것이다. 매앰 매에-앰. 삐이는 이제 소리 패턴을 바꿔 울었다.

그래 너는 실컷 울어라. 나는 간다. 출근 준비를 한다.

"모레 일요일에는 육개장 비법을 배우겠습니다. 선생님."

"비법은 무신. 매사를 침착허니 조심해서 다녀 오거래이."

나는 대답 없이 아파트 현관을 나서며 뒤통수 밑에서 더듬이를 안테나 뽑듯 세운다. 원래 더듬이과의 생물이 아닌지라 인간들에게는 더듬이가 없는 법이다. 그러나 문명이 최첨단으로 진보하고 또 사회 구조가 복잡해지기 시작하자 인간도 진화했다. 더듬이가 생기기 시작했다. 그러나 그 더듬이는 자기 집에 있을 때 혹은 목욕탕 찜질 방 같은 곳에서는 몸 안으로 들어가 있어서 대개 보이지 않는다. 그러다 수상한 주위의 공기를 감지한 달팽이의 그것처럼 출근시간만 되면 본능적으로 불쑥 솟거나, 근무시간이 임박한데 그래도 안 나오는 경우에는 본인이 뒤통수에서 더듬이를 잡아 빼는 것이다. 처음 얼마 동안은 '나만 이런가' 하고 감추기도 한 모양인데 너나 할 것 없이 뒤통수에 그것이 생기기 시작하자 이제는 출근할 때면 자연스레 모두 안테나처럼 뽑고 다닌다. 이제 사람들의 더듬이는 공개된 비밀이라 할 수 있는 존재가 되어 '나는 더듬이가 없어. 내 눈엔 당신도 더듬이가 없군 그래.' 하며 위선을 떠는, 서로 빤히 알고 있지만 겉으로는 그것이 없는 양 모두들 행동한다.

나는 걸어가며 뒤통수의 더듬이를 다시 한 번 확인한다. 신기하게도 더듬이가 나오면 삐이는 자취를 감춘다.

웬만하면 오늘 저녁부터라도 들어오지 말아 다오. 삐이야.

복사 골에는 크레용 토막들을 마구 흩뜨리고 짓이긴 것처럼 가을이 수북하게 깔려 있었다. 이미 더듬이를 뽑고 걸어가는 사람이나 막 뽑으며 뛰 듯 가는 사람이나 모두들 불난 집 구경 가는 것처럼 정신없이 보인다. 나도 그렇다. 뒤통수의 더듬이를 덜렁대며 발걸음을 빨리한다. 전철을 타기 위해 역사로 들어선다. 개찰구 앞 줄줄이 서 있는 사람들이나 카드 충전을 하는 사람들이나 모두 더듬이를 세우고 있다. 그 뒤로 나이든 역무원은 수건으로 더듬이를 닦고 있다.

모두의 눈에 보이나 모두가 내 것만은 안 보일 것이라 생각하는 더듬이. 내 것은 안보이지만 상대방 것은 너무나 잘 볼 수 있다고 하는 나비나 달팽이 풍뎅이나 땅강아지 혹은 바퀴벌레 더듬이처럼 인간의 더듬이 역시 편리하다. 더듬이만 있으면 길에서나 사무실에서나 거래처에서나 학교에서나 어디서라도 누가 내 욕을 하는지 금방 알 수 있다. 그러나 나는 안테나 아니 더듬이를 세우고 귀도 쫑긋 세워 보지만 매번 뒷북을 치거나 얻어 걸리는 정보는 늘 꽝이다. 쓸게 없었다.

달리는 1호선 전동차에선 아직도 서울 시내의 전철과는 다르게 덜컹 소리가 났다.

갑자기 집 화장실 거울에서 본 낯선 남자의 짝짝이 눈이 떠올랐다.

내가 갓난아기의 티를 막 벗어 던진 세 살 때라고 하니 부산의 피난 시절이었다.

우리 집은 개천을 따라 지은 하꼬방 동네에 있었는데 오랜만에 힘든 하루의 일을 끝내고 개천 길을 따라 들어오다가 동네 아낙들과 맞닥뜨린 어머니는 한창 이야기의 꽃을 피우느라 정신이 없었다. 어머니를 따라 나온 나는 치맛자락을 잡고 업어 달라고 떼를 쓰고 있었다. 어머니는 나를 쥐어박기도 하다가 업어 주는 대신 뚝방에 누가 잠시 세워 둔 자전거의 뒷자리에 나를 올려 놓았다. 신이 난 나는 어머니가 한 눈을 파는 사이 앞에 있는 안장으로 넘어가다가 자전거와 함께 뚝방 아래로 굴렀다. 부상은 심했다고 하였다. 눈은 자전거의 초인종에 찟겨 애꾸가 될 뻔하였다가 짝짝이가 되었고 머리는 맷돌만한 것과 부딪쳐 내 아이큐 반 정도에 해당하는 세포가 죽었다고 하였다. 그 후 나는 학교를 다 마칠 때까지 재는 '여덟달 반'짜리라는 별명을 얻어 들며 자라야 했다. 밤이 되면 자주 어머니는 나를 붙들고 '내가 무슨 짓을 하더라도 고등핵교도 보내주고 이쁜 색시도 얻어 주마'며 울었다. 다행히 아버지의 장사가 잘되기 시작했다.

초등학교 육학년쯤으로 기억된다. 어머니에게 두 여자가 생겼다. 아니 여자가 두 명 우리 집으로 더부살이 들어왔다. 그 당시가 육십 년대였으므로 육이오라는 끔직한 동족상잔의 전쟁을 치룬 우리나라는 너나 할 것 없이 국민 대다수가 가난을 면치 못해 시골에 사는 청소년 장년들은 물론 여식들을 둔 집안에서도 입성을 하나라도 줄이기 위해, 혹은 못사는 집안의 장래를 위하여 가장이나 자식들이 도회지로 무작정 상경 하는 것을 눈물을 삼키며 바라만 본다든가 하는 것도 다반사요, 바람결에 들리는 어느 사돈의 팔촌 친척집이라도 그 집에 가면 일자리가 있다더라, 먹고 살만 하다더라는 실낱같은 소문에도 어떻게 해서든 연줄을 만들어 그 집 쪽을 향해 보따리를 싸고 보는 일 또한 다반사였다.

여자가 두 명이라고는 했으나 물정 모르는 초등학생 눈에 그렇다는 것이지 모두 나보다 서너 살 더 먹은 소녀들에 불과했다.

이름은 을동이와 순덕이. 어머니가 시키는대로 라면 호칭은 누나였건만 왠지 자존심이 상했던 기억이 난다.

내가 중학생이 될 무렵 그 여자들에게 작은 변화가 왔다. 키와 함께 얼굴이 작고 희며 미인이었던 을동이는 비록 야간이나마 근사한 세일러복에 새 가방 들고 고등학교에 입학하는 몸이 되어 당시 아버지가 하는 공장에서 방직 돌리는 일하다가 종당에는 총무 일을 보는 사무원이 되었고, 몸이 튼튼하고 보름달처럼 수더분한 얼굴의 순덕이는 야간학교도 다니지 못하고 가정부 노릇만 하다 과년해서는 역시 아버지의 공장에서 방직을 돌렸는데 결코 사무원이 되지는 못했었다. 그 무렵 야간학교를 다니느라 공장에서도 시간특혜를 받던 을동이는 내가 없는 틈을 타 내 책장에서 톰 소여의 모험이나 쌍무지개 뜨는 언덕을 보는가 하면 백과사전을 꺼내 보는데 여자의 신비 태아의 신비 등을 탐독하곤 했었다. 그런가 하면 어느 날은 중학생이 된 내가 낮잠을 자는데 살짝 방문을 열고 들어와 입맞춤을 해 주어 나를 잠깐 얼떨떨하게도 만들었다. 순덕이 누나는 왜 청소만 하고 내 방에서 책을 보지 않는 걸까? 왜 내게 입맞춤을 안해 주는 걸까? 모두 어머니가 먹이고 재워주고 돈도 주는데-. 을동이처럼 예쁘지 못해서일까? 을동이처럼 야간학교를 다니지 못해서일까?

나는 이것을 "엄마! 왜 순덕이 누나는 을동이처럼 학교에 안 보내 주는 거야?" 라고 했지만 어머니는 묵묵부답이었다.

그러다가 그 여자들에게 큰 변화가 왔다. 시집을 간 것이었다. 그 사이 아버지의 공장은 규모가 사뭇 커져 있었는데 어머니는 순덕이 누나를 공장의 배선반장 김씨 노총각에게 시집보내고 을동이는 나에게 시집을 가게 했다.

미인 색시를 얻게 되었지만 아무데서나 싱글벙글하는 나와는 달리 처는 잘 웃지 않았다. 한편 순덕이 누나의 신랑 김 서방은 총각 때의 술버릇이 도져 툭하면 얼굴이 못 생겼네 행동이 굼뜨네 오늘은 밥 대신 술 받아 오니라 하며 마누라 패는 주사가 생겼다고 아버지에게 "여보 그눔 김 서방 좀 야단치시구랴" 하며 부탁하기가 일쑤였다. 어머니의 부탁은 효과가 있었다. 효과가 있자 김 서방의 월급도 올랐다.

그러다가 그 여자들에게 경사가 찾아왔다. 아니 불행이 찾아왔다. 딸을 낳은 것이다. 둘째도 딸이었다. 또 딸을 낳았다. 첫딸은 살림 밑천이네 하며 어머니의 위로를 받던 나와 김 서방은 셋째도 딸이자 나는 바람을 피기 시작했고 김 서방은 어머니의 부탁도 아버지의 효과도 빛을 바래 주사가 심한 날은 순덕이 누나의 얼굴이 부어 보름달 같던 얼굴이 쟁반만 해질 때도 있었다. 여기 저기 시퍼런 점이 있는 커다란 쟁반이었다.

학교를 졸업한 후 아버지의 회사의 자재과장이 된 나는 거래처 손님과의 사업상 비즈니스네 하며 술집 종업원과 잠자리하기 일쑤였고 내가 어느 젊은 마담에게 새 가게에 돈을 보탰다는 둥, 돈벌이를 거꾸로 한다는 둥 소문이 봄바람처럼 왔다가는 뜨거운 바람이 되어 어머니의 가슴을 태웠다.

그러다가 그 여자들에게 사건이 벌어졌다. 내 처 을동이는 돈을 거꾸로 벌고 있는 나를 믿는 것을 포기하고 대신 하나님을 믿기 시작, 독실한 불교신자였던 어머니와 관계가 미소 냉전 사태처럼 진전되어 가기 시작했고 순덕이 누나의 김 서방은 술에게 먹혀 버렸다. 남은 세 딸들에 대해 언급하자면 내 처는 다행히 세 딸 모두가 아버지 여덟 달 반짜리와는 거리가 먼, 자기를 쏙 빼 닮았는지라 딸의 교육과 장래에 대한 걱정은 돈과 하느님에게 의지했다. 순덕이 누나의 세 딸도 워낙 아버지가 살아생전에 사람이 못 배우고 여덟 달 반짜리가 되면 사람이 어찌 되어 가는가 사람은 어떻게 살아야 하는가 장차 신랑감으로는 누가 좋은가 좋은 신랑을 만나기 위해서는 어찌해야 되는가 등등에 대한 인생철학을 나와 김 서방이 살신성인의 정신으로 실천해 보였으므로 따로 교육이 필요 없을 정도였다. 더듬이가 필요한 지금과는 사뭇 다른 시절의 이야기였다.

그러나 밀레니움을 사는 지금의 사람들에겐 더듬이가 필요 불가결한 것이었다. 전자제품이나 최신형 스마트 폰이 뛰어나면 뛰어 날수록 사람들에겐 더듬이가 필요했다. 〈種의 법칙〉에 따라 사람도 진화한 것이었다. 그러나 무엇이든 예외가 있듯 가뭄에 콩 나듯이 더듬이가 아예 없는 사람도 있기는 있다. 어제의 K선배처럼. 어제 전화에서 오늘 시간 좀 내 달라는 선배의 목소리에서는 무언가의 쫓기는 듯한 다급함과 두려움이 잔뜩 묻어 있었다. 중학교 선생이 무에 쫓길 일이 있다는 말인가?

사무실을 들어서니 지은이가 백화점 사원처럼 '안녕하세요!' 한다. 지은이의 안테나는 언제 보아도 반짝반짝 잘 손질돼 있다. 나도 똑같이 '굿 모닝!' 한다. 학습지 교재를 취급하는 지사 사무실 직원이라고 해봐야 사촌 형인 지사장까지 해서 세 명이다. 전날 밤 인터넷에서 주문 들어온 것을 지은이가 확인해서 내게 지시하면 나는 창고에서 찾아 포장하고 발송업체를 기다리면 끝이다. 원두를 막 내린 커피 한잔과 책상 앞에 앉는다. PC를 켜며 메일 있나? 본다. 광고가 서너 건 그리고 나의 딸 인생무비에게서 한 통이 왔다. 찰리 채프린의 히스토리나 마지막 작품의 년도 따위를 줄줄이 꿰고 있는 영화광이기도 하다. 아버지의 회사가 부도로 멀쩡하던 아파트가 없어졌을 때를 깃점으로 가족을 해체했던 나의 처 을동이는 여덟 달 반짜리 나를 내 쫓는 대신 그래도 딸들에게는 나와의 PC통신을 묵인하고 있었던 것이었다. 내가 가족으로부터 정식으로 쫓겨난 곳은 법원이었다.

가정법원은 서초동에 있었다. 교대 전철에서 나와 보면 항상 우뚝 솟아 보이던 삼풍백화점이 와르르 무너져서 아직도 연기가 가시지 않던 해였다. 합의이혼 신청서를 내고 일주일인가 열흘쯤엔가 당사자 두 사람을 법원으로 나오라는 통지를 받았다. 이혼을 심리 중인 재판정 앞은 활기 넘치는 돗대기 시장처럼 와글거리고 부산했다. 침울하고 우울한 분위기를 예상했던 내게는 약간 의외였다. 정리인 듯 한 사람이 이 계속 주의를 주어도 이놈! 저년! 하며 얼굴을 붉히며 언성을 높이는 부부가 있는가 하면 '거기가 아니야 자기. 도장은 여기다 찍어야 돼.'하며 신랑에게 친절히 도장 찍는 곳을 손가락으로 짚어 주는 새색시 같은 여자도 있었다. 재판정의 입구 앞에서 나는 머리 허연 판사가 이제라도 나와 나잇살이나 먹은 사람들이 무얼 못 참고 그러느냐. 당장 돌아들 가지 못해! 하며 야단이라도 맞는 건 아닌지 어떤지 겁도 집어 먹으며 긴장한 채 차례를 기다리며 있었다. 순서는 금방금방 다가왔다. 입구를 통제하는 정리가 우리들 보고 안에서 호명하면 지체하지 말고 들어가라는 둥, 묻는 말에만 간단히 대답하라는 둥 주의를 주었다.

"신청인 오봉길씨, 이을동씨!"

네, 하며 우리는 조금은 불안감에 가까운 두근거리는 가슴을 안고 판사 앞에 섰다. 머리가 허연 판사가 아니었다. 그렇다고 새파랗지도 않았다. 판사는 우리 부부가 들어와 자기를 올려다보며 서 있어도 서류에 눈을 떼지 않고 있었다. 그러더니 처다 보지도 않고 오봉길씨 주민등록번호 말씀 해보세요 하였다. 내가 주민 번호를 외자 이번엔 이을동씨 주민등록 번호 말씀하세요. 그녀가 주민번호를 외었다. 음. 아이는 둘 다 스물이 넘었구요. 음. 하더니 그때서야 서류에서 눈을 떼고 우리를 바라보았다. 정장차림을 한 처에게 일별한 후 누구에게랄 것도 없이 "합의 이혼에 동의하십니까? 두 분?" 하고 물었다. 네. 처의 대답은 씩씩하고 명료했다. 네. 내 목소리는 기어들어 갔다. 판사는 못 들었는지 다시 나만 바라보고 "오봉길씨는 이 합의 이혼에 동의하십니까?" 하고 물었다. 아. 네. 그럼요. 판사는 나를 흘낏 쳐다보았다. 어쩌면 여덟 달 반짜리린 줄 눈치 챘을지도 몰랐으나 됐습니다. 하고 작은 나무망치를 탁 소리 나게 쳤다. 됐다니? 뭐가 되었다는 말? 아! 참 합의 이혼이 됐다는 뜻이겠지. 그럼 이제 어찌할까 하고 있는 나에게 나가는 문에 서 있던 또 다른 정리가 우리를 향해 이리로 나오라는 시늉을 하였다. 문을 나서기도 전에 판사가 다른 부부를 부르는 소리가 뒤에서 들렸다. 싱거웠다. 우리는 무척 싱겁게 이혼했다. 이십 오년간 쌓아 온 나와 을동이의 관계는 졸지에 삼풍백화점 신세가 되어 버렸다. 나는 우중충한 기분이 되어 법원의 계단을 내려왔다. 하늘은 전혀 우중충하지 않았다. '배고픈데 밥 먹으면 안 될까?' 내 말에 을동이는 대꾸대신 지하철 입구로 총총히 걸어갔다.

인생무비는 대학졸업을 했으나 취업할 엄두가 안 나는지 아예 대학로의 어느 연극단체에 들어가 조연 자리라도 도장 받아 보려고 애쓰고 있다. 다음 주 토요일 시간 나면 대학로의 연우무대로 오란다. 재미있는 스토리라고 미끼를 던진다. 나는 연극 끝나고 딸과 생맥주를 곁들여 저녁을 먹을 수 있으면 좋겠는데… 어려울 것이다. 그들만의 쫑파티에 보태라고 돈을 줘야하는데…하며 계산기를 두드린다. 헌데 뜻밖의 충격이 하나 덧붙었다. 슬픈 소식이다. 엇그제 외삼촌이 돌아 가셨다고- 내게 핸드폰을 했으나 안 돼, 음성만 두 번 남겼었다고 한다. 아, 이럴 수가! 처남이 죽다니. 전화를 걸었다. 인생무비가 받는다. "경희냐. 지금 봤는데 인호 외삼촌이 죽다니 정말이냐! 응. 핸드폰은 누구에게 잠깐 빌려 주었었는데 오늘 돌려받는다. 그럼 네 엄마에게 대신 미안하게 됐다고 전해라." 전화를 놓는다. 나갔던 삐이가 찾아와 곡을 한다. 삐이. 삐이.

K선배와의 점심약속으로 전철을 탔다. 환승하기 위해 내린 종로 3가역에 노숙자들이 있었다. 그들의 공통점은 모두가 한결같이 더듬이를 갖고 있지 않다는 것이었다. 어쩌다 있는 사람도 더듬이가 밑동부터 부러져 있거나 꺾어져 있기 십상이었다. 요즈음엔 여자 노숙인들도 간간히 눈에 띈다. 내가 퇴근할 때 지나는 영등포역에는 여자 노숙인이 조금 더 많다. 그런데 내가 미쳤지 가끔은 노숙인들이 부러울 때가 있는 것이다. 나는 머리를 설레설레 흔들며 대화행 3호선으로 갈아탔다. 방송이 나온다. -출입문이 닫힙니다.- 뒤에서 "어머나! 어머나." 하며 하이힐 소리가 급하다. 닫히려는 출입문에 내가 들고 있던 〈생명의 늪〉이라는 두툼한 책을 끼웠다. 전동 문은 다시 열렸다. 나는 스스로 대견해서 씩씩한 표정으로 웃었다. 그러나 여자는 내게 눈길도 한번 안 주고 그냥 다행이라는 듯 뛰어 들어온다. 미안하다 고맙다는 말도 없다.

빈자리가 있었다. 앉았다. 무심코 전동차의 연결 출입문으로 눈길을 주는데 노약자석에 사십대 밖에 안 될 성 싶은 사람이 앉아 있는 것이 눈에 띄었다. 그런 광경을 보면 나는 그 사람에게 그 좌석엔 앉아서는 안 된다고 곧잘 말을 건다. 어느 때는 술 취한 젊은이에게 얻어맞은 적도 있었다. 나는 사십대의 남자 얼굴을 쏘아 주다가 순간 깜짝 놀랐다. 처남의 얼굴이었다. 어! 처남은 죽었다고 했는데? 처남이 틀림없는 것 같은데……. 저렇게도 닮을 수가! 내리려고 문 쪽으로 일어선 뒤 모습까지도 흡사했으나 만난 지 십여 년도 넘었을 터이니 옛 모습만으로 단정할 수는 없었다. 처남 같은 사람이 내리고 마른 체격의, 운동모를 쓴 키 큰 할아버지가 지금 막 전쟁이라도 터진 것처럼 부산스럽게 외치며 들어온다.

"백 원짜리 동전! 한-두개씩만 보태 주시오! 우리 할마이 서울대학 병원 수술비가 이천! 칠백! 오십만 원 나왔어요! 우와! 수술비가 팔백, 오십만 원 나왔습니다. 백 원짜리 동전 한-두개씩만 보태주시오!"

아무도 돈을 꺼내려는 사람이 없다. 돈 줄 수 있는 틈도 주지 않고 지나치기 때문이거니와 할아버지가 치매에 걸려 몇 년 전부터 저렇게 전동차를 휘젓고 오가는 것을 아는 사람은 아는 것이다. 어쩌면 저 할아버지의 귓속에는 아주 큰 삐이가 살고 있는 지도 모른다.

K선배와 함께 학교 근처의 식당으로 들어섰다.

주문을 하기도 전에 담배를 꺼내 무는 그에게, '학교 뒷담 밑에서 중학교 이학년이 담배를 피우는데 중 삼이 지나가더랍니다. 좀 미안해진 중이가 '

"형! 담배 한 대 드릴까요?"

"짜식- 난 담배 끊었다. 느들이나 젊었을 때 많이 펴라."

금연용 개그를 던져 보지만 선배의 얼굴은 베토벤이다. 베토벤은 그 동안 나 때문에 불편이 많았을 터이고 잘 썼네 하며 핸드폰을 돌려준다. 실은 자기도 몇 달 전에 핸드폰을 샀었는데 별로 써 보지도 못하고 바로 집사람에게 빼앗겼다고 한다.

"아우님! 나. 오늘 아침 집에서 나왔네."

"나왔으니 출근하셨고 지금 여기서 점심 먹잖습니까?"

"농담할 기운 없네. 아주 나왔으니까- 그런데 내가 물정을 잘 모르지 않는가? 미안하지만 오늘 저녁부터 기거할 방 좀 알아 봐 주시게. 아우님이 계신 동네 근처로. 아무래도 여관 같은 거로 해야겠지?"

"……?"

참으로 미치고 환장할 일이다. 작년만 해도 두 번째 시집 출판 계약했으니 점심이나 같이 하러 시내 나온 김에 들렀다고 하면서 부부가 아이들 마냥 손목도 다정하게 잡고 들어서더니. 닭살스럽게.

내겐 놀부 병이 있었다. 젊은 남녀나 혹은 할아버지 할머니 부부가 손잡고 다정하게 데이트하는 것은 보기 좋지만 이상하게도 사오십 대 중년 남녀가 손잡고 들어서는 것을 보면, 놀부가 흥부네 대박 터지는 꼴을 보듯 질투가 치미는 병이었다. 삐이가 찾아올 무렵부터였다.

"-그래서 결국 이혼해야겠대요? 형수님은?"

"어떻게 하겠는가? 도리 없지. 아우님은 얘기한대로 변호사나 알아봐 주시게나."

교직생활 30년 동안 학교 외엔 시 쓰기가 유일한 취미였던 K선배는 작년에 오정신이라는 동료 여교사의 권유로 도道인지 무슨 정신인지 하는 수련원에 심취, 주말마다 그 곳이 있다는 가야산에 다닌 것이 문제였던 모양이다. 그렇지 않아도 남편의 행동이 굼떠 가정과 사회생활이 바지런하지 못한 것이 불만이던 부인은 남편을 주말마다 가야산 들어가게 했다는 여교사를 의심한 나머지 어느 날 남편이 근무하는 학교를 찾아갔다.

등교 길이라 학생들의 걸음이 빨랐다. 교문 안에는 주번교사가 학생들의 인사를 받으며 서 있었다. 여선생이었다. 부인은 잘됐구나 싶어 교무실이 어디냐고 물어 보았다.

"저기 운동장 지나 가운데 3층 건물 보이시죠? 현관으로 들어 가셔서 우측 세 번째 문이 교무실입니다."

"혹시 오정신 선생이라고 있습니까?"

"네? 바로 전데요."

"그래?! 너 이년 잘 만났다!"

다짜고짜 머리채를 잡힌 오정신 선생은 억센 손아귀와 잔뜩 독이 오른 눈매를 한 K선배 부인의 기에 질려 반항도 제대로 못했다. 오선생이 운동장을 가로질러 끌려가며 비명을 지르니 학교의 창가는 졸지에 선생들과 학생들이 구경하는 얼굴들로 주렁주렁 열린 감나무 신세가 되었다. 교감과 교무 주임 체육선생이 달려 나와 부인을 떼어냈다.

교무실에 있었던 K선배는 무심코 운동장으로 눈길을 주다 자기 부인의 얼굴이 보이자 (아이고. 저 여자가 기여이!)하며 다리에 힘이 풀려 의자에 붙어 버렸다.

오늘 아침이었다. 아침을 차려주기는커녕 지난 주 가야산에 갔다 온 것을 트집 잡아 남편 K선배를 잡도리하기 시작했다. '내 이년을 찢어 죽여 버리고 말거야.' 욕을 하며 PC를 밀쳐 떨어뜨리는 바람에 K선배는 부인을 조금 밀쳤을 뿐이었다던데 제풀에 넘어지고 기절했다. 아니 기절한 척하는 것을 평소에 알기에 K선배는 그대로 출근했다는데 결국 사단이 난 것이다.

두 여자와 함께 교장실로 불려간 K선배는 그야말로 두 손을 싹싹 빌며 자초지종을 설명하고 시말서와 다름없는 경위서를 제출했다. 오정신 선생은 불륜의 혐의를 벗었으나 다음날 오정신 선생의 남편이 알고 K선배의 부인을 고소하겠다고 해서 이번엔 교장과 K선배가 코가 땅에 닿도록 사과를 하였다. 그러나 연락 받은 선배 부인은 아직 못 믿겠다며 찬바람만 씽하니 보내왔다. 교장은 더 이상 학교에서 얼굴을 들고 다닐 수 없게 된 오정신 선생과 K선배를 각각 다른 학교로 보낼 수밖에 없었다. 그런데 부인은 아직도 불륜의 의심을 떨치지 못하고 이혼을 종용하는 시점에 이른 모양이었다. 그리고 생각다 못한 K선배는 이혼의 선배 격인 후배 나에게 SOS를 친 것이었다.

부인과도 안면 있던 나는 중간에서 고민이 아닐 수 없었다.

그러나 이혼과 함께 전 재산을 요구하면서 K선배를 알거지로 만들려는 부인의 행태에는 분노가 치미는 것이었다. 무슨 이야기인가 하면 두 달 전에 하도 부인이 오 선생과의 관계를 의심하며 몰아세우는 바람에 다시는 가야산에 가 정신 수양하는 일 따위는 않겠다고 하는 각서를 썼는데 그 내용엔 만일 이를 어길 시엔 K선배의 전 재산을 부인에게 주겠다는 내용도 있다는 것이었다. 그리고 재산을 현금으로 계산한 차용증까지 공증했다하니 무슨 엽기 영화를 보는 느낌이었다. 나는 솔직히 누구 말을 믿어야 할지 모를 정도로 혼란스러웠다. 아무튼 당분간 생활하기 위한 돈이 필요했으므로 밥을 먹고 선배는 나를 데리고 은행으로 갔다.

"월급도 집사람에게 들어가지, 내 은행카드도 집사람이나 쓰고 나는 타 쓰기만 해서 창피한 얘기지만 카드사용법도 서툴러. 아우님이 옆에서 보아주게."

은행을 향해 걸어가는 선배의 뒤통수에는 정말 더듬이가 달려 있지 않았다. 원시인 생각이 절로 났다. 중견 시인인 그가 원시인이 된다는 건 문제가 있었다.

인출기 앞에서 카드를 넣고 안내 멘트대로 하다가 비밀번호를 누르라고 하고 나는 뒤로 물러섰다. 그러나 선배는 "돈이 안 나오고 종이만 나오네?"만 연발했다. 우리는 카드와 종이를 가지고 창구로 갔다.

"손님. 이 카드는 어제 본인의 요청으로 분실신고로 처리 된 카드입니다. 본인이 맞으십니까?"

"내가 본인인데 나는 분실신고 한 적 없는데요?"

모니터를 보며 창구 직원은 분명히 어제 분실신고로 처리된 무효 카드라는 것이다.

부인의 짓이었다. 화가 났다. 선배를 원시인이 되도록 둘 수는 없었다. K선배는 일단 오늘은 학교 숙직실에서 하룻밤 있기로 했다. 내 돈에서 얼마간 뽑아주고 선배와 헤어진 나는 전철에서 멍하니 생각에 잠기다가 깜짝 놀라 나도 모르게 뒷머리로 손이 갔다. 더듬이가 있었다.

오후. 일곱시.

고교동창 예닐곱 명이 격월로 한 번씩 얼굴 보는 날이다. 장소가 신촌 어디더라? 생각이 안 난다. 삐이가 지나다 들렀는지 찾아 들었기 때문이다. 삐이가 찾아들면 삐이는 삐이거리며 야금야금 기억의 세포들을 갉아먹는다. 한참만에야 삐이는 제가 먹었던 세포를 도로 토해 놓는다. 용궁수산이다.

신촌의 '용궁수산'은 가격이 저렴해 운동장처럼 넓은 홀과 방들이 언제나 손님들로 북적거린다. 상당수의 손님들은 아직도 뒤통수의 더듬이를 안테나처럼 흔들며 떠들고 있다. 멀리 끝 테이블 쪽에서 별명이 다깡인 N씨가 손을 흔들며 더 잘 보이라고 일어서 준다.

"여- 다들 일찍 왔네."

나는 뒤통수의 더듬이를 집어넣으며 자리에 앉는다.

친구들의 더듬이는 모두 내려져 있었다. 맨손으로 원숭이 우리보다도 작은 인쇄소를 을지로 3가 뒷골목에 차린지 20년이 지난 지금 파주의 출판단지에서는 제일 큰 회사로 일군 쫑아, 베트콩 용의자와 머리를 부딛쳤을 뿐인데 2명 사살했다고 뻥을 친 백마부대 출신 거머리, 요즘은 성당사람들에게 벌침과 부항 떠주고 있는 늦깎이 한의대생 강가루, 등록금을 까먹고 반 강제로 친구들 용돈을 추렴해 간 적이 있는 촘배, 학교 화장실 앞에서 삼립 빵을 열 개를 먹던 크림빵, 두꺼비는 몇 년 전만 해도 자기가 경영했던 회사 소유차량만 열대가 넘었었는데 지금은 택시를 몰고 있다. 그가 부도내고 육 개월 동안 구치소에 있을 땐 그 마누라가 하루도 빠뜨리지 않고 면회를 간 기록도 있다. 백 팔십 번 면회하기가 쉬웠을까?

고등학교 삼학년 때 강화로 캠핑 가서 유혹해낸 여고생 고이와 결혼해서 지금까지도 금실 좋은 의리의 돌석이도 와있었다. 바람둥이였던 타치와 신발장수 까꾸는 홍콩과 미국에서 살지만 이 모임에 오기 위해 일 년에 서너 번은 비행기 티켓을 끊는다. 오늘은 못 나왔다.

우리들은 서로 술잔을 주고받으며 머릿속을 소독하고, 가슴을 열어

찌든 내장도 소독하고는 두 달 후를 기약하며 헤어진다. 나도 친구들도 악수를 나누며 헤어지면서 모두들 더듬이 세우기를 잊지 않는다. 삐이는 죽은 듯 얌전했다. 고마웠다.

귀가 길의 전철 안에서는 몇몇 사람들이 더듬이를 반쯤 내리고 나처럼 감 냄새를 풍기고 있다. 나는 더듬이를 반쯤 내린 이 사람들이 좋아진다. 서서가지만 기분은 좋다. 대학생으로 보이는 잘생긴 남자가 옆에 앉은 여자 친구에게 몸을 잔뜩 밀착시키고 주위도 아랑곳하지 않은 채 서로를 희롱하고 있는 것으로 보아 술잔 깨나 기울인 품새이지만 둘 다 더듬이를 바짝 세우고 있다. 남자는 계속 여자 친구의 머리 결을 쓸며 향기를 넣는다. 지긋이 눈을 감고 귓불에 숨결을 토해 내고 있다. 이래도, 이래도. 안 넘어질 테냐 한다. 그러나 여자 친구는 발그레한 얼굴에 눈동자를 반짝반짝 굴려가며 열심히 계산기를 두드려 대는 것을 내 더듬이는 안다.

전철 문이 열리면서 아기 업은 여자가 탄다. 계면쩍어 하는 것으로 보아 누가 자리를 양보하면 어쩌지 하는 표정이지만 아무도 안 일어난다. 잠시 후 바로 앞에 앉아 있던 무릎이 잔뜩 뜯어진 청바지의 아가씨가 계산기를 다 두드렸다는 듯 일어섰지만 저만치 서있던 아줌마가 냉큼 가로채 앉는다. 사람들이 못마땅한 시선을 잠깐이나마 쏘나 아줌마는 '난 전혀 계산이 안 되는 여자걸랑요.' 하는 듯 더듬이를 흔들며 눈을 감는다.

신도림역. 문이 열리고 얼굴이 불그레한 등산복차림의 중년 남자가 타더니 손잡이를 잡고 흔들며 혼잣말을 한다.

"고향 가서 어머니랑 농사짓고 싶어-."

술 먹었구나 하고 한두 사람이 약간씩 거리를 둔다.

"어느 산에 갔다 오셨어요?"

옆에 있던 내가 웃음을 흘리며 묻는다.

"관악산 연주암까지 갔다 왔습니다."

하며 청중이 생겼다고 옳다구나 한다. 지금 나이가 예순 한 살인데 일 남 이 녀를 다 결혼시켰다고 자랑까지 곁들인다.

"아이구. 그럼 고생 다 하셨네. 부럽습니다."

맞장구치니, 신이 나서 자기는 김해 김씨 김수로왕 28대 손으로서, 젊은 시절 원항선 타고 누볐다는 인도양, 태평양의 섬나라를 줄줄이 꿰다가 '어 이게 아닌데' 싶었는지, "아. 그런데 아무 소용없더란 말입니다. 젠장. 자식 놈들은 결혼했다고 나를 우습게보지. 마누라는 말 안 듣지. 이놈의 세상이 어떻게 돼 가는지-." 하며 화살을 돌린다.

"담배도 못 피우게 하지. 호주제는 없어졌지요. 남자들이 설 데가 없어요. 설 데가!"

놔두면 끝이 없을 텐데. 전동문이 열린다.

"어디서 내리시죠?"

"나? 부천이요!"

열린 문으로 보니 부천이라고 팻말이 보인다.

"어? 여기 부천이네. 빨리 내리세요. 빨리."

사람들이 황급히 비켜 주지만 나가려다 닫히는 문에 머리가 끼인다. 전동문은 시대 흐름의 역자라도 처단하려는 양 남자의 목을 조였다 풀어준다. 그 바람에 등산복 중년의 더듬이가 '툭'하고 땅바닥으로 떨어진다. 내가 문 옆에 있었더라면 〈생명의 늪〉을 한 번 더 써먹었을 터인데 옆 젊은이가 도와주었기 망정이지 큰일 날 뻔했다.

송내역. 11시. 내린다. 출구로 나가는 계단에는 사람들이 붐비고 있다. 사람들 뒤를 천천히 따라 간다. 중년의 남자가 플랫폼에서 철길을 바라보고 있는 것이 보인다. 감 냄새를 풍기며 더듬이를 뽑아 철길을 향해 힘껏 던진다. 계산기도 던져 버린다. 내일이면 후회할 것이다. 집으로 가는 길에도 취객이 잃어버린 성실은 더듬이와 계산기들이 여기저기에 떨어져 있다. 나는 또 화들짝 놀라 뒤통수에 달린 더듬이를 만져본다. 집 앞. 나는 뒤통수의 더듬이를 내리고 현관문을 연다.

노모가 저녁은? 하신다.

"먹었습니다."

화장실 문을 연다.

아침에 보았던 낯선 남자는 그대로 거울 속에서 말이 없다.

'보기 싫다고 아침에 그랬지.'

양치와 세수를 한다. 머리맡의 스탠드 불을 켜고 잠자리에 든다.

잠이 안 온다. 책을 펼쳐 보지만 죽었다는 처남이 생각난다. 큰일이다. 자칫하면 아침 5시에나 잠이 들게 될 것이다. 스탠드를 끄고 카세트 단추를 누른다. 회화 테이프는 훌륭한 수면제 역할을 한다.

낯선 남자가 잠을 청하기 위해 내 안으로 들어온다.

(미안하다. 처남.) *

# 박 황

2012년 제32회 한국소설 신인상 「살계」로 등단

2014년 4월 단편 「해우」 KBS 라디오극으로 방송

『2014, 2015, 2016 신예작가』 (공저)

『토박이와 함께하는 은평 산책』

min6910@naver.com

# 초록야차의 幻視

박 황

1.

서울에서의 직장생활을 접고 귀농한 지 2년째다. 태어나 40이 넘는 나이까지, 철원에서의 군 생활을 제외하고 일주일 이상 서울을 벗어난 적이 없었던 나는 3년 전 가을 처음으로 경상남도 산청군에 내려왔다. 한 달의 이십 일 가량을 궁천면의 통나무 황토집에서 생활하고 열흘 정도는 서울에서 생활한다. 직장에서 사람들에 치일 때, 이런저런 실망을 할 때마다 '다 때려치우고 농사나 지어야겠다, 이 꼴 저 꼴 안 보고 일한 만큼 벌어먹고 살 테니 얼마나 속 편하겠는가.'며 호언하던 것을 실행에 옮겼다.

물론 그 즈음 심심찮게 티비, 신문에서 조기 명퇴자나 중년들의 귀농 관련 프로그램들이 방송을 탔고, 나 역시 '제2의 인생', '귀농 성공기' 운운하는 화면에 덩달아 용기를 낸 것도 사실이다.

하지만 산청군으로 전입을 했음에도, 한 달에 열흘 정도는 서울에 살며 왕래하는 생활은 엄밀하게 말해 현지에서의 농산물 생산을 바탕으로 하는 귀농이 아니라, 연금으로 전원생활을 즐기는 귀촌생활에 가까웠다. 사실 퇴직금을 곶감 빼먹듯 하니 이미 통장은 마이너스를 찍은 지 오래고 직장을 그만두었던 아내는 다시 일을 해야만 했다.

하지만, 귀촌이든 귀농이든 황토집에 있는 동안은 들일을 해야 하고 땀과 한숨을 흘려야 한다. 만사가 그렇지만 머릿속에서 맴돌던 것들이 현실에서 바로 구현되는 법은 없다. 농사 역시 마찬가지다.

나는 기초적인 낫질, 괭이질에 헐떡거리며 체력의 한계를 느끼는 경우가 왕왕 생겼다. 농사의 '농'자 근처에도 가지 못할 단순한 일들이 생각보다 고되고 지루했다. 물집 하나 없던 고운 손으로 낫과 호미를 다루는 것이 글자를 처음 배우는 어린애마냥 삐뚤거렸다. 그러기를 1년하고 몇 개월이 지나서야 일하는 시간이 쉬는 시간보다 길어졌다. 여자처럼 희고 갸름했던 손은 마디마디 굳은살과 못이 박인 곰발바닥이 되었다. 더불어 손등과 손목에 긁히고 베인 자국은 실제 이상으로 과격한 인상을 남기게 되었다.

어머니가 외조부에게 물려받은 오천여 평의 산비탈에 육백 주의 감나무 묘목을 심었다. 궁천면의 특산품은 곶감이다. 당초 남들 하는 만큼만 농사를 지어도 밥은 굶지 않는다는 믿음으로 개간한 밭은 아직 허허롭고 휑했다.

금년 봄에 식재한 1, 2년차 묘목들은 기껏해야 중지 손가락 굵기의 줄기에 나무젓가락만한 가지, 매가리 없는 잎이 몇 장 달린 꼴이니 저게 언제 자라서 감을 맺나 하는 탄식을 부른다.

지리산 입구 표지판을 따라 도로를 질주했다. 한계속도 60은 카메라 앞에서만 유효할 뿐이다. 도로변에는 배롱나무가 줄지어 심어져 있고 진분홍색 꽃뭉치들이 줄기마다 아우성을 치고 있었다. 아스팔트로 매끄럽게 정리된 도로 위에는 군데군데 엉성하게 포트홀을 메운 흔적과, 차에 치어 핏덩이로 널브러진 들짐승의 말라붙은 사체가 심심찮게 눈에 띄었다. 하지만 십수 년 전만 해도 가장 가까운 도시에서조차 시외 버스를 타고 두어 시간을 잡아먹던 100리 산길이 이제는 느긋하게 운전해도 사십 분이 채 안 걸리니, 그깟 포트홀이 몇 개든, 길바닥에 들러붙은 오소리와 고양이의 사체가 얼마나 뒹굴든 그저 감사해야 할 것이다.

어머니가 외조부의 유산으로 받은 땅을 찾는 데에 근 1년이 걸렸다. 현지의 외삼촌이 마음대로 전용하던 모친의 임야를 다시 찾기 위한 행정적인, 인간적인 합의에 걸린 시간이다. 삼십여 년 전 멋진 차를 몰고 말수가 적은 대머리 삼촌의 모습밖에 모르던 나는 산자락의 땅을 사이에 두고 갈등을 빚는 그들을 이해할 수 없었다.

어떻든 어머니는 1년여 외삼촌과 갈등을 빚다가 기어이 당신의 땅을 찾아 집을 지었다.

차가 궁천면에 들어서자 맞은편 산중턱으로 황토 반 시멘트 반으로 지은 2층의 통나무 황토집(동네 사람들은 외관이 둥그스름하고 투박하게 생겨 버섯집이라고 불렀다.)이 보이기 시작했다. 집은 지리산 천왕봉에서 흘러나온 줄기들 중 하나인 구곡산 사부능선 즈음에 위치해 있다. 가는 날이 장날이라더니 궁천면 저잣거리에는 마침 오일장이 펼쳐져 있었다.

나는 이가 빠진 낫이 생각나 만물상에 들려볼까 하다 도로변에 빽빽하게 주차한 차들을 보고 마음을 접었다.

왁자한 저잣거리를 지나 비포장 산길로 들어섰다. 오르막 산길가로 드문드문 자리한 농가農家에 묶여있던 백구, 황구들이 짖어대며 아는 체를 했다.

길목의 산딸기나무와 토목공사로 사지가 찢긴 소나무, 독기 어린 가시를 휘저어 대는 아카시아가 트럭 뒤에서 흙먼지를 뒤집어썼다. 산길 가운데까지 뻗질러진 나뭇가지들에 긁히며 5분여를 헐떡거리던 픽업 트럭은, 초코칩쿠키처럼 검은 기와 쪼가리를 지붕에 박아 장식한 황토 집 앞에 이르러서야 거친 숨을 삭였다.

서울 집에서 아이들과 일주일을 보내고 도착한 황토집 주변은 참으로 낯설게 변해 있었다.

서울에서의 생활은, 칭얼거리는 세 살짜리 막내를 깨워 밥을 먹이고 중학교 다니는 큰 놈과 출근하는 아내를 배웅하며 하루를 시작한다. 그리고 설거지와 집안 청소 등 잠깐의 노력을 하고 아내가 귀가하면 지인들을 만나 술집을 전전한다. 그들에게 온갖 폼을 다 잡으며 초보 농부의 애환을 게워내고 비틀거리며 하루를 마무리한다. 이것이 대동소이한 서울의 일상인데 반해 구곡산 자락의 낮과 밤은 참으로 변화무쌍했다.

일주일 전 한 뼘 길이만큼 고개를 내밀던 화단의 바래기는 훌쩍 무릎 위를 넘어 자라 있었고, 상경하기 직전 풀을 뽑았던 자갈마당에는 여기저기 쑥과 왕씀바귀, 백합, 들깨, 금잔화 등이 제멋대로 줄기를 세우고 있다. 여닫이 대문 위 처마에는 말벌들이 야구공만한 집을 짓고 있었다. 불과 일주일 만에 말이다.

나는 이런 '성장'을 접할 때마다 감탄사를 내뱉는다. 오로지 하늘과 바람에만 의지하여 살아가는 생물들 아닌가. 유난히 뜨거운 여름의 말미에도 그들의 삶은 주렵 없이 맹렬하다. 이처럼 치열하게 적응하며 살아가는 왕성한 생존력에 어찌 머리를 숙이지 않을 수 있을까.

서울의 본가에서 챙겨 온 밑반찬과 과일 등을 냉장고에 챙겨 넣고 마루와 이층 방에 청소기를 돌린 후 작업복으로 갈아입었다.

눈부시게 타오르던 햇살이 조금은 숨을 돌리는 오후 네 시께다.

서울에서 다섯 시간이 걸렸다. 그냥 오늘은 하향한 걸로 '퉁' 치고 쉬고자 했던 나는 집 주변과 감나무 밭의 무성한 야초들을 둘러본 후 여유를 부릴 때가 아님을 느꼈다. 창고에서 두어 달 전에 넣어둔 예초기를 꺼냈다. 오일과 휘발유를 확인하고 시동을 걸었다. 평소보다 시동그립을 서너 번 더 당기기는 했지만 작동에는 이상이 없어 보였다. 평소 사용 후 관리를 전혀 하지 않았음에도 아직까지는 말을 잘 들었다.

칼날이 고속으로 돌아갔다. 휘두르는 동선에 있던 왕달맞이꽃이며 억새가 턱턱 잘려지고 부러져 날아갔다. 한동안의 시간이 흐르며 서울생활에 적응했던 몸이 서서히 산청의 햇살과 대기에 익숙해졌다. 머리와 얼굴에서 땀이 흐르고 목에 두른 수건은 젖어갔다. 강약으로 트로틀레버를 조절하며 운전이 손에 익는다고 느낄 즈음 '떵'하며 묵직한 충격을 받았다. 예초기의 날이 야초 사이에 박혀 있는 돌을 때렸던 것이다.

정리된 공원묘지 같은 땅이 아니다. 본래 흙 반 돌 반인 척박하고 거친 땅이다. 초목이 시드는 겨울이면 땅 위의 돌도 보이고 흙도 보이지만 여름에는 수풀사이로 모두 숨어 버린다. 들일로 한 해를 보내고 예초기가 어느 정도 손에 익은 느낌인데도 여전히 바닥의 돌을 때렸다. 이장이 굳이 바짝 깎을 필요가 없다고 요령을 가르쳐 주었지만, 난 여전히 내 식대로 일을 했다.

세 시간에 걸쳐 커터를 두 번 바꾸고 오백 평 정도에 풀을 벴다. 확실히 낫질보다는 효과적인 작업이고 효율적이었다. 그렇지만 예초기를 돌릴 때면 언제나 미안한 마음이 들었다. 아직도 머릿속에 도회적인 자잘한 감상이 남아 있어선지, 낫질에 비해 예초기 작업은 조금 잔인하다는 생각이 들었던 거다. 명아주도, 왕달맞이꽃도, 억새도 다 살겠다고 그리 생장하는 것들이 아니던가. 이들을 너무도 쉽게 베어 버리는 것 같아 어차피 같은 결과임에도 낫질에 비해 착잡하고 무거운 마음이 된다. 공자가 얘기했던가? 낚시는 하되 그물질은 하지 말라고. 합당한 비유가 아닐지라도 그냥 그런 느낌이 들었다.

예초기를 정리하고 마당에서 지하수로 샤워를 했다.

맞은켠 산등성이로 서서히 노을이 물들고 있었다.

2.

황토집으로 내려오고 일주여가 지났다.

며칠 전부터 비가 내리기 시작했다. 주방의 싱크대와 화장실 모두 물이 나오지 않았다. 비가 올 때면 거의 그랬지만, 구곡산 6부 능선 부근에 있는 취수원이 낙엽이나 자갈 등으로 막히는 경우가 종종 있었다. 그럴 때면 산물을 생활용수로 쓰는 산자락의 십여 가구들은 모두 단수가 되곤 했다.

나는 마당의 지하수를 끌어 올려 화장실 욕조에 채워 놓았다. 이삼일 정도 쓸 수 있는 양이다.

서울에서 아버지의 간병을 하고 있는 모친에게 전화가 온 것은 비 핑계로 일을 접고 비스듬히 늘어져 티비에 눈을 박고 있을 때였다. 말복에 쓸 요량이니 가시오가피나무를 몇 그루 캐놓고, 오가피 군락 주위의 제초작업을 하라는 작업지시다. 귀찮다고 미루다 조급히 일하느니 여유 있게 하자는 판단으로 낫과 호미를 챙겼다.

가시오가피 군락은 나무사이가 촘촘하여 예초기로 풀을 벨 수가 없었다. 물론 우중에 예초기는 더욱 아니다.

가관이었다. 십여 평의 군락은 억새와 거제수나무, 명자나무, 환삼덩굴들로 점령되어 정작 가시오가피들이 숨 쉴 수 있는 공간은 부족해 보였다. 휴대폰과 담배를 넣은 비닐봉투를 인근 바위 밑에 놓아두고 낫질을 시작했다.

빗살이 안개비에서 가랑비 정도로 바뀌었다. 우습게 생각했던 빗줄기는 어느덧 작업복을 모두 적셨고, 낫질은 생각보다 힘들었다. 가시오가피의 곁뿌리 틈새로 솟아오른 억새들을 줄기 사이사이마다 손을 넣어 개별로 베어야 하는데 의외로 시간이 걸렸다. 노란 고무바닥의 목장갑이 흙물이 들어 짙은 고동색으로 변했지만 고작 두 평 정도밖에 정리를 하지 못했다.

그때였다. 끙끙거리며 억새들을 잡기 위해 왼손을 뻗은 순간, 약지부터 엄지까지 네 손가락에 바늘로 찔리는 듯 작열감이 쇄도했다. 이어서 관자놀이께도 따끔했다.

쐐기를 건드렸나 싶었다. 목장갑의 고무바닥를 뚫는 쐐기가 다 있구나하며 손을 터는데 몇 마리 벌레들이 시야에 잡혔다. 까맣고 노란 대여섯 마리 날것들이 땅에서 솟구쳐 오르고 있었다. 앞뒤 생각할 겨를이 없었다. 나는 기겁을 하며 낫을 팽개치고 오가피 숲을 벗어나 뛰기 시작했다. 쐐기였으면 차라리 좋았을 터였다. 그런데 땅벌이었다.

황토집 현관에 이르렀다.

가랑비 때문인지 벌들은 끝까지 쫓아오지 않았다.

거친 호흡을 정리하며 담배를 찾았다. 이런… 휴대폰과 담배를 비닐봉지에 싸서 바위 밑에 놔둔 것이 생각났다. 나는 육두문자를 내뱉으며 젖은 옷을 벗기 시작했다. 상의를 탈의하고 혁대를 풀었다.

그리고 쓰러졌다.

거짓말처럼 두 다리가 제 스스로 힘을 빼버리면서 허리가 무너졌다. 대문의 빗장에 이마를 부딪치고 쓰러졌다. 머릿속을 성긴 대나무 장대로 휘젓는 것 같았다. 호흡이 곤란해지고 들숨날숨이 막히기 시작했다. '패닉'이란 게 바로 이런 상태구나 하는 생각이 들었다. 허리 아래로 힘이 들어가지 않았다. 왈칵 불안감이 전신을 휩쌌다.

현관바닥의 진흙과 먼지들로 범벅이 된 채, 꿈틀거리며 거실까지 기어갔다. 대여섯 걸음이 이렇게 먼 거리였구나, 나는 실소를 삼켰다. 그리고 간신히 탁자 위의 전화기를 잡을 수 있었다.

나오지 않는 목소리를 짜내 119에 신고를 했다. 십여 분 후 퍼질러 앉아 헛구역질을 하고 있던 나를 구급대원들이 일으켜 세웠다.

앰뷸런스에 실려 저잣거리의 궁천의원에 도착해 링거를 맞았다. 체내에 주입된 벌독을 중화시키기 위해서라고 했다.

팔뚝에 바늘을 꽂고 얼마 지나지 않아 온몸이 가렵기 시작했다. 가슴이며 팔이며 배, 엉덩이, 얼굴 할 것 없이 발작할 만큼 자글거리며 가려웠다. 오돌토돌 일어나고 있는 손바닥의 속살이 비쳐 보였다. 나는 얼굴에 손을 안 대려 이를 악물고 참았다. 관자놀이께의 살이 부어오르며 눈매가 이지러졌다. 팔과 배위로, 가슴으로 몽글몽글 피부가 뭉쳐지는 것이 보였다. 나는 사람모양의 커다란 곰보빵이 되어 갔다.

한 시간 간격으로 혈압을 재던 간호사는 원래 혈압이 낮지 않았냐며 때마다 내 동의를 구했다. 하지만 나는 평소에 준고혈압이었고, 간호사의 기대에 응하지 못했다. 혈압이 50/70으로 쇼크 상태에 들고 나는 다시 앰뷸런스에 실려 인근 도시로 향했다. 앰뷸런스에 누워 서울로 전화를 했다.

진주고속터미널 옆의 종합병원에서 네 시간 동안 두 개의 링거주사를 더 맞았다. 마지막 링거의 수액이 거의 바닥을 보일 즈음 혈압은 70/110으로 회복되었다. 궁천면으로 들어가는 시외버스는 이미 끊긴 지 오래됐다. 나는 아내의 부축을 받으며 근처의 모텔을 찾았다. 빈 입원실이 없다는 이유가 가장 크긴 했지만, 서울에서 황급히 내려온 아내를 배려해서였다.

다음날, 터미널 인근 식당에서 아침을 먹고 아내와 함께 산청행 버스에 올랐다. 눈이 부셨다. 나흘 만에 보는 햇살이라 그런지 아니면 쇼크 상태에서 살아난 기쁨 때문인지, 내 망막은 창을 통해 들어오는 옅은 빛조차 감당하지 못했다. 아내는 옆에서 휴대폰으로 결근통보와 업무대체를 하느라 분주했다.

궁천면에 도착한 우리는 택시를 타고 집으로 올라갔다.

하차하며 감고 있던 눈을 뜨니 황토집이 백색의 빛무리 속에 숨어 있었다.

아내는 황토집에서 하루를 더 머물며 내 식사와 부엌일을 덜어주었다. 김치뿐이던 냉장고가 몇 가지 밑반찬으로 채워졌다. 분주하게 움직이는 아내의 뒷모습이 드라마 속의 담배 마냥 안개 처리를 한 듯 흐릿하게 보였다.

눈이 이상해졌다.

아내를 배웅하고 올라오는 길이었다. 산길의 잡목들이 모두 녹색 파스텔로 뭉개놓은 듯 불분명하게 눈에 들어왔다. 흙길과 저잣거리의 아스팔트, 대로변 건물들은 본연의 색과 형태로 보였다. 그런데 사람과 나무와 풀은 무언가로 덮어씌운 듯 흐릿한 형체와 색깔로 망막에 맺혔다.

검붉게 익을 대로 익은 과육을 품고 있던 산딸기나무는 탁하고 진한 초록색 아지랑이를 피웠다. 줄기가 절반 정도 찢긴 상태로 생존 자체가 경이로운 소나무는 누렇게 변해가는 탁한 녹색 연무를 올렸고, 차를 보며 짖어대는 황구와 백구의 머리 위에는 선명한 붉은색의 아지랑이가 아른거렸다.

사물의 형상은 분명하게 보였다. 하지만 그 주변의 배경이 흐릿했고, 안개가 끼듯, 아지랑이가 피듯 특정 색으로 덧칠이 되었다.

처음에는 그냥 눈이 피곤해 그런 줄 알았다. 하지만 이틀이 지나고 사흘째가 되니 확실히 문제가 생긴 것임을 알게 되었다. 그렇다고 생활에 크게 지장을 주는 것은 아니어서 옷을 입고 밥을 지어먹는 일상생활은 물론 텃밭의 소소한 김매기도 할 수 있었다.

물론 줄지어 가는 개미들 대가리 위의 검붉은 연무를 보거나 홍고추가 되어가는 고춧대의 회녹빛 안개를 감상하는 게 결코 익숙하진 않았다.

탁한 빛을 발하는 고춧대의 곳곳에 달라붙어 잎과 줄기를 가리지 않고 갉아먹는 가시노린재들의 주홍빛 아지랑이는 참으로 기이한 풍경이었다. 또한 고랑에 뿌리를 내리고 이골저골 넘어가는 달개비의 연두빛 안개는 보라색 꽃과 어울려 독특한 색감을 주기도 했다.

텃밭에 나가 일을 할 때면 처처에서 발산하는 형형색색의 안개에 취해 마치 만화경 속에 있는 듯한 비현실적인 기분이 들었다.

중고등학교 시절'양아치'들이 부탄가스를 흡입한 후 지껄이던 환각상태가 떠오르기도 했지만, 나는 내 시각의 이상을 그리 심각하게 생각하지 않았다.

단지 땅벌에 쏘인 여파로 시신경에 잠깐 동안 이상이 생긴 거라 여겼다.

나는 오히려 만화경을 즐겼다.

퇴원 후 사흘째 되는 날 저녁 무렵, 득得되는 곳만 찾는다는 이장이 뜬금없이 찾아왔다. 오후에 궁천의원에서 물리치료를 받다가 간호사에게 내 얘기를 들었다고 했다.

몇 달 만에 이장을 보는지 기억도 나지 않았지만, 오 분여 거리를 일부러 막걸리 몇 통을 사들고 와준 그가 고마웠다.

김치와 콩장 등 반찬들을 놓고 막걸리 사발을 비웠다.

'그만하길 다행이다. 땅벌은 끝까지 따라오는데 재수 좋았다. 촌사람들도 매 한가지다. 조심할 수밖에 없다…' 위로와 덕담을 잇는 이장에게 나는 그저 '예 형님, 예, 예' 하며 잔을 비우는 수밖에 없었다.

전등 아래로 회색 먼지들이 부유했다.

이장의 등 뒤에서, 머리 위로 거무튀튀한 진한 잿빛의 아지랑이가 피어올라 있었다. 노란 기가 도는 듯 했지만, 전체적으로 탁한 잿빛이 이장의 상반신과 머리 위에서 어른거리고 있었다. 그가 뱉어내는 담배 연기가 유난히 하얗게 피어오른다. 허연 막사발에 부은 막걸리에서도 잿빛 탄산이 올라오고 있었다.

술자리가 피곤해지기 시작했다.

두 시간여를 그와 보내는 사이 창밖으로 어둠이 깔렸다. 이장은 술자리를 파하며 근일 내 땅벌집, 말벌집하고 자연석청만 전문적으로 채취하는 양봉업자를 데려오겠다고 했다. 벌 둥지를 없애야 일하기 수월하다며 인심을 썼다.

비용을 문의하자 이웃끼리 그 정도는 그냥 해줘야지 하며 호방하게 웃는다.

그의 머리 위에서 언뜻언뜻 누런빛이 명멸했다. 자연석청 뿐만 아니라 말벌집, 땅벌집 역시 괜찮은 가격으로 거래된다는 것을 그 때는 알지 못했다.

들어가시라며 인사를 하고, 이장의 뒷모습이 쏟아지는 별들의 빛줄기 속으로 완전히 사라진 후 나는 크게 기지개를 켰다.

마당으로 산바람이 불어왔다. 뜨거웠던 여름의 낮은 어디론가 사라지고 청명한 암청색 밤하늘이 뭉텅이로 떨어져 산야를 휩쓸고 있었다.

다음날 새벽녘에 잠깐 악몽을 꾸고 눈을 떴다. 시계를 보니 알람 일분 전이다. 열흘 사이 몸은 지리산자락의 일상에 완전히 적응했다.

창문을 열었다. 건너 이방산의 허리에 운무가 잔뜩 어려 있었다. 한낮의 타오르던 열기와 햇살이 그대로 땅위에 얹혀 새벽녘의 장관을 연출했다. 하루 중에 시력이 가장 온전할 때는 새벽녘뿐이다. 커피를 한 잔 마시고 작업복으로 갈아입었다.

두어 시간 축대의 돌 틈에 자란 쑥과 도깨비풀(가막사리), 바래기를 베어내다 보니 새벽 어스름이 양지로 변해갔다. 그리고 베어낸 풀들 위로 안개가 어리기 시작했다. 베어낸 지 얼마 되지 않아 모두 푸른색을 띠고 있다.

이후 누런색으로 기화하다 뿌연 배경이 되기까지의 시간은 길어야 두 시간일 터다.

전날 마신 막걸리 때문인지 유난히 배가 고팠다. 아침을 먹고 서울의 아내와 통화를 했다. 시력이 이상해진 것 같다고, 대충 증상을 이야기하니 어서 올라와 큰 병원에 가보잔다. 작업하던 감나무 밭 제초작업과 황토집 주변의 잡무를 마무리하고 이삼일 후 상경하겠다며 전화를 끊었다.

여덟시가 되었다. 중천에 해가 걸리기 전까지 일을 해야 한다. 늦여름이라지만, 오전 열한 시부터 오후 네 시까지는 여전히 들일을 하기 힘들었다.

예초기를 메고 감나무 밭으로 향했다. 이틀 안으로 절반 정도 남은 나머지 풀베기를 마무리할 생각이었다.

부릉거리며 예초기의 심장이 뛰기 시작했다.

등에 붙어 진동하는 모터에 공명하며 내 심장도 함께 뛰었다.

눈부신 안개 속에서 뿜어 올리는 형형색색 야초들의 시퍼런 아지랑이 숲으로 커터를 들여 넣고 천천히 휘젓기 시작했다. 섬뜩하면서도 시원한 커터의 회전음과 함께 허리춤, 뿌리 즈음이 썸뻑하게 잘린 야초들이 단말마를 지르며 쓰러졌다. 그들의 피와 몸 가루가 온 사방으로 튀었다.

초록 빛 불꽃놀이다. 연두빛, 남빛, 옥빛, 쪽빛의 모래들이 육방으로 비산했다. 새벽의 습한 대기에 시퍼런 안개가 폭발하고 있었다. 마치 핏물을 빼지 않은 고기를 그라인더로 곱게 갈아 호스로 뿌려대는 것 같다. 형언할 수 없는 쾌감이 밀려왔다. 동시에 땅을 파고 머리를 처박고 싶은 아픔과 죄스러움이 가슴을 메어 왔다.

한 시간 반. 휘발유가 소진되고 시동이 꺼졌다.

온 몸뚱이가 왕달맞이꽃, 명아주, 벌개미취, 쑥, 바래기, 억새의 육편肉片으로 범벅이 되어있었다. 역하고 진한 초향草香은 어느새 쪽빛 핏내로 내 시각과 후각을 점령했다. 보안경을 벗었다. 희뿌옇게 빛나던 사위는 초록색 안개로 가득했고 희뿜한 햇살자리만 군데군데 남아 있었다.

이후, 나는 청무青霧에 갇혀 방위를 잃을 때까지 두 시간 더 예초기를 돌렸다. 얼룩무늬 작업복이 검푸른 색으로 젖었고 소금꽃이 피기 시작했다.

하루 반나절 동안 나는 초록색 야차가 되었다.

3.

이장이 양봉업자 이씨와 함께 방문한 것은 감나무 밭 제초작업을 마친 오후였다. 나는 점심을 먹고 음식물쓰레기, 재활용품 정리 등 다음날 상경을 위해 집안을 정리하고 있었다.

회색빛 구름을 지고 온 싱거운 이장과는 달리 작달막하지만 까무잡잡한 피부의 양봉업자는 머리에 붉은 아지랑이를 얹고 있었다. 선량한 인상의 그는 이장과 두 집 건너 사는 같은 동네 사람이었다. 그와 간단하게 안부 인사를 나눈 후 가시오가피 군락으로 내려갔다. 현장에 도착한 이씨는 벌이 솟아 오른 장소를 별다른 보호구 없이 삽질을 하기 시작했다.

멀찍이 떨어져 그들 머리 위에 아른거리는 아지랑이를 품평하던 나는 사람마다 '색깔'이 이렇게 다르구나 하는 당연한 사실을 새삼 확인했다.

이장의 머리 위로 어리는 색깔은 어두운 시멘트색 안개가 거의 대부분이고 가끔 누런색이 띄엄띄엄 나타나는 반면 신중히 삽질을 하는 이씨가 피우는 연무는 옅은 흙색과 붉은색이 주였다.

한동안 삽으로 이곳저곳을 헤집던 양봉업자는 벌들이 없다며 나를 돌아보았다. 놈들이 이사하기 전에 잡았다면 좋았을 거라 안타까워하는 나에게 그는 자기 명함을 한 장 건네주었다. 다시 벌을 보게 되면 언제든 전화하라고, 말벌도 마찬가지니 부담 없이 전화를 달라고 했다. 명함을 받고나니 불현듯 처마 밑의 말벌집이 생각났다. 이씨는 가보자며 앞장서 걸었다.

무슨 영문인지 처마 밑 말벌집도 빈집이 되어 있었다. 이주일 전 황토집에 도착했을 때 보았던 크기에서 더 커지지도 않았고 벌들도 보이지 않았다.

'여기도 없네요, 이것들이 단체로 이주했나', 어색하게 웃는 내게 이씨는 괜찮다고 잘됐다며 응수해 주었다. 그의 아지랑이가 더욱 붉어졌다.

옆에서 벌이 다시 나오면 연락하라고, 이씨에게 직접 전화하기 뭐하면 자기에게 얘기하라고 너스레를 떠는 이장의 머리 위에서 누런 안개가 연신 피어나고 있었다.

그들이 돌아간 후 담배를 사러 저잣거리에 내려갔다.

당초 어머니와의 갈등으로 외삼촌이 길을 막아 놓았던 바위덩어리

두 개가 길섶으로 밀려나 검은색으로 빛나고 있었다.

산길 옆 계단밭에서 김을 매다 '어데 가능교' 소리쳐 인사를 하는 아랫집 종원이의 손짓에 하늘색 구름이 부서졌다. 담배와 예초기의 커터를 구하러 들락거리던 만물상 여사장의 잿빛 미소에 황토색 아지랑이가 걸려있었다.

여름의 끝자락에 궁천면 계곡으로 피서를 온 외지인들의 밝은 주황색 빛무리가 저잣거리 주민들의 개나리색 연무와 어우러져 춤을 추고 있었다. 여기저기서 뭉쳐지는 빛의 스펙트럼이 궁천면의 늦여름 오후를 하얗게 채우고 있었다.

호랑이가 나왔다던 깜깜한 오지의 산촌마을이 황금빛 가득 찬 대처가 되어 광휘를 뿌리고 있었다. 눈이 부셨다.

저녁을 먹은 후 담배를 물고 2층 베란다로 나갔다.

산 그림자로 어둑했던 사위가 시나브로 심연에 가라앉고 있었다.

하얗게 피어오르는 담배연기 사이로 저잣거리가 눈에 들어왔다.

300미터 남짓한 대로에 가로등이 촘촘히 등을 밝히고 있고, 구름 낀 짙은 밤하늘 아래에는 노래방의 네온이 번쩍이고 있었다.

어인 일일까.

무지개 노래방, 석류 모텔, 행복 다방.

황토집과 장터와의 거리가 대략 1킬로미터 정도인데 옆에서 보듯 글자를 읽을 수 있었다. 구름이 흐르는 짧은 틈으로 별비가 떨어져 궁천면의 거리를 두드리고 있었다. 누렁안개가 살아있는 듯 대로에서 넘실거리고 있었다. 솜사탕처럼 달큼하게 끈적거리는 유흥업소의 네온 빛이 선명하게 눈 안으로 들어왔다. 한가하게 야경을 감상하는 사이 한두 마리 개 짖는 소리가 들리기 시작했다. 그리고 얼마 안 지나 온 동네 개들이 요란하게 짖어댔다.

텃밭 밑에서 희미하게 풀을 헤치는 소리도 들려왔다. 소리 나는 쪽으로 시력을 돋구었다. 가시오가피 군락에 크기와 밝기가 다른 붉은 초롱불 여섯 개가 버석거리고 있었다. 멧돼지다. 어미와 새끼 두 마리가 땅을 파고 있었다. 작년에 놈들이 헤집어 놓은 고구마 밭이 떠올랐다. 총이라도 있었으면 바로 쏴 잡을 텐데… 아쉬웠다.

샤워를 하러 욕실로 내려갔다. 언제나처럼 머리를 감고 몸을 닦았다.

마지막에 면도를 했다.

삼중날이 거품에 길을 내며 터럭들을 깎았다.

최대한 바짝 깎았다. 입귀를 조금 베어 빨간 실선이 생겼다. '쯔쯔' 나는 혀를 차며 상처를 살폈다.

거울에 서리가 꼈다. 물 한 바가지를 끼얹었다.

거울 안에 누렇고 퍼런 멍자국으로 얼룩져 보이는 중년남자 한 명이 이쪽을 바라보고 있었다.

거울에 다시 서리가 어렸다.

손으로 거울을 닦음에도 서리가 지워지지 않았다.

마주보고 있는 '나'에게서 잿빛 연무가 쉼 없이 뿜어져 나오고 있었다.

서울에 올라가면 필히 안과에 가야겠다. *

## 안지용

서울 출생
2016년 제49회 한국소설 신인상
단편 「교대역 6번 출구」로 등단
한국소설가협회 회원

# 결혼 자격시험

안지용

도시의 하늘은 뿌연 잿빛이었다. 중앙 버스정류장의 LED전광판은 오늘의 미세먼지 농도 수치가 나쁨을 알렸다. 흐린 날씨 탓에 나쁨이란 글자가 더욱 도드라졌다. 버스들의 도착 시간도 차례로 고개를 내밀었다. 현수가 타야 할 7008번 버스 도착 예정 시간은 6분 후였다. 현수가 맞은편 건물에 coffee라고 쓰여 있는 간판을 발견했다. 카페인의 유혹이 현수를 끌어당겼다. 신호등을 건너가서 커피를 사가지고 돌아오는 시간을 계산했다. 카페에 손님이 많으면 버스를 놓칠 수도 있다. 초록색등이 켜지고 마스크로 호흡기를 가린 사람들이 중앙 버스정류장으로 몰려들었다. 현수는 길을 건너기 위해 몸을 움직이다가 한 남자와 부딪혔다.

"뭐야, 아침부터 재수 없게."

정류장을 향해 오는 사람들과 길을 건너가는 사람들은 자신의 방향만 직시했다. 옆 사람과 부딪히는 건 자신의 잘못이 아니었다. 남자는 현수에게 눈을 부라리며 맞은편으로 건너갔다. 현수의 손에 커피가 들려 있었다면 남자의 머리위에 부었을 지도 모른다. 하지만 현수는 멀어져가는 남자를 멍하니 보고만 있었다. 정류장으로 버스들이 하나 둘 도착했다. 커피를 포기하고 현수는 정차되어 있는 7008번 버스로 발길을 옮겼다. 버스의 앞문이 열리고 손목에 차고 있던 스마트 워치를 단말기에 찍었다. 버스 안에는 듬성듬성 빈자리가 보였다. 현수는 습관처럼 뒷자리로 향했다. 구석자리에 앉아 창가에 머리를 기대고 거리의 사람들을 바라보았다. 아이를 데리고 있는 가족들의 모습이 예전과 달리 특별해 보였다. 그들을 바라보며 현수는 어젯밤 지혜가 했던 말을 떠올렸다.

"남자와 여자가 만나서 사랑을 하고, 미래를 약속하는데 시간이 얼마나 걸릴까?"

지혜는 현수의 대답이 궁금했다.

"사람마다 다르겠지, 첫 눈에 반한 사람들은 단기간에 결혼을 생각할 수도 있고, 서로를 확인하는데 시간이 오래 걸리는 사람들도 있을 테고, 그건 왜?"

"그냥 자기 생각이 궁금해서, 니체가 결혼 생활이 뭐라고 했는지 알아?"

지혜가 현수에게 다시 물었다.

"아니."

현수는 지혜가 결혼이라는 말을 꺼내자 불편한 듯 입을 닫았다.

"결혼 생활은 긴 대화라고 했어."

지혜가 대학을 졸업하고 취업을 하면서부터 현수의 말수는 부쩍 줄었다. 현수에게는 아직 취업 준비생이라는 딱지가 붙어있었기 때문이다. 취업도 하기 전에 결혼이라는 벽 앞에 현수의 마음은 움츠러들었다.

긴…… 대화…….

지혜의 음성이 지나가는 차들 사이로 귓가에 맴돌고 있었다.

XX고등학교 교정에 [2021년 결혼 자격시험]이라는 플래카드가 보였다. 수험생들은 오전 9시까지 고사장 입실을 위해 건물 안으로 들어갔다. 현수가 운동장을 지날 때 스마트 워치에서 진동이 느껴졌다. 지혜였다.

"여보세요, 현수야."

"……."

현수가 대답이 없다.

"여보세요? 현수야, 시험 잘 봐"

"응."

현수의 대답이 짧았다. 지혜의 전화를 끊고 현수는 주머니 속의 담배를 찾았다. 각 잡힌 담뱃갑이 하얀 속을 드러내며 텅 비어있었다. 아침부터 재수가 없다는 남자의 말이 떠올랐다. 빈 담뱃갑은 현수의 손에 구겨져 쓰레기통에 처박혔다. 현수는 1층에 설치된 단말기에 수험번호를 찍고 교실을 확인했다. 엘리베이터를 타고 3층에 내린 현수는 인생도 엘리베이터처럼 편안하게 안착했으면 좋겠다는 생각을 했다. 아무리 열심히 뛰어 올라가도 인생은 엘리베이터만큼 빠르지 않았다.

교실 문을 열자 수험생들은 태블릿 pc나 스마트 폰으로 시험에 대비해 마지막까지 최선을 다하고 있었다. 책상마다 설치된 터치스크린 컴퓨터가 눈에 들어왔다. 자리에 앉아 현수는 결혼에 대해 생각했다. 결혼과 육아, 취업, 이 모두가 현수에게는 짐스러웠다. 아르바이트를 하며 싱글 족으로 살아도 나쁘지 않다는 생각을 했지만 지혜가 곁에 있는 한 결혼 자격시험이라는 관문을 넘어야 했다. 당장 결혼을 하지 않는다 해도 지혜에게 해줄 수 있는 것이 이것밖에 없었다. 교실에는 40대로 보이는 남자들도 시험 볼 준비를 하고 있었다. 결혼 연령이 높아졌다 하더라도 그들의 모습은 더욱 초조해 보였다. 두 명의 감독관이 교실로 들어왔다. 컴퓨터의 전원을 올리라는 감독관의 지시에 따라 현수는 전원 스크린을 터치했다. 모니터에 불이 들어오고 화면이 뜨기 시작했다. 스크린 속 화면은 희미하게 초점 없이 흔들렸다. 현수는 손으로 눈을 비벼보고 다시 화면을 바라보았다. 미세먼지 때문일까? 대기 중의 공기가 탁해서 화면이 흐려 보이는 것인지 현수는 어리둥절했다. 감독관의 말이 이어졌다.

"시험시간은 90분이다. 그 시간 안에 답을 쓰고 입력을 누르면 합격 여부가 나타난다. 입력을 누르기 전 답은 얼마든지 고쳐도 상관없지만 일단 입력을 누르면 변경할 수 없다. 오늘 시험에 떨어진 사람들은 매월 마지막 주 일요일에 있을 재시험을 보기 바란다."

현수의 모니터는 여전히 희미했다. 조심스럽게 손을 들어 감독관에게 모니터의 이상을 알렸다. 감독관이 현수에게 다가왔다.

"자네 너무 긴장한 것 아닌가?"

감독관의 말에 현수는 다시 모니터를 보았다. 거짓말처럼 모니터의 화면이 점점 선명해지고 있었다. 스피커에서 시험 시작을 알리는 음악소리가 흘러나왔다.

"자 이제 수험번호를 입력하고 문제를 풀기 바란다."

1번을 클릭하자 모니터에 문제가 나왔다.

문제1) 니체가 결혼생활이란 무엇이라고 했는가?

어제 지혜가 했던 말이다.

'니체, 니체가 뭐라고 했더라…….'

현수는 첫 문제부터 난감했다. 어젯밤 분명히 지혜에게 들었던 말이다. 아니 오늘 아침 버스 안에서도 생각했던 말인데 머릿속은 하얀 백지가 되어 있었다. 현수는 다음 문제부터 읽어보기로 했다.

문제2) 인간소외란 무엇이고 어느 상황에서 일어나는가? 그 예를 들어 본인의 창조적인 생각을 서술하시오.

문제3) 결혼에 가장 중요한 것 3가지를 쓰고 구체적으로 서술하시오.

문제4) 부부란 무엇이라고 생각하는지 자유롭게 서술하시오.

현수의 모니터가 다시 흐려졌다. 다른 수험생들의 스크린 터치소리가 현수의 귀에 점점 크게 들려왔다. 답안지 작성을 마친 수험생들이 교실을 빠져나가기 시작했다. 그들은 결혼준비가 완벽하게 되어있는 듯 했다. 불안한 마음에 현수는 고개를 들어 교실을 둘러보았다. 남아있는 수험생들은 현수처럼 답을 쓰지 못하고 머리를 쥐어짜고 있었다. 현수의 모니터에는 단답형이 나뒹굴고 있었다. 인간소외, 왕따, 낯섦. 외로움, 결혼에 가장 중요한 것 3가지, 지혜, 사랑, 돈, 집, 자동차, 부부란……, 어렵거나 힘들어도 항상 함께 하는 것, 둘이 하나가 되는 것, 현수의 답은 점점 정답과 멀어지고 있었다. 니체의 1번답은 끝내 적지 못하고 현수는 입력 스크린을 눌렀다. 불합격이란 글자가 죽은 물고기처럼 모니터에 떠올랐다. 텅 빈 낯선 교실에서 현수는 인간소외를 생각했다.

지혜가 자취방에서 저녁을 준비하며 현수에게 어떤 유형의 문제가 나왔냐고 물었다.

"인간 소외 뭐 그런 거, 근데 인간 소외가 결혼하고 무슨 상관인데 시험에 나와?"

현수의 목소리에 짜증이 섞여 있었다.

"소외로 오는 은둔형 외톨이가 결혼도 못하고 자격지심, 뭐 피해의식 같은 게 커지면서 범죄로 이어질 가능성이 높아져서 그런 것 아닐까?"

지혜의 말에 결혼을 못하는 건지 안 하는 건지 알지도 못하면서 그런 문제가 나왔다며 현수가 입을 삐쭉거렸다.

"부모 자격이 없는 사람들도 사랑을 했을까?"

현수는 그들의 사랑도 의심이 되었다.

"그저 생리적인 욕구로 섹스를 하고 아이가 생기면 서로 미루기에 바쁘고, 낳아서 버리고, 사랑해서 낳은 아이인데 버리겠어?"

지혜의 말이 계속 이어졌다.

"아이가 얼마나 큰 잘못을 했다고 추운 겨울에 알몸으로 밖에 세워 두냐고, 아무리 계모라지만 곰팡이가 난 밥을 먹이는 게 부모가 할 짓이야? 아이의 몸에 락스를 뿌리는 건 차마 입에 담지도 못하겠어."

지혜의 얼굴이 벌겋게 달아올랐다.

"계모라고 다 나쁘지 않아, 그래서 시험을 보는 거잖아. 나도 떨어져서 할 말은 없지만……."

현수는 멋쩍은 듯 말했다. 몸이 아픈 언니를 대신해 조카를 봐주던 이모가 아이의 복부를 발로 차서 죽인 사건도 있었다. 그 후에 알려진 것은 이모가 아닌 생모라는 놀라운 사실이었다. 형부에게 성폭행을 당해 나은 자식을 이모인 것처럼 키운 것이다. 어른들은 아이들을 죽이는 괴물 같았다. 수학여행을 떠난 학생들이 침몰하는 배안에서 기다리라는 어른들의 말만 믿고 싸늘한 죽음을 맞이한 경악할 일도 있었다. 전쟁이 일어난 것도 아닌데 출석부처럼 아이들이 매일 죽어갔다. 세상도 죽어가고 있었다. 죽어가는 세상에서 빈부의 차이는 태어날 때부터 시작됐다. 금수저는 타고 나는 것이고 흙수저는 운명이었다. 중산층에서는 결혼을 하고 아이를 낳아도 독립하지 않고 캥거루족이 되었다. 성인이 되어도 부모에게 생활비를 요구하는 등골 브레이커들도 있었다.

사회의 사각지대 빈곤층에서는 이혼율도 높아졌다. 사는 게 힘들어지면 이혼을 하고 아이를 물건처럼 버렸다. 분노의 대상으로 힘없는 아이들에게 화풀이를 하고 때려죽였다. 이로 인해 나라에서는 부부가 무엇인지, 부모가 무엇인지, 자격이 있는 사람들에게만 결혼을 허용했다. 출산과 육아도 인격을 갖춘 부부에게만 아이를 낳을 수 있게 했다. 부모의 자격도 없는 사람들이 자판기처럼 아이를 낳고 학대하고 죄책

감도 없이 아이들을 버리는 것을 방지하기 위해서 결혼 자격시험을 시행했다. 시험에 합격하면 결혼에 필요한 주택자금이 지원되었고 육아에 필요한 아이들의 교육비가 감면되었다.

브라질에서도 결혼을 앞둔 미혼남녀들이 열흘 간 합숙훈련을 거쳐 결혼 자격시험을 보았다. 하루에 6~7시간씩 결혼, 부부, 육아, 자녀에 대한 교육을 받고 마지막 날 시험에 합격하면 '결혼 자격증서'가 부여되었다. 불합격하면 며칠 더 머물면서 재교육을 받고 다시 시험을 봤다. 자격시험을 보지 않고 아이를 낳거나 결혼을 하면 사회적으로 아무런 혜택을 받을 수 없는 불이익이 생겼다. 그로 인해 브라질은 이혼율이 낮은 나라에 속했다.

현수가 모바일로 2016년 뉴스를 보고 있었다.

-뉴스를 말씀드리겠습니다. 충격적인 일이 일어났습니다. 친부와 계모가 4살 난 아들을 때려서 숨지게 하고 암매장했다고 합니다. 게임중독인 부부는 어린 아들이 배가 고프다고 칭얼거리자 시끄러워서 때렸다고 합니다. 쓰러져 있는 아이를 방치하고 숨지자 산에다 몰래 묻었다고 하는데요, 아동학대의 도를 넘는 사건은 이번이 처음이 아닙니다. 얼마 전 아버지가 장애인 딸을 살해하고 본인도 자살을 하는 안타까운 소식도 전해드렸는데요. 왜 이런 일이 자꾸 반복되는지 전문가를 모셔서 말씀 나눠 보겠습니다.-

전문가라는 사람은 아이들의 죽음이 조금도 애석하지 않은 얼굴로 머릿속에 암기 된 지식만을 외우기 시작했다.

"개인의 문제이기도 하고 사회의 문제이기도 합니다. 서로 사랑하는데 누가 뭐라고 하겠습니까, 본인 스스로도 미약한데 아이가 생겼다고 칩시다. 그 아이를 누가 책임질까요? 가정에서요? 학교에서요? 나라에서요? 학교를 졸업하고 취업을 하고 사회의 구성원으로 가정을 꾸리고 풍요로움 속에서 출산과 육아를 해야 하는데 학교를 졸업하고도 취업이 안 됩니다. 결혼은 아예 생각도 못합니다. 그런 과정에서 누군가와 사랑을 나눠서 아이가 덜컥 생겼는데 이걸 어쩝니까. 돈도 없고 기댈 언덕도 없고 무직으로 인한 빈곤이 즉흥적이고 무질서한 행동으로 이어 가는 거죠. 사회에 불만만 쌓이다 보니 폭력적으로 되어 가는 겁니다. 그것도 힘없는 아이들에게요. 현실적인 능력상실이 자기 합리화를 만듭니다. 정신질환 충동범죄죠."

뉴스를 보던 지혜가 전문가라는 사람의 말이 못마땅한지 주방으로 발길을 옮겼다. 수도꼭지를 세게 틀어놓고 싱크대에 물을 받았다. 흐르는 물에 세제를 풀어 수세미로 뽀득뽀득 그릇을 닦았다. 지혜는 속이 상하거나 불만이 있을 때마다 설거지를 했다.

"그런다고 세상이 깨끗해지지 않아."

현수의 말이 끝나자 TV에서 사이렌 소리가 울렸다. 설거지를 하던 지혜가 주방에서 나와 거실의 TV를 바라보았다. 끼도 있던 고무장갑에서 비눗물이 뚝뚝 떨어졌다. 정규방송이 생방송으로 바뀌었다. 화면에 비춰진 곳은 부산역이었다. 기차에서 내린 승객들이 서둘러 귀가를 하는 모습이었다. 이때 사람들 사이로 남녀 한 쌍이 아기를 품에 안고 나타났다. 주위를 살피더니 아기를 안은 여자가 라이트가 깜박거리는 자동차로 다가갔다. 검은 썬팅을 한 유리창이 내려지고 차안에 타고 있던 사람과 남녀는 은밀한 대화를 주고받았다. 창밖으로 돈 봉투가 전해지고 여자가 안고 있던 아기를 차안으로 넘겨주었다. 옆에 있던 남자는 여자가 받은 돈 봉투를 낚아챘다. 불법 아기 매매 현장은 CC TV에 고스란히 찍혀 생방송으로 전국에 퍼져나갔다. 근처 지구대가 출동하고 남자와 여자, 아기를 돈으로 사려던 사람은 현장에서 체포되었다. 미혼모가 되거나 결혼 자격시험에 떨어져 몰래 동거를 하다가 생긴 아기들은 불임부부나 아이를 원하는 가정에 불법거래 되었다. 이런 사건에 연류 되면 5년 간 결혼 자격시험에 박탈되었다.

"저 아기는 5년 동안 나라에서 잘 보살펴 주겠지?"

현수는 부모 없이 크는 아이가 걱정되었다.

"저런 부모 밑에서 크는 것보다 나라에서 키워 주는 게 낫지. 저 돈 받아서 PC방에서 게임이나 하고 술이나 마시며 유흥비로 탕진할 텐데."

지혜는 남은 설거지를 하러 주방으로 향했다. 현수가 지혜를 따라 주방으로 갔다.

"어쩔 수 없는 상황이었는지도 모르잖아."

현수는 식탁에 앉아 커피머신에 캡슐을 넣었다.

"난 캔 커피가 좋은데."

지혜의 말에 현수가 냉장고에서 캔 커피를 꺼내 식탁 위에 놓았다.

"살살해. 그릇 깨지겠다."

안 좋은 뉴스가 나올 때마다 지혜는 설거지에 집착했다.

"우리 커피 마시고 바람이나 쐬러 나가자."

현수의 제안에 지혜가 고개를 끄덕였다.

거리는 밝은 조명으로 세상을 포장했다. 어디에도 힘든 삶에 지친 사람은 없는 듯했다. 금연인 사무실 빌딩을 나와 흡연자들은 도시의 깊숙한 곳을 파고들었다. 좁고 어두운 곳에서 담배 불씨들이 꿈틀거렸다. 현수가 편의점으로 들어가려하자 지혜가 끼고 있던 팔짱에 더욱 힘을 주었다.

"안 돼. 이제 우리 아이도 가져야 하는데."

"시험에 붙으면 끊을게."

지혜는 현수의 팔을 잡아끌었다. 지혜가 담배 대신 주머니에서 사탕을 꺼내 현수의 입에 넣어주었다.

"달은 건 싫은데."

현수가 입에 사탕을 물고 애먼 소리를 했다.

"마스크 쓸래?"

현수가 고개를 저었다.

"세상은 흐려도 우리의 사랑은 달콤하지?"

현수가 멋쩍게 웃었다. 두 사람은 점점 도시 속으로 빠져 들었다. 쇼윈도의 화려함에 마술처럼 홀리고 있었다. 지혜가 빨간 하이힐이 보이는 진열장 앞에 멈췄다.

"예쁘다. 나 저거 살래."

"너무 충동적 아니야? 저걸 회사에 신고 다닌다고?"

현수의 눈이 커졌다.

"아니, 집에다 놓고 볼 거야, 빨간 하이힐, 보기만 해도 기분 좋지 않아? 언젠가 신는 날이 올지도 모르고."

현수는 신지도 않을 구두를 사는 게 이해가 되지 않았다.

"같이 들어갈래?"

지혜의 물음에 현수가 고개를 저었다.

현수를 거리에 세워두고 지혜는 쇼핑백을 흔들며 매장을 나왔다.

늦은 시간까지 공부를 하며 도서관에 남아 있는 사람들은 많았다. 현수가 기지개를 켜면서 시계를 바라보았다. 오후 9시50분. 현수는 읽고 있던 책을 덮어 가방에 넣었다. 지혜는 오늘 회사에서 야근을 한다고 했다. 만나기로 한 약속은 없었지만 현수는 도서관을 나와 지혜의 회사까지 걸었다. 편의점에서 현수는 담배와 캔 커피를 샀다. 거리는 조용하고 회사 건물에서 새어나오는 불빛은 없었다. 현수는 지혜에게 전화를 걸 까 망설이다가 그만두었다. 현수가 담뱃갑의 비닐을 벗겼다. 편의점 의자에 앉아 담배를 피우고 있을 때 자동차 한 대가 편의점

앞에 멈춰 섰다. 깔끔하게 양복을 차려입은 남자가 운전석 문을 열고 나왔다. 남자는 편의점으로 들어가 캔 커피 두 개를 들고 나왔다. 현수가 산 캔 커피와 동일 제품이었다. 현수의 눈동자가 남자의 걸음을 따라 움직였다. 남자의 자동차 문이 열리고 조수석에 앉아있는 지혜가 보였다.

현수와 지혜가 싸늘하게 마주 앉아있었다. 현수는 애써 침착하게 말했다.

"누구냐고 물어봐도 되겠니?"

야근을 한다던 지혜가 그 시간까지 왜 다른 남자와 같이 있었는지 묻고 싶었다. 지혜는 야근을 마치고 직장 상사와 같이 저녁을 먹었을 뿐 별 일 아니라고 했다. 오히려 무슨 상상을 하는 거냐고 현수에게 따져 물었다. 잊고 온 서류를 가지러 회사로 돌아가는 길에 상사가 커피를 사러 편의점에 들어갔다고 했다.

"날 의심하는 거니……."

지혜는 현수를 똑바로 쳐다보았다.

"내 것이 아닌 것 같아서 낯설어. 그게 소외래."

현수는 이제야 소외가 무엇인지 알았다고 했다.

"소외? 네 것이 아니라서 낯설다고? 그게 소외라고? 그렇게 잘 알면서 시험에 왜 떨어졌어?"

지혜의 목소리가 가늘게 떨렸다.

"왜 나보고 결혼 자격시험을 보라고 했어? 니가 봤으면 붙었을 텐데."

현수의 말에 지혜가 머뭇거렸다.

"성취감, 시험에 붙으면 성취감을 주고 싶었어."

지혜는 고개를 숙이고 커피 잔을 양손으로 감쌌다.

"그만하자."
현수의 말에 지혜가 고개를 들었다.
"뭘 그만해! 자신이 없는 건 아니고?"
지혜의 말대로 현수는 자신이 없었다. 직장상사와 자신의 모습이 교차되었다. 질투심과 자괴감이 현수의 목을 조르고 있었다. 현수가 자리에서 일어섰다.
"앉아. 지금 나가면 나도 너 안 봐."
지혜의 목소리가 커졌다. 현수는 지혜를 카페에 남겨두고 어두운 거리로 나왔다.

지혜는 모든 것을 차단하고 일에만 몰두했다. 쉬는 날이면 식음을 전폐하고 침대에 누워 하루 종일 잠만 잤다. 그런 지혜를 빨간색 하이힐이 애처로운 듯 곁을 지켰다.
잠결에 지혜는 방문 앞에 서 있는 현수를 보았다. 지혜가 몸을 일으켜 보지만 말을 듣지 않았다. 현수는 침대에 누워있는 지혜를 바라보다 천천히 이불속을 파고들었다. 현수는 지혜를 품속에 꼬옥 안았다. 오랜만에 느끼는 따뜻함이 지혜에게 전해졌다. 현수의 손이 지혜의 볼을 어루만졌다.
"많이 힘들었지."
현수가 지혜의 귓불을 만지며 속삭였다. 현수의 뜨거운 입술이 지혜의 입술에 닿았다. 현수의 손이 지혜의 팬티 속으로 들어왔다. 지혜의 아랫도리가 서서히 젖어들었다. 지금 넣어 줘, 지금, 지혜는 현수를 간절히 원하고 있었다.
지혜가 소스라치게 놀라며 눈을 번쩍 떴다. 꿈이었다. 지혜의 팬티가 축축하게 젖어있었다. 클리토리스가 부풀고 질액이 흘러나왔다. 몽정이었다. 배란일이나 생리 예정일이 되면 지혜는 몸속의 찌꺼기를 분출

하듯이 몽정하는 꿈을 꾸었다.

중앙 버스정류장의 LED전광판은 오늘의 미세먼지 농도 수치 좋음이라는 글자가 선명히 쓰여 있었다. 맑은 하늘 덕분에 사람들은 마스크를 벗고 시원하게 얼굴을 드러냈다. 대부분의 사람들은 좋은 날씨에 시외로 나들이를 떠나고 도시는 한산했다. 현수는 결혼 자격 재시험을 보러 가기위해 정류장에 서있다. 초록색 불이 켜지고 현수는 coffee라고 쓰여 있는 맞은편으로 길을 건넜다. 일요일이라 카페에는 몇몇 연인들 외에는 손님이 없었다. 현수는 주문한 커피를 들고 다시 길을 건너서 정류장으로 왔다. 오늘도 7008번 버스의 도착 알림은 6분 후였다. 버스를 기다리며 현수는 결혼이 무엇인지, 부부란 무엇인가를 머릿속에 되새기고 있었다. 정류장 벤치에 앉아 커피 한 모금을 목으로 넘겼다. 오늘따라 진한 커피 향이 좋았다. 현수가 고개를 돌려 인도를 바라보았다. 빨간 하이힐이 현수의 눈에 클로즈업 되었다. 현수는 오른손에 들고 있던 커피를 왼손으로 옮겨 들었다. 긴장한 오른 손바닥에 맺힌 땀을 바지에 문질러 닦았다. 신호가 바뀌고 지혜가 빨간 하이힐을 또각거리며 현수에게 다가왔다. 현수의 눈앞에 지혜가 있었다. 7008번 버스가 정류장에 도착하고 지혜는 현수의 손을 잡고 버스에 올랐다. *

# 이월성

2015년 제44회 한국소설 신인상

단편 「엘리베이터에 갇힌 사람들」로 등단

단편 「해피 하우스」

국제펜클럽한국본부, 한국문인협회,

한국소설가협회 회원

wolstar7@hanmail.net

# 엘리베이터에 갇힌 사람들

이월성

"엄청 복잡하지요? 우리 아이들은 지금 죽음의 5중고에 시달리고 있습니다. 내신, 비교과, 논술, 구술·면접으로 이루어진 수시와 수능이 중심이 된 정시! 머리 터집니다. 대학, 머리 좋습니다. 저마다 우수한 학생을 유치하기 위해 교묘하게 전형을 짜 놓았어요. 무엇하나 놓칠 수가 없어요. 저는 최고의 입시학원에서 18년 동안 일하고, 자식 셋을 대학에 보냈지만 '예측불허'입니다. '기승전운'입니다. 운! 운이 중요합니다. 30%의 실력과 70%의 운이라고 하지요. 그 운을 불러들이는 덕을 쌓는 것! 앞에 계신 어머니, 덕 많이 쌓으셨습니까? 그래요. 덕을 많이 쌓으신 것이 느껴집니다. 그런데 내가 덕을 많이 쌓아도 옆의 어머니가 더 쌓으면 아무 소용이 없어요. 그래서 운이 내 아이에게 오도록 엄마의 전략이 필요합니다. 전략! 운을 불러들이는 전략! 바늘구멍보다 더 작은 틈을 비집고 들어가 합격이란 영광을 누릴 그 전략이 어머니 손에 달렸다는 겁니다. 갑자기 가슴이 답답하고 속이 울렁거리시지요. 그래서 저희가 어머님들을 도와드리겠습니다. 저희 입시상담실을 이용해 전략을 짜십시오. 여기 계신 어머님들은 상담료 10% 할인해 드리겠습니다. 사람 사는 것, 다 정이지요. 그 정을 대학 합격으로 돌려드리겠습니다."

머리숱이 겨우 정수리를 덮은 원장은 자신의 말에 신뢰감을 높이려는 듯 연신 얼굴 근육에 힘을 주었다. 옆에 앉은 찬호 엄마는

"지난번에는 맡겨만 주면 원하는 대학에 들여보내겠다더니 이젠 대학합격이 엄마의 전략에 달렸다네요."

라며 어이없다는 듯 입을 삐쭉댔다.

"그래도 다행이잖아. 실력이 모자라도 대학 갈 수 있다잖아. 돈만 내면……"

안내책자를 가방에 쑤셔 넣으며 말끝을 흐리는 승열 엄마의 눈에서 섬광처럼 빛이 나타났다 사라졌다.

설명회가 끝나기도 전에 일부 여자들은 좁은 통로를 비집고 밖으로 나갔다. 나는 우습게도 원장의 불뚝하게 부풀어 오른 배에 시선을 빼앗기고 있었다. 비장감마저 드는 투로 끝까지 포기해선 안 된다는 말에 힘을 줄수록 팽팽하게 당겨진 하얀 와이셔츠의 단추가 툭 떨어질까봐 조마조마했다. 그는 숨을 몰아쉬며

"수능시험에서 끝나는 것이 아니라 입시는 대학교 입학식전까지 이어집니다. 추가 합격에 추추가 합격, 긴장을 늦추지 말고 웃는 그날까지 우린 전략가가 되어 고지에 깃발을 꽂아야 합니다. 자녀가 원하는 대학의 고지는 멀지 않았습니다."

넋을 놓고 쳐다보는 나의 팔꿈치를 잡아 끈 것은 현우 엄마였다. 들을 만큼 들었으니 그만 가자는 눈치였다. 이미 승열 엄마와 찬호 엄마는 허리를 구부린 채 슬금슬금 대형 강의실 뒷문으로 향하고 있었다.

강북의 대치동으로 불리는 OO사거리는 항상 용광로처럼 끓어올랐

다. 오전에는 입시정보를 교류하려는 엄마들의 모임이 카페와 맛집을 장악했고 이어 학교수업을 끝낸 아이들이 밀물처럼 사방에서 몰려들었다. 빼곡히 줄지어선 건물 속으로 사라졌던 아이들은 밤 열시가 되면 다시 쏟아져 나와 썰물처럼 빠져 나갔다. 혹은 불빛을 막은 공간으로 숨어들어 또 과외를 받기도 했다.

대형 학원들은 틈틈이 설명회를 열었다. 혹시 다른 학원으로 옮겨탈 아이들을 막기 위해서라도 엄마들의 마음을 잡아 놓을 필요가 있었다. 오늘도 '자녀의 행복을 위해'라는 밴드방에서는 입시설명회를 알리는 벨소리가 쉴 새 없이 울려댔다. 강북에서 최고의 입시성적을 내고 있다는 OO학원은 건물 크기부터 남달랐다. 12층으로 이루어진 학원은 시설 면에서도 깔끔했고 아이들 관리도 철두철미했다.

두 대의 엘리베이터 앞에는 한 무더기의 여자들이 무질서하게 엉켜서 있었다. 고개를 쳐든 여자들의 시선은 엘리베이터 위치를 알려주는 숫자판의 불빛을 따라 움직였다. 대형 강의실이 있는 꼭대기 층을 향해 엘리베이터는 빠르게 올라왔다. 왼쪽 엘리베이터에 12라는 숫자에 불이 들어오면서 문이 열리자 여자들은 앞 다투어 몰려들었다. 우리 일행도 엘리베이터 문 쪽으로 급하게 발을 옮겼다. 그러나 야박하게도 문은 닫히고 말았다. 왼쪽 엘리베이터 앞에서 우왕좌왕하는 사이 오른쪽 엘리베이터 문도 열렸다. 또 우르르 여자들이 몰려 들어갔다. 이번에는 타야 한다. 설명회가 곧 끝나면 엄청난 사람들이 몰려나올 것이다. 몸이 잰 찬호 엄마와 승열 엄마가 먼저 탔다. 나도 잽싸게 몸을 작게 말아 엘리베이터 안으로 진입했다. 이미 내 몸을 들이밀기에 엘리베이터 안은 만원이었다. 문밖에는 현우 엄마가 난감한 표정을 짓고 서 있었다. 그러자 승열 엄마가 긴 팔을 쭉 뻗어 현우 엄마를 낚아채듯 끌어들였다. 순간, 삐삐삐 경고음이 날카롭고 뾰족하게 울어댔다. 엘리베이터 안의 여자들은 자신의 몸을 홀쭉하게 만들면서 거리낌 없이 서로를 밀착했다. 그래도 경고음은 멈추지 않았다. 누군가 야멸차게 "늦게 탄 사람 내려요. 시간 없어요."라고 내뱉었다. 삘쭘해진 현우엄마가 움찔거리는 순간 넉살좋게 승열 엄마는 주위를 향해 소리쳤다.

"다 입시생 엄마잖아요. 빨리 집에 가서 아이들 챙겨야죠. 조금 몸을 움직여 봅시다. 벽에서 몸을 조금만 떼 봐요."

여자들은 옴짝달싹 못하는 속에서도 입시생 부모라는 한마디에 모두들 몸을 들썩였다. 엘리베이터 안이 한 덩어리가 되어 흔들렸다. 그러자 신기하게도 문이 닫히고 서서히 움직이기 시작했다.

"이거 자식들 뒷바라지에 다들 헛개비가 된 것 아니에요. 다들 한 덩치씩 하는 것 같던데."

"그러게요. 새끼가 뭔지 밥도 안 먹혀요."

"다이어트 필요 없어요. 입시생 엄마로 살다보면 저절로 다이어트가 된다니까요."

나는 낯모르는 여자의 딱딱한 골반 뼈를 누르고 있는 내 두툼한 뱃살이 느껴졌다. 살찐 엄마는 수험생 부모로서의 자격 미달인가 싶어 엘리베이터를 흔드는 웃음소리에 멋쩍게 동승했다. 모두들 머리가 복잡했지만 훈훈했다. 원장이 비밀 무기라고 알려준 '전략'을 떠올리며.

덜컹. 엘리베이터가 휘청댔다.

신나게 달리던 자동차가 과속방지턱에 걸려 위로 솟아오르다 떨어지듯, 찰나의 흔들림에 이어 턱에 걸린 듯 덜컥 멈춰 버렸다. '어어 이게 무슨 일이지.' 놀란 내 심장이 쪼그라들어 숨이 멎을 것만 같았다. 여기저기서 겁에 질린 외마디 소리가 터져 나왔다.

"어, 왜 이래, 무슨 일이에요? 왜 이래요?"

모두의 시선이 천장 아래 숫자판으로 향했다. 노란 불빛이 8이란 숫자를 선명하게 밝히고 있었다.

"빨리 비상버튼을 눌러요! 어서욧!"

여기저기서 겁에 질린 음성이 뒤엉켰다. 마치 짐승울음 같은 두려움의 소리가 누군가의 입에서 흘러나왔다. 그 소리에 놀라 모두들 숨을 안으로 삼켰다. 팽팽한 긴장감에 쿵쿵 울리는 심장박동 소리만이 서로의 귀를 때렸다.

"가만있어 봐요. 움직일 수가 없어요."

엘리베이터 층수안내판과 가장 가까운 곳에 있던 찬호 엄마가 소리쳤다. 안타깝게도 그녀의 등짝이 숫자버튼을 향하고 있었기에 몸을 돌리려면 옆에 있는 사람을 밀어내야만 했다. 그녀와 밀착해 있던 여자는 온몸에 힘을 줘 공간을 확보해 찬호 엄마가 몸을 돌릴 수 있도록 도왔다. 그녀의 동작이 물결처럼 전달되어 엘리베이터 안은 신음소리로 끓었다.

"여보세요? 여보세요? 거기 누구 없어요? 엘리베이터가 멈춰 섰어요"

차분하고 다소곳했던 찬호 엄마의 음성이 금방 울음을 터뜨릴 듯 심하게 떨렸다. 극도의 간절함이 묻어나는 소리에도 비상버튼과 연결 된 경비실에서는 아무 소리도 들려오지 않았다.

"다시 말해 봐요. 어서요!"

"다들 조용히 좀 해봐요. 소리가 안 들리잖아요. 제발"

그때 지지직거리는 기계음이 미세하게 들려왔다. 모두들 숨을 죽였다. 이어 굵고 탁한 남성의 목소리가 들려왔다.

"여보세요. 들리세요? 그 안에 계신 분들 괜찮으세요? 승강기가 고장이 난 것 같습니다. 금방 고치도록 할게요."

낯선 남자의 목소리에 여기저기서 안도의 한숨이 터져 나왔다.

"네, 여긴 다 무사해요. 큰 문제는 아니지요? 빨리 좀 구해주세요!"

"숨이 막혀요. 죽을 것 같아요."

"네, 조금만 참으세요. 공기는 잘 유입되고 있어요. 질식의 염려는 안 하셔도 돼요. 그런데 그 안에는 몇 명이나 타고 있나요?"

"우리가 많이 타긴 했어요. 몇 명인지 잘 모르겠어요."

공포에 떨던 여자들의 입이 제일 먼저 살아났다. 그러게 '삐' 소리 날 때 그만 타지, 꾸역꾸역 타더니 이 사단이 났잖아요. 정말 짜증나네, 이미 일어난 일인데 탓하면 뭐해요. 금방 구해 준다니 그만들 해요. 무서우니까 움직이지 말아요. 혹시 흔들리다 떨어지면 어떡해요. 그런 소리하지 말아욧! 방정맞게! 대상이 정해지지 않은 질문과 대답이 불안하게 오갔다. 그때 한자 한자 방점을 찍듯 단호한 음성이 두려움의 소리를 내리 눌렀다.

"정확하게 우리가 몇 명인지 알아봅시다. 돌아가면서 숫자를 불러요. 하나!"

익숙한 음성이었다. 현우 엄마의 서릿발 같은 기에 꺾여 여자들은 자신의 몸에 숫자를 매겨 나갔다.

"둘, 셋, 넷, 넷"

"다시요! 겹치지 않게 천천히!"

"하나, 둘, 셋, 넷……열아홉, 스물!"

"더 없어요. 스물! 정원이 몇 명이에요?" 겨우 고개를 이리저리 돌려 층을 알리는 안내판위에 적힌 숫자를 확인했다.

"정원 16명! 열여섯이래요. 열여섯! 아니 그런데 어떻게 문이 닫히고 엘리베이터가 작동됐지. 기가 막혀라. 우리가 고3 엄마라서 그래. 고3 엄마라. 나라님도 못 막고, 시댁 행사에도 당당하게 빠질 수 있는 고3 엄마, 엘리베이터도 우릴 못 막았네, 못 막았어."

각자 자기 연민에 빠졌는지 말소리가 뚝 끊기고 거친 숨소리만 증폭되어 갔다. 그래도 조금만 참으면 안전하게 밖으로 나갈 수 있다는 믿음이 생겨서인지 한결 두려움이 가신 분위기였다. 잠시 흘렀던 침묵은 한 여자의 도발적인 질문으로 깨어졌다.

"참, 아까 원장님이 말한 전략 믿을 만한 거예요?"

"다년간 입시상황을 통계 내 만든 거라니까 믿을 만하지 않겠어요. 개인 컨설팅업체보다 낫지 않을까요?"

"아니, 어쩜 개인 컨설팅이 더 나을지도 몰라요. 얼마나 잘 맞추면 입시마담뚜라고 하겠어요. 워낙 금액이 세서 문제지."

"합격만 한다면 할 만하지 않나요? 1년 재수비용 생각하면 그게 더 쌀지도 모르지요."

"혹시 어디 용한 점집 아시는 분 없나요? 그런 곳 다니는 사람 아닌데 하도 답답해서……"

"괜찮아요. 다들 심정이야 똑같지. 절이나 교회 근처에 얼씬도 하지 않던 사람이 불공드리고 새벽예배 드리고 정화수 떠놓고 100일 기도 드리잖아요. 우리나라는 고3 엄마들이 있어 종교가 망할 일이 없다니까요."

"타로 점 잘 치는 분, 아는데, 알려드릴까요?"

"OO동에 잘 보는 집 있어요. 작년에 아는 엄마가 아들 때문에 갔었는데 딱 한 곳을 찝어 주더래요. 자기 아들 실력에 한참 못 미치는 곳이라 장난 하냐고 성질내고 나왔는데, 그래도 혹시나 해서 넣었더니 딱 그곳만 붙었대요."

"다 쓸데없어요. 제가 아는 집은 정말 용하다는데서 별일 없으면 틀림없이 붙는다고 장담했는데 다 떨어졌다잖아요."

"에이, 별일이 있었나 보네요."

"그래도 어딘지 알려주세요. 저 검은 재킷 입었어요. 이따 그냥 가지 마시고 꼭요!"

여자들은 신기하게도 예전부터 잘 알고 있었던 것 마냥 친밀하게 이야기를 이어나갔다.

“어디 논술 잘 가르치는 데 없나요? 내신도 어정쩡, 스펙도 고만고만하고, 수능점수도 오르락내리락 해서 논술밖에는 길이 없는 것 같은데, 너무 늦었나요?”

“어휴, 모르는 거예요. 작년에 H대 최저등급 없어서 우리 동네 대박난 아이 있잖아요. 정말 제 실력으로는 도저히 갈 수 없는 곳인데, 그래도 입시철인데 학교 구경이나 하자고 시험 봤다가 철썩 붙었잖아요.”

“아니, 이거 뭐? 대학입시가 로또 같다니 말이 돼요!”

“일류대학 나온다고 인생이 보장된 것도 아닌데요. 청년백수가 넘쳐나는 시대에 제가 하고 싶다는 것 시켜야 되는 것 아니에요?”

“맞는 말인데, 아이들이 제가 뭘 하고 싶은지 모른다는 게 문제죠. 그래서 좀 더 나은 대학에 보내려고 하는 거죠. 그래야 잘 살 수 있는 확률이 높으니까.”

나는 뜨악했다. 이 공포스러운 순간에도 입시에 대한 정보를 공유하다니. 속이 메스꺼웠다. 점심때 먹은 생선이 배속에서 팔딱거리는 듯했다.

입시설명회전에 우리 네 사람은 점심식사를 함께 했다. 웬일인지 지난번에 이어 승열 엄마가 점심을 샀다. 그녀는 근사한 일식집에서 런치특별 메뉴인 만오천 원짜리가 아니라 정식을 주문했다. 커다란 접시에 꽃처럼 피어 있는 광어와 우럭을 연신 현우 엄마에게 권하는 모양이 무슨 꿍꿍이가 있는 듯싶었다. 불안한 기색이 역력한 찬호 엄마는 핸드폰에서 눈을 떼지 못했다. 그러고 보니 지난번보다 얼굴이 더 꺼칠해져 있었다.

승열 엄마는 걱정과 애처로운 표정을 연신 지으며 현우가 받고 있는 개인 과외선생을 소개시켜 달라고 했다. 이제 몇 달 남지 않은 수능의 결승점을 향해 전력질주를 해 보고 싶다며. 그런데 현우 엄마는 달갑지 않은 듯 젓가락만 들고 깨작거렸다.

"승열이 저번 시험 결과 좋았다면서. 아이 장단점을 잘 알고 있는 지금 선생을 그대로 밀고 나가는 것이 좋지 않아요?"

문득 '마음이 공중에 떴는데 족집게 선생을 붙인다고 해결될까?' 라는 생각이 말이 되어 튀어 나오려는 것을, 입 안 가득 연어샐러드를 밀어 넣어 틀어막았다. 사실 남 걱정할 때가 아니다. 초창기에 자신을 믿으라던 담임선생은 영준이의 학생부를 펼쳐놓고 난감한 표정을 지었다. 이 스펙 갖고는 원하는 대학은 턱도 없다는 듯 머리를 이리저리 갸웃대던 모습이 떠오르자 바다향을 머금었던 입안에 비린내가 확 돌았다.

내 자식 내가 자랑하긴 뭐해도 영준이는 참 진국인 아이다. 학교 선생님들도 예의바르고 매사 적극적이며 교우 관계까지 좋은 아이라고 아낌없이 칭찬해 왔었다. 그런데 그런 아이가 대학을 갈 수 없을지도 모른다니. 그럼 누가 대학을 가는 거지? 모범적인 학생과 대학을 잘 가는 학생이 일치하지 않는다는 사실을 이제야 깨닫다니.

전년도 합격생과 영준이의 스펙을 비교해 보고 나는 절망했다. 아이의 숨겨진 잠재력을 평가한다는 비교과는 다양한 활동을 말하고 있는데 오로지 학교생활만 충실히 한 영준이의 스펙은 보잘 것이 없었다. 합격자의 이력에는 몽골봉사활동, 전국토론대회참가 대상, 청소년예술제 준비위원장 등, 쩍 벌어진 입이 다물어지지 않았다. 아이 하나하나를 위한 스토리 만들기에 최적화되어 있는 특목고, 자사고와 일반고는 싸움의 상대가 되지 못했다. 더욱이 일반고에서도 특별반에 뽑히지 않는 이상, 자기가 스스로 스펙을 챙긴다는 것은 승산 없는 싸움에 도전하는 거였다. 특목고의 아이들은 학교, 엄마, 아이가 함께 스펙을 만

들고, 뒤에서 할아버지가 실탄을 계속 대준다고 하지 않던가. 현실을 제대로 파악하지 못하고 오로지 사랑만 쏟으면 된다고 믿었던 내가 뒤통수를 맞은 기분이었다. 깊은 자괴감이 들수록 여기저기 돌파구를 찾아 뛰어다녔다. 그 길의 끝이 이 엘리베이터 속인가 싶어 가슴이 먹먹해졌다.

고개를 쳐들어 천장을 봤다. 바로 아래 굵은 글씨가 눈에 명료하게 들어왔다. 설명회에 참석하기 위해 탔던 엘리베이터 안에서는 벽면을 가득 메운 광고에 시선을 빼앗겼었다. 유명대학에 들어간 자랑스런 아이들의 얼굴과 대학교명이 순위대로 쭉 나열돼 있었다. 학원의 진가를 드러내려던 저급한 의도가 여자들의 몸으로 가려지자 좀 더 고급스러운 회유의 글귀가 눈에 들어왔다. 아이들은 엘리베이터를 타고 내리면서 저 문장을 뇌에 새겼을 것이다.

과거는 바꿀 수 없지만 미래는 바꿀 수 있다.
오늘 걷지 않으면 내일은 뛰어야 한다.

내일이 있을까? 기어도 좋으니 내일이 주어졌으면 좋겠다. 저만 것이 무엇이란 말인가! 조금 전까지만 해도 눈에 불을 켜고 입시설명회를 듣던 엄마들이 바람 앞에 등불처럼 깜박였다. 아니, 그 와중에도 입시정보를 얻기 위해 불꽃이 튀었다. 내 시야가 다른 이의 몸으로 차단돼 세 여자들의 표정은 읽을 수 없었지만 익숙한 음성이 툭툭 들려오는 것으로 봐서 그녀들 역시 고급정보를 낚으려는 데 여념이 없는 것만은 분명했다.

세 여자를 만난 것은 2년 전, 1학년 학부모 총회 때였다. 본교에 자녀들을 보내주셔서 고맙다는 인사와 동시에 교장은 사활을 걸고 아이들을 대학에 보내겠다고 다짐했다. 첫째도 대학 합격이요, 둘째도 대학 합격이란다. 아이들의 인성이나, 삶의 가치관 정립에 힘을 쏟겠다는 의례적인 말이 나올 거라 덤덤히 듣고 있던 나는 머리를 한 대 얻어맞은 기분이었다. 그랬다. 세상은 변해있었다. 코앞으로 바짝 다가온 입시를 절감하면서 아들의 교실로 향하는 동안 내 발걸음은 허둥댔다.

긴장된 마음으로 책상 위 모퉁이에 붙은 '박영준'이란 이름을 찾아 아들의 자리에 앉았다. 코끝이 찡했다. 내 아들의 체취가 느껴졌다. 책상 속으로 손을 디밀자 두꺼운 책들이 만져졌다. 그 틈에서 한 권을 꺼내 들었다. 노트 표지에 굵은 매직으로 쓰여 진 글귀에 웃음이 풋 터졌다. '30분 더 하면 아내의 얼굴이 달라진다.' 어느새 내 아이가 이렇게 컸단 말인가. 가슴 밑바닥에서 차오르는 감동을 맛보기도 전에 깐깐하게 생긴 여선생은 코끝에 걸린 뿔테 안경을 손끝으로 연신 밀어 올리며 합격은 머리가 아니라 습관이라고 강조했다. 대학합격의 출발점인 1학년 때 엉덩이 오래 붙이는 습관을 들여놓겠단다. 안경알 속 눈빛에서 전운을 감돌게 하는 투지가 엿보여 믿음직스러우면서도 겁이 났다. 아들이 견뎌야할 만만치 않은 시간들이 피부에 와 닿았다.

그 후 한 달에 한번 반모임이 시작됐다. 목소리 크고 적극적인 승열엄마가 반대표를 맡았고 전교 1등의 엄마이자 이미 큰아들을 S대에 보낸 현우엄마는 모임의 중심에 서 있었다. 지방에서 오로지 아들의 일류대학입학을 목표로 올라온 찬호 엄마는 아는 것이 아무 것도 없다며 무엇이든 가르쳐 달라고 달려들었다. 나 역시 영준이를 위해 만사 제쳐 놓고 모임에 참석했다.

시험이나 학교행사를 마친 뒤 아이들의 지친 심신을 토닥이는 마음에서 간식을 넣자는 것이 주된 목적이었다. 하지만 이미 고등학교가 대학을 가기 위한 전초기지로 바뀐 상황에서 모임은 입시정보교류의

장이었다. 밀림이 되어 버린 학원가에서 제 자식의 성적을 올려줄 보석을 찾기 위해 우린 기꺼이 특공대가 된 것이다. 어떤 학원이 무엇을 잘 가르치고 어떤 선생이 뛰어난 지 숨겨진 정보를 은밀하게 나누었다. 모임의 출발은 여러 명으로 시작했지만 대여섯 명으로 좁혀졌다. 아이들의 성적이 자연스럽게 모임의 커트라인을 그어줬다.

하지만 나는 마음 편히 그들과 섞일 수만은 없었다. 남편이 변호사인 현우네, 사업체를 운영하는 승열네, 대기업 부장인 찬호네와는 자식에게 쏟아 붓는 물질의 양이 너무도 달랐다. 결국 그들이 나누는 정보는 그림의 떡인 경우가 많았다. 아무리 좋은 학원이라도 학원비가 우리 살림으로는 도저히 감당해내기 버거웠다. 그래도 없는 내색하지 않고 귀동냥이라도 할 냥으로 모임에 나갔다. 아마 그 사건이 없었다면 난 이상과 현실의 사이에서 방황하더라도 그녀들의 곁을 떠나지 않았을 것이다.

남편은 능력 있고 도덕적인 사람이었다. IMF의 광풍 속에서도 살아남았었다. 그러나 동료가 떠난 자리에서 자신만 안전한 울타리 안에 있다는 사실이 그를 괴롭혔는지 대수롭지 않은 일에 사표를 내던지고 나왔다. 직장은 전쟁터지만 밖은 지옥이라고 했던가. 쉽게 풀릴 것 같던 취업이 계속 어긋나 남편의 방황이 길어지자 나는 생활전선에 뛰어 들 수밖에 없었다. 정직한 노동이 가장 값진 것이라고 스스로를 위로하며 궂은일을 마다하지 않았다. 식당에서 서빙이나 설거지를 하거나 길거리에서 전단지를 붙이고 나누어 주는 일도 해봤다. 좀 더 전문적인 일을 찾을 수도 있었지만 돈보다 아들을 먼저 챙기다보니 온전한 직업을 갖지 못한 채 다양한 직업을 전전하는 것으로 그쳤다.

그 중 달달한 빵 냄새에 젖는 빵집 아르바이트는 무척 행복한 일터였다. 하지만 마트 안에 있는 빵집은 마트 옆에 있는 유명 프랜차이즈 빵집에 눌려 항상 적자를 면치 못했다. 마감 시간이 가까워도 수북이 쌓여 있는 빵을 볼 때면 슬며시 사장의 눈길을 피하곤 했다. 사장은 속이 쓰리지만 홍보차원에서 빵을 눈치껏 손님들에게 서비스로 주라고 했다.

그런데 이 서비스가 사단을 낼 줄이야, 가끔 마트에 들리곤 하던 현우 엄마가 마감시간에 임박해서 나타났다. 반가운 마음에 큰맘 먹고 아이들이 좋아하는 피자 빵을 카트 안에 넣어주었다. 굳이 그럴 필요 없다며 손사래를 치는 그녀의 표정이 떨떠름해 도리어 내 손이 민망해졌다.

허리를 곧게 펴고 유유히 카트를 밀고 가는 현우 엄마를 유심히 지켜보던 음료수코너 담당자 언니가 잘 아는 사이냐고 물어왔다. 우리 영준이 같은 반 엄마라고, 중학교 때부터 한 번도 전교1등을 놓친 적이 없는 아이 엄마라고 역시 포스가 남다르지 않냐며 꽤나 친한 척 너스레를 떨었다.

"그래, 공부 잘 하는 것은 그 집안 내력인가 보네. 왜 큰아들도 S대 갔잖아. 하지만 공부만 잘하면 뭐해. 학교 휴학하고 집안에 틀어박혀 있다던데."

믿지 못하겠다는 내 얼굴에 쐐기를 박듯 목소리를 낮춰 은밀하게 속삭였다.

"며칠 전 김 군이 배달 갔다가 기절할 뻔 했다잖아. 초인종을 아무리 눌러도 대답이 없기에 경비실에 갖다 놓으려고 짐을 다시 들려는데 문이 벌컥 열리면서 웬 시커먼 청년이 튀어 나왔다는 거야. 머리는 길어서 어깨를 덮었고 퀴퀴한 냄새가 확 풍기는 것이 정상적으로 보이지 않더라는 거야"

야릇한 웃음을 흘리는 그녀에게 그럴 리가 없다며 도리질을 쳤었다. 그런데 기막힌 일은 그 다음 날에 일어났다. 학교에서 돌아온 영준이가 평상시와는 다르게 뿔이 나있었다.

"엄마, 제발 제 친구엄마들한테 팔다 남은 빵 주지 마세요. 현우 그

새끼가 뭐라는 줄 알아요. 엄마가 준 팔다 남은 빵 먹고 배탈 나서 오늘 시험 망쳤다고 아주 쌩난리를 치더라고요. 모의고사라 아이들은 신경도 안 쓰는데, 사내자식이 훌쩍이며 울더라고요. 기가 차서."

"어쩌니? 배탈 났데? 그럴 리가 없는데, 그날 만든 빵이라. 미안해서 어쩌니?"

걱정되는 마음에 조심스럽게 전화를 걸자 전화선을 타고 착 가라앉은 도도한 음성이 들려왔다.

"우리 현우, 그런 빵 안 먹었어요. 신경 쓰지 말아요."

뚜뚜뚜 내가 말할 새도 없이 전화는 끊어졌다.

나는 모임에서 오해가 있으면 풀어야겠다고 별렀다. 그러던 차에 약속이 잡혔고 그날도 아르바이트로 조금 늦었지만 서둘러 모임장소로 향했다. 종업원의 안내로 모임이 있는 룸 근처에 이르렀을 때 '빵, 빵!'이란 말이 먼저 들려왔다. 나도 모르게 걸음이 멈춰졌다. 그건 분명 나를 지칭하는 말이었다.

"빵, 왜 이렇게 늦지, 그럼 빵 없을 때 얘기 하지요 뭐. 빵은 들어도 기분 좋지 않을 거 아니에요"

"그래 그럼 그 선생으로 할까요? 팀으로 200을 맞춰 달래니까 각자 65를 내면 되고 돌아가면서 한 사람이 70을 내면 되겠네요. 그 선생 성질이 지랄 같아서 칼같이 수업료 제때 맞춰 줘야 해요. 강남에서 잘 나가는 데 친구 소개로 어쩔 수 없이 해주는 거라고 생색이 대단하더라고요. 할 수 없지요 뭐. 성적은 확실하게 올린다니까. 비위를 맞추고 머리를 숙여야지. 참, 빵에게는 모른 척해요. 알아도 시킬 수 없잖아. 애 성적이 되나, 형편이 되나"

나는 살이 떨렸다. 지그시 깨문 입술에 피가 맺히는 것도 모른 채 발소리를 죽여 돌아 나왔다. 그 후 이런저런 핑계를 대고 모임에서 빠져나왔다. 가끔 다른 엄마들의 대화 속에서 그녀들의 아이들 소식을 들었지만 괘씸한 마음에 곱게 들리지 않았다. 변함없이 현우는 전교 1등을 놓치지 않고 쭉쭉 앞으로 내달렸고, 승열이는 강남까지 원정을 다니며 학원순례를 하고 있다고 했다. 찬호 역시 붙박이처럼 책상에 앉아 있다고 했다.

내가 별일 아니라는 듯 아이들 소식을 물을 때마다 영준이는 말하고 싶지 않은 표정을 역력히 내비쳤다. 굳이 아이들 성적이 왜 궁금하냐는 거였다. 어느 날은 다정하던 아이가 돌변해 목소리에 날을 세웠다.

"엄마, 어쨌거나 걔네들이 저보다 더 잘해요. 이제 됐어요?"

"아니, 왜 걔네들보다 못하니? 네가 얼마나 어렸을 때 잘했는데. 너, 영특하다고 영재 아니냐는 소리 많이 들었다. 뭐에 신경을 쏟느라고 집중을 못해. 다른 데 신경 쓰지 말고 집중해서 공부해."

내 잔소리가 길어질수록 아이의 얼굴은 흑빛으로 변하면서 딱딱하게 굳어갔다. 아이의 침묵이 반항으로 느껴지자 나는 내 분에 못 이겨 발악하듯 내질렀다.

"네 아빠처럼 살고 싶어 그래, 남들한테 사람 좋다는 소리만 들으면 뭐해, 약게 굴어. 학교 행사 다 참여하고 친구들 좋다고 다 쫓아다니고 그러다 공부는 언제 하니? 누가 알아주기나 해."

그 말은 해서는 안 되는 거였다. 평상시와 다른, 아이와의 다툼을 놀란 눈으로 지켜보던 남편의 얼굴에서 핏기가 사라졌다. 그는 소리 없이 밖으로 나가버렸다. 벌겋게 달아오른 영준이는 굳게 닫힌 현관문을 뚫어지게 응시했다. 그날 이후로 난 세 아이의 이름을 입에 올리지 않았다.

한참 입시정보를 쏟아놓던 여자들은 엘리베이터 밖에서 아무 반응이 없자 순간 엄습한 불안감에 입을 꾹 다물었다. 정적은 침 삼키는 소리까지 또렷하게 부각시켰다. 그 소리에 덧씌운 거친 숨소리는 증폭

되어 금방이라도 폭발할 듯 들려왔다. 고함보다 침묵이 더 무서울 때가 있다는 것을 그때 알았다. 입시정보로 떠들 때, 정신 나간 여편네들이라고 어이없어 했는데 차라리 그 수다가 간절해졌다. 그때 누군가의 핸드폰 벨소리가 경쾌하게 울렸다. 한 덩어리의 여자들은 너나할 것 없이 압박의 고통을 감수해 통화가 가능하도록 도왔다.

"엄마야, 엄마라고! 학원 쉬는 시간이구나."

애써 저음으로 침착하게 전화를 받는 여자와 달리, 너무나 밀착해 있어 듣지 않으려 해도 투정 섞인 아이의 목소리가 선명하게 들려왔다.

"엄마, 나 머리 아픈 것 같아. 집에 가면 안 돼. 아니야, 그냥 해 본 소리야."

"그래, 힘든 것 알아. 네가 좋아하는 치킨, 피자 시켜 놓을게."

"와우, 엄마가 웬일이야? 나를 돼지로 만들 작정이야. 그래도 좋다. 먹을 생각하니까. 엄마 이따 봐."

엘리베이터 안의 여자들은 모두 자신의 아이에게서 온 전화인 듯한 환청에 사로잡혔다. 그녀가 전화를 끊는 순간 집단으로 전염이 된 듯 여기저기서 콧물을 훌쩍였다.

고3으로 올라간 지 얼마 되지 않아 학교에서 돌아온 영준이가 내 눈치를 살폈다. 리더십 전형을 노려보기 위해 학급 회장이 됐다고 했다. 회장엄마로 해야 할 일이 있다는 것을 알기에 기쁘면서도 걱정이 앞섰다. 내 미묘한 감정까지 읽고 미안한 표정을 짓는 아들에게 도리어 더 미안해졌다.

복잡한 심정으로 총회에 참석한 날, 기가 막히게 세 여자를 한 교실에서 다시 만났다. 굳어지는 얼굴 근육을 밝게 펴려고 무던히 애를 썼다. 옛날일은 기억에도 없는 듯 세 여자는 정말 신기한 일이라며 호들갑을 떨었다. 어서 반모임을 시작하라고 채근하면서.

모임을 주최하는 것이 껄끄럽기는 했지만 아이들에게 간식을 넣기 위해서는 십시일반 도움이 필요했다. 목적을 위해 내 감정을 숨기는 것쯤은 이제 대수롭지 않은 일이 되어버렸다. 부모의 도움 없이도 최선을 다해 회장 자리를 차지한 영준이가 자랑스러웠다. 회장 자리를 놓친 아이들의 엄마들로부터 오는 아쉬움의 따가운 시선을 느낄 수 있었다. 담임선생님이 헤어지면서 들려준 말은 기쁘면서도 씁쓸했다.

"영준이는 저를 빛내 줄 아이잖아요. 잘 지도하겠습니다."

그 말은 대학을 갈 가능성이 높다는 말인 동시에 갈 수 없는 아이는 관심 밖으로 밀려 난다는 것을 의미하기도 했다. 교실에서는 이미 부류가 나누어져 있었다.

그렇게 시간이 흘러 5월 초쯤 중간고사가 끝나자 승열 엄마가 한 턱을 내겠다며 엄마들을 불러냈다. 승열이의 성적이 엄청나게 수직상승을 했다는 것이었다. 굳이 나가고 싶은 마음은 없었지만 영준이가 회장직을 잘 완수할 수 있도록 힘을 보태야 했다.

맥주나 한잔 하자던 승열 엄마는 한우 집으로 우리를 이끌었다. 한우가 불판에서 지글지글 익어갔다.

"우리 승열이가 기적을 일으켰잖아요. 지금까지 꽉 막혀 있던 머리가 확 뚫렸나봐요. 선생님도 놀라더라니까요. 승열이는 제 아빠 사업 물려받아야 하니까 경영이나 경제학과로 보낼 생각이에요."

세 여자는 적당히 장단을 맞추었다. 흥에 겨워 넙죽넙죽 마시던 술이 과했는지 술술 과거이야기를 풀어 놓았다.

"이제 승열 아빠에게 한 소리 할 수 있게 되었어요. 글쎄 지난번에 강남 엄마처럼 해 보라고 책 한 권을 던져 주더라고요. 맨날 골프나 치러 돌아다니지 말고 아카데미맘이 되라고 하더라고요."

"그래 거기에는 뭐라고 쓰여 있던가요?"

"초등학교 때부터 10년 앞을 내다보는 입시전략을 짜라. 고1부터 수

시형, 정시형 작전을 짜라, 학원 대기실에서 기다리는 시간은 정보 수집기회로 삼아라. 엄마의 정보루트를 최대한 다양화하라. 흐흐흐"

"무슨 산업스파이 같은데요. 그럼 우린 실패작이네요. 겨우 입시에 눈을 뜬 게 중학교 때였으니, 아니 고등학교 때인가? 그러고 보면 고등학교에도 서열, 대학에도 서열, 사는 동네도 서열, 우리 모두 줄서기 인생이네요. 돼지엄마는커녕 강남엄마 근처도 못 가니, 난 기를 쓰고 여기 까지 왔는데, 강북에서도 여기저기 기웃거리는 정도니…… 자식에게 뭘 바라겠어요. 다 숨 쉬고 살려면 그 줄에서 자유로워야 되는데……"

"그 줄서기를 비난했던 사람들도 자식을 학교에 보내는 순간, 모든 것을 망각하는 것 같아요. 브레이크가 망가진 열차처럼 맹목적으로 달려 나가는 거죠. 남들만큼 아이에게 쏟아 붓지 않으면 부모 노릇 못하는 것 같고…. 밑바닥까지 싹싹 긁어 투자한 후 성적 안 나오면 아이들 쥐 잡듯이 잡고…. 악순환의 반복이죠. 자식이 어느 대학 갔느냐로 부모의 자질을 평가한다는 것이 기막히지 않아요?"

"자식 성공시키려면 인간관계도 계획적이야 한다는 무시무시한 말도 있더라고요. 영준 엄마, 듣기 거북하겠지만 맞벌이 엄마와는 함께 움직이지 마라."

그 말에 난 어깨를 으쓱거리며 "에이 난 아르바이트생이잖아요." 어쨌든 끼워 줘서 고맙다는 제스처까지 취했다. 날로 넉살이 늘어가는 내 자신에 놀라고 있었다.

"더 무서운 건 수능에 맞춰 아침에 일어나는 시간, 먹는 것 등 생체시계를 맞추라는 거예요. 수능에서 수석 한 아이는 3개월 동안 점심시간에 김밥만 먹었대잖아요. 시험당일 날 체하지 않고 잘 소화시킬 수 있게 적응시키려고. 우린 강남엄마 따라 가려면 가랑이 찢어질 거야. 난 못해. 그러니 우리 승열이에게는 바라지 말아야지."

갑자기 너그러워진 승열 엄마가 생뚱 맞아 보여 피식 웃음이 흘렀다. 한우 등심을 1인분 더 시킨 승열 엄마는 고개를 뒤로 젖히고 술잔을 한 번에 비웠다.

"사실 우리 승열이 머리로는 안 되는 줄 알았어요. 개 과외비와 학원비로 집 한 채는 너끈히 들어갔거든요. 그런데 항상 반에서 5등 주위를 맴돌아요. 그 성적으로 인서울 힘든 것 아시죠. 그런데 이번에 현우의 뒤에 바짝 붙었잖아요. 기특하고 고맙고. 사실 우리 부부 힘들게 살았거든요. 무일푼으로 야채장사하면서 승열이를 데리고 다녔어요. 항상 감기가 떨어질 날이 없었죠. 그러다 고생 끝에 장사 운이 트였는지 밤마다 양파자루에 가득 든 돈 다발을 세다보면 아침이 왔다니까요. 돈은 실컷 쓸 만큼 벌었는데 항상 아쉬움이 남았었어요. 이제야 말이지만 학벌에 대한 콤플렉스가 있었거든요."

"아니 승열 아빠 대학원 나오셨다면서요?"

"네, 최고경영자들이 다니는 대학원요. 이제 우리 승열이가 제 아빠 꿈을 이루어줄 수 있을 것 같아 행복해요."

"정말 축하할 일이지만 사는 데 공부 머리 그렇게 중요하지 않아. 현우아빠 변호사지만 경제적으로 힘들어요. 변호사도 예전 같지 않다는 것 아시죠. 변호사도 사건을 끌어와야 하니까 장사꾼이죠. 법을 다루는 장사꾼."

말없이 듣고만 있던 현우 엄마가 나직이 한 마디 던졌다. 그 말이 내겐 남다르게 들렸다.

"언니는 뭐가 걱정이에요. 두 아들이 남편 분을 이어 법조인이 될 거고. 지금처럼 하면 따 논 당상 아니에요?

"글쎄, 공부가 다일까?"

"그런 말씀 말아욧! 우린 주말 부부가 되어 찬호에게 다 투자했잖아요. 그게 다가 아니면 우린 어떡해요?"

눈꼬리를 치켜 뜬 찬호 엄마가 발끈했다.
"찬호가 제게 원망이 많아요. 그냥 지방에서 학교를 다녔으면 더 좋았을 거라고. 자기보다 못했던 친구가 지역균형전형으로 선발돼 자신보다 더 좋은 대학을 갈 것 같다고. 괜히 서울로 올라와 마음 나눌 친구하나 못 사귀고 성적은 아무리 노력해도 못 따라가고. 정말 엄마 때문에 다 망한 것 같다고 우는데 몸이 부들부들 떨렸어요. 누가 알았나요, 입시정책이 미친년 널뛰듯이 뛰어대니, 혼돈이에요. 혼돈!"
얌전하던 찬호 엄마의 격렬한 반응에 모두 눈이 커졌다.
"제 아빠, 홀아비처럼 불쌍하게 생활하는데 그것도 모르고. 나는 지하나 잘되라고 이쪽 저쪽 뛰어다니느라 정신이 없는데……. 무슨 돈이 있어 두 집 살림을 했겠어요. 대출에 또 대출, 빈껍데기만 남았다고요."
눈꼬리를 내려뜨린 찬호 엄마는 자신에게 다짐을 하듯 단호하게 말했다.
"우리 찬호, 원하는 대학 못 가면 유학 보낼 거예요. 국내 기러기 아빠나, 국제 기러기 아빠나 자주 못 보는 건 매 한가지잖아요. 나도 따라가서 뒷바라지 할 거예요."
찬호 엄마의 단호함이 귀여운 투정 같으면서도 슬퍼보였다. 입술을 앙다물고 비틀대며 그녀는 화장실로 걸어갔다. 세 여자는 말없이 앞에 놓인 술잔을 흐린 눈으로 바라보았다. 그때 찬호 엄마의 핸드폰이 자지러지게 울어댔다. 선뜻 핸드폰을 집지 못하다가 혹시 찬호가 엄마를 찾는 게 아닌가싶어 통화버튼을 눌렀다.
"왜 이렇게 전화를 안 받아. 나는 마음 정리했어. 이렇게는 못살아. 너는 너 좋아하는 아들하고 살아. 나는 내 인생 살 테니까. 왜 대답이 없어? 어디야? 그래 좋아. 당신이 바라는 대로 찬호가 모르게 할게. 찬호가 대학을 간 다음에 그때 이야기하자."
나는 황급히 핸드폰을 내려놓았다. 화장실에 갔던 찬호 엄마가 창백한 얼굴로 휘청거리며 다가왔다.

여기저기 훌쩍거리는 소리를 깨고 누군가 외쳤다.

"도대체 왜 이리 찡 꿔 먹은 소식이야. 도대체 엘리베이터를 고치기나 하는 거야!"

"그러게요. 가만 좀 있어요. 당신이 자꾸 몸을 비트니까 숨을 못 쉬겠잖아요. 당신 팔이 내 목을 누르고 있다고!"

"난들 그러고 싶어서 그래요. 이쪽에서 미니까 그렇지! 저기요, 그 목걸이 좀 어떻게 해봐요. 내 등을 찌르고 있다고요. 도대체 얼마나 향수를 쏟아 부은 거야. 땀 냄새에 화장품 냄새! 질식해 죽겠어!"

"어머, 이 여자가 왜 이래?"

"그만들 해욧! 정신들 차립시다!"

신경이 날카로워진 여자들은 한 덩어리가 되어 서로를 할퀴었다. 나는 왼쪽벽면에 등을 대고 있어 그나마 숨 쉬기가 편했다. 앞사람에 가려 현우 엄마를 끌어안은 승열 엄마의 팔이 언뜻 보였다. 그녀의 구리빛 팔목에 채워진 번쩍이는 쇠붙이가 눈에 들어왔다.

6월 모의고사가 끝나자 병이 도졌는지 영준이의 안색을 살피며 아이들 성적을 은근슬쩍 캐물었다.

"모르겠는데요. 아이들이 말을 안 해요. 물론 현우가 1등이겠지요. 갠 괴물이야. 괴물!"

"그래, 그럼 승열이는?"

"아하, 승열이요, 승열이 여자애랑 깨졌잖아요. 학원 땡땡이 치고 술 먹고 깽판 쳤다고 하던데. 여자애랑 헤어졌다고 정신 못 차리던 대요."

"아니, 승열이 여자 사귀었어? 언제?"

"지난번에 승열이 성적 많이 올랐잖아요. 여자애가 같은 대학 들어

가자고 해서 미친 듯이 공부해 성적 오른 거예요. 그런데 여자애가 마음이 변해 헤어지자고 하니까……"

"어머, 제 엄마한테 팔찌도 선물하고 예쁘게 굴던데 언제 여자를 사겼대."

"아, 그거요. 여자 친구에게 변하지 말자고 금반지 사주고 길거리 가판대에서 황금팔찌 하나 더 샀다고 제가 차고 있던데. 혹시 그거 아니에요?"

"뭐? 지가 차려고 샀던 거 제 엄마 준거야!"

아들에게 사랑의 징표로 황금팔찌를 받고 원더우먼이나 소머즈가 된 냥 여전사처럼 팔을 휘돌리던 승열 엄마, 그녀의 팔이 엘리베이터를 안전하게 1층으로 옮겨 놓을 것 같은 환상이 뜬금없이 들었다.

얼마의 시간이 또 흘렀을까. 모두들 공포와 불안에 떨다 지쳤는지 거친 숨소리만 몰아쉬었다. 그때 스피커에서 기계음 같은 남자의 목소리가 흘러나왔다.

"조금만 더 참으세요. 전선이 나갔는데 교체하려면 시간이 조금 더 걸릴 것 같습니다. 원인을 알았으니 안전하게 구조해 드릴게요. 119도 불렀어요. 만전을 다하고 있습니다."

중구난방으로 이곳저곳에서 말들이 쏟아져 나왔다. 더 기다리라고. 언제까지! 정신들 차려요. 밑으로 떨어져도 우리가 한 덩어리로 뭉쳐 있으면 충격을 덜 받을 거예요. 서로를 믿어요. 우린 아직 할 일이 있잖아요. 이렇게 죽을 듯이 뛰었는데 새끼는 대학에 입학시켜야 하잖아요. 이렇게 허무하게 떠날 수는 없잖아요? 어딜요? 아, 참 말 대개 못 알아듣네, 성질내지 말아욧. 도대체 이 학원은 학원비로 돈을 끌어 모으더니 엘리베이터 하나 정상적으로 운영을 못 한단 말이에욧!, 이렇게 허술한 곳에 아이들을 어떻게 보내겠어요. 당장 학원을 끊어야겠어요. 아, 대학이 뭐라고. 불쌍한 내 새끼. 어, 우리도 뭔가를 남겨야 하나요? 뭐하세요? 가만히 좀 있어요. 그렇게 움직이면 다른 사람들은 어떻게 해요! 전화, 전화를 걸어야겠어요. 어쩜 지금이 마지막 순간일지도 모르잖아요. 아이에게, 남편에게, 부모님에게…….

왜들 이래욧! 왜들 이러냐고요. 으흐흑 여자들의 울음소리가 엘리베이터 안을 채웠다.

이젠 아무 생각도 떠오르지 않았다. 지금 이 순간이 마지막이라면. 정말 마지막이라면? 나는 간절히 기도했다. 세상에는 그냥 묻어 두어도 될 말이 있듯 꼭 해야 할 말이 있다는 것을. 영준이에게 말해야 한다. 사랑한다. 그냥 사랑한다고. 아무 단서가 붙지 않은 그냥 사랑한다고. 그런 말을 할 기회가 나에게 있을까? 두려웠다. 겁이 났다. 남편에게도 말해야 한다. 당신이 얼마나 죽을 만큼 애를 쓰며 살아왔는지 안다고. 목숨 같던 자존심을 예전에 가족을 위해 던져 버렸다는 것을. 흐려진 눈앞에 영준이가 슬프게 웃고 있다. 눈물이 볼을 타고 흘러내린다. 소리 없이 흘리는 눈물이 엘리베이터 안을 채운다. 점점 눈물이 차올라 온다. 발등을 적시고 종아리를 넘어 무릎까지 차올랐다. 서서히 허벅지와 배와 가슴과 턱밑까지 눈물이 찰랑댄다. 울고 또 운다. 불쌍한 내 새끼와 가엾은 나와 안타까운 남편과…….

덜컹. 엘리베이터가 흔들렸다.

승강기 케이블과 도르래가 제대로 작동을 하는지 숫자판에 불빛이 옆 칸으로 움직이기 시작했다.

7, 6, 5, 4, 3, 2

모두들 숨을 멈췄다. 자신이 내뿜는 호흡으로 엘리베이터가 멈춰 설까봐. 드디어 1이란 숫자에 불이 들어왔다. 스르륵 아무 일 없었다는 듯 엘리베이터 문이 멀쩡하게 열렸다. 여자들은 아우성치며 뛰쳐나가 바닥에 허물어지듯 주저앉았다. 엘리베이터 앞에는 긴장된 얼굴로 사람들이 문을 향해 빙 둘러서 있었다. 마치 공항 입국장처럼. 누군가 말했다.

“고생 많으셨습니다. 최대한 빨리 기계를 고치려고 애썼는데 무사히 끝나서 다행입니다. 저도 10분 동안 지옥을 갔다 왔습니다.”

주차장에서 차를 빼온 승열 엄마는 무심한 표정을 짓고 있는 현우 엄마에게 계속 족집게 과외 선생을 알려달라고 애걸했고, 찬호 엄마는 핸드폰을 불안한 듯 만지작거렸다. 나는 퇴근길에 맞물려 만원버스를 타고 가야 할 힘겨운 귀가를 떠올리다 데려다 주겠다는 승열 엄마의 호의를 마지못해 듣는 척했다. 세 여자를 태우고 승열 엄마는 시동을 걸었다. 나는 이제 마악 간신히 빠져나온 건물을 올려다봤다. 창문마다 불을 밝힌 건물은 아이들을 집어삼킨 괴물처럼 보였다. 그리고 그 가운데에 쉴 새 없이 오르락내리락 거리는 엘리베이터가 있었다. 탈 사람의 숫자가 정해진 엘리베이터, 순식간에 최상층으로 힘 안 들이고 올라갈 수 있는 엘리베이터, 또 한순간에 추락할 수 있는 숨겨진 얼굴도 보았다. 겨우 엘리베이터를 탈출한 우리는 더 높고 더 많은 엘리베이터가 밀집한 도시 속으로 초점 잃은 눈으로 질주했다. *

# 이정희

부산 출생

한국방송통신대학교 국문과

2015년 스토리문학 신인상 「대추」로 등단

한국소설가협회, 용산문학인협회,

스토리문학인협회 회원

lee430527@naver. com

단편소설

# 역마살驛馬煞

이정희李丁熙

아침에 아버지의 친구로부터 전화가 왔다.

아버지가 신촌 세브란스병원 응급실에 있다고 했다. 응급실에 갔더니 면회시간은 오전 10시와 오후 2시라고 하며 지금은 곤란하다고 하면서, 혹시 보호자 되느냐고 하여 그렇다고 하니 안내를 해 주었다.

아버지는 산소마스크를 쓰고 눈을 감고 있었다. 명판에는 환자의 신상이 적혀있었다. 성명 권주호, 성별 (남), 나이 65세, 병명 뇌졸중, 입원일자 95. 5. 27. 오늘이 6월 20일이니까 약 1개월 정도 되었다. 담당의사는 환자의 상태가 그동안 위험했는데, 며칠사이 많이 호전되어 내일쯤 일반실로 옮길 계획이라고 했다.

다음날 아버지를 일반실로 옮기고 밀린 치료비도 지불하였다. 일반실로 옮기며 산소마스크를 벗은 그는 나를 알아보고 눈을 끔벅 하더니 다시 눈을 감았다. 내가 아버지하며 불렀지만 대답이 없었다. 말은 알아듣는 모양인데 말을 하지는 못했다. 침대에서 움직이지 못하게 손발을 묶어놓았다.

병원에서 추천한 간병인을 월 100만원에 고용하였다.

그러나 정작 아버지의 곁을 지켜야 할 그녀는 보이지 않았다.

아버지의 친구에게 전화를 걸었다.

"아이고 이사람 말도 말게 그녀가 떠나면서 나에게 자네 전화번호를 알려주며, 울면서 자기는 더 이상 자네 아버지를 간호 할 수 없다고 하드라"

아버지 친구의 말에 의하면 그녀는 집을 정리하여 어디론가 떠났다는 것이다.

무슨 일이 있었기에 그녀가 아버지 곁을 떠났을까?

사단의 시작은 돌연변이였다. 아버지와 그녀 사이에 초등학교 3학년인 권말숙이가 있었다.

하루는 학교 수업시간에 돌연변이 이야기가 나왔는데, 돌연변이는 염색체가 이상하게 변하여 생긴다고 선생님이 가르쳤다는 것이다.

집에 돌아온 말숙이는,

"아빠, 나는 돌연변이가 맞는 모양이야."

아버지가 그게 무슨 말이냐 하니까, 선생님이 돌연변이는 염색체가 이상하게 변하여 생기는 것이라고 했는데, 그래서 엄마는 0형, 아빠는 B형, 나는 A형 이렇게 되는 것이라고 했다.

아버지는 눈이 둥그레졌고 말숙의 어미는 그게 맞는 모양이라고 했다.

"그 참 이상하네. 돌연변이가 뭐야, 그럼 유전자 검사라도 해 보아야 겠네."

아버지의 의문에 그녀는 깜짝 놀라며 소리를 질렀다.

"아니 돌연변이면 어떻고 아니면 어때. 그까짓 것 뭐가 그렇게 중요해"

그 바람에 아버지는 더 이상 말을 하지 못했다.

아버지의 직업은 이발사였다.

중앙시장 지하 한쪽에 이발소를 차려놓고 시장 상인들을 대상으로 이발을 했었다.

아버지의 이발 솜씨는 보통이 아니었다. 입소문을 듣고 시장 밖에서도 손님들이 많이 찾아왔다.

하루는 어머니가 이발소를 찾았다. 불은 켜져 있는데 문고리가 안에서 걸려있었다. 위쪽에 있는 유리창 문을 조금 열고 손을 넣어 고리를 풀었다. 어머니가 안으로 들어서니 칸막이 안에서 미자의 시시덕거리는 이상한 소리가 들렸다. 어머니는 칸막이 커튼을 젖혔다. 눈앞에 아버지와 미자가 엉클어져 헐떡이고 있었다. 화가 머리끝까지 난 어머니가 미자의 머리채를 잡아당겨 땅바닥에 내동댕이 쳐버렸다. 그러자 아버지가 어머니에게 주먹을 휘둘렀다. 어머니가 쓰러지자 그사이 미자는 밖으로 뛰어나가 버렸다.

"당신이 사람이야 짐승이야 벌건 대낮에 딸 같은 가시나하고 이게 무슨 짓이야"

어머니는 소리를 지르며 아버지에게 달려들었다. 그러나 아버지는 더 이상 주먹질도 아무 말도 하지 않았다.

원래 무뚝뚝하여 말을 잘 하지 않지만 이 판에 무슨 말을 할 것인가.

어머니가 소리를 지르고 야단법석을 떠는데 손님이 들어왔다. 그러나 어머니와 싸우는 것을 보고는 피하려 하자 아버지가 손님을 의자에 앉으라고 권했다.

어머니는 더 이상 소란을 피우지 못하고 밖으로 나오면서 오늘저녁 집에서 보자고 하였다.

이날 밤 아버지는 집에 들어오지 않았다. 이튿날도 그다음날도 아버지는 들어오지 않았다.

어머니는 불면증에 시달리고 우울증이 왔다. 그러는 사이 큰 외삼촌이 그 사실을 알게 되었다. 외삼촌은 운동하여 건강한 체격을 갖고 있었다. 외삼촌은 어머니의 말을 듣고는 곧장 아버지를 만났다.

외삼촌은 권서방 그놈 죽지 않을 만큼 때려주었다고 했다. 어머니는 속이 시원하다면서도 못내 아쉬워했다. 미자를 다른 곳으로 보내고 옛날처럼 살았으면 했는데 외삼촌 때문에 틀어져 버린 것이다.

한편으로 미자를 생각하면 분통이 터졌다.

미자는 고향이 강원도 정선이라며 집이 가난하여 돈벌이하려 서울로 올라왔다고 했다. 나이는 스물여섯 살이고 친구와 같이 산다고 하여 쉬는 날이면 어머니가 맛있는 것도 해주고 때로는 옷도 사주며 딸처럼 생각했다. 그렇게 다정하게 해 주었는데 언제 그렇게 여우꼬리를 달고 남편과 엉킬 줄은 꿈도 꾸지 못했던 것이다.

미자는 이발소에서 면도를 해주고 면도가 끝나면 안마도 해 주고 손님이 원하면 그것도 해 준다. 물론 팁은 별도로 받지만 이발사인 아버지가 그렇게 시킨 것이다.

칸막이를 해 놓고 그 속에서 이루어지는 일이라 밖에서는 잘 몰랐다. 한마디로 퇴폐영업이었다.

그날 이후 어머니는 불면증과 우울증에 시달렸다.

자다가도 벌떡 일어나 분을 삭이지 못하고 치를 떨었다. 못 볼 것을 본 어머니는 그때의 생각을 하면 당장이라도 요절을 내고 싶은 심정이다. 미자는 키도 크고 얼굴도 예쁘며 말도 상냥스럽게 잘 하여 친딸처럼 잘 해주었는데 그것이 여우로 변할 줄은 몰랐다.

어머니는 신경쇠약까지 겹쳐 점점 야위어갔다. 보다 못한 외삼촌이 아버지와 이혼을 하고 외삼촌이 사는 동네로 이사를 오라고 했다. 어머니는 외삼촌이 시키는 대로 그렇게 하기로 했다.

이혼소송을 하는 동안 아버지는 한 번도 법원에 나오지를 않았고, 아무 말 못하고 외삼촌이 시키는 대로 일사천리로 이혼을 했다.

금호동에 살던 집을 모두정리하고 외삼촌이 사는 왕십리로 이사를 하였다. 우리 식구는 어머니와 나 그리고 하나뿐인 동생 명숙이가 있었다.

왕십리로 이사를 갔지만 어머니는 몸이 점점 쇠약해져 몸무게가 40kg을 넘지 못하였다. 먹지도 못하고 잠을 잘 못자는 불면증과 신경쇠약은 치료하기가 무척 힘든 병이라 했다.

외삼촌은 어머니를 위해 좋다는 약은 무엇이든 다 구해 왔으나 별 효과를 보지는 못하였다.

결국 어머니는 병원에 입원하여 치료를 받았으나 회복하지 못하고 통한의 한을 안고 세상을 떠났다.

하루아침에 우리 남매는 부모가 없는 고아가 되고 말았다. 나는 동생 명숙이를 안고 한없이 울었다. 못난 아버지를 원망하며 탓했다. 모두 그가 원인이었다. 우리는 어머니의 죽음을 아버지에게 알리지 않았다. 어머니가 아버지를 그렇게 미워했는데 좋아하지 않을 것 같아서 알리지 않기로 했다.

어머니의 유골 가루를 강가에 뿌리면서 다시는 아버지를 만나지 않기로 다짐을 했다.

조강지처를 버리면 천벌을 받는다고 했는데 왜 우리 아버지는 천벌을 받지 않을까, 하느님도 무심하지. 당장이라도 벌을 내려 어머니의 원한을 달랠 수만 있다면 그렇게 되길 바랐다.

취업을 한 후 나는 외삼촌의 중매로 결혼을 했다. 그러나 아버지에게는 연락하지 않았다. 연락을 한다고 해도 찾아올 사람이 아니었다.

아버지는 집안의 어떠한 행사에도 참석하지 않았고 어디에서 무엇을 하는지 알 수가 없었다.

80년대 전두환 정권은 사회악일소특별조치법을 발표하면서 깡패들을 모두 삼청교육대에 보내는 등 대대적인 사회정화바람의 칼날을 휘둘렀다.

아버지의 퇴폐이발소도 단속에 걸려 영업정지를 당하고 문을 닫았다고 외삼촌이 알려주었다.

그리고 십여 년이 지났다.

얼마 전에는 동생 명숙이도 결혼을 하여 우리 남매는 나름대로 생활의 안정을 찾고 있었다. 그런데 어느 날 뜬금없는 아버지 친구의 전화를 받은 것이다.

처음에는 너무 황당하여 어떻게 할 줄을 몰랐다. 그러나 자식이 부모가 위독하여 병원 응급실에 있다는데 다른 생각을 할 여유가 없었다. 급히 병원에 갔지만 병간호를 하고 있어야 할 그녀는 보이지 않았다.

나는 아버지의 친구에게 그녀에 대해서 물어 보았다. 그는 머뭇거리더니 결국 알려주었다.

아버지는 말숙이가 돌연변이 이야기를 할 적에 그녀가 놀라는 것을 보고 의심을 했는데, TV 연속극에서 유전자 검사로 친자가 아님이 드러나는 대목을 보고, 혹시나 말숙이도 자기 딸이 아닐 수도 있겠구나 싶어 말숙의 머리카락과 자신의 머리카락으로 유전자 검사를 해보았다는 것이다. 결국 말숙이는 친자가 아님이 드러났다. 집에 와서 이 사실을 그녀에게 이야기 하였더니 그녀는 화를 버럭 내며, '하루에도 몇 놈이 지나갔는데 어느 놈의 씨인지 내가 어떻게 알어. 그걸 그렇게 하라고 시킨 사람이 누구인데 지금 와서 그런 소리를 하는거야' 라고 소리를 질렀다는 것이다.

그 말을 듣고 아버지는 쓰려졌고 119사람들이 와서 아버지를 병원 응급실에 입원시켰으며 혼수상태라 바로 산소마스크를 착용하고 지금까지 치료를 하였으나 호전될 기미는 보이지 않고 담당의사는 고개를 흔들며 어렵다고 했다는 것이다. 그러자 그녀는 자기보다는 아들이 마지막 가는 길을 보아야 할 것 같다며 연락을 부탁 했다는 것이다.

그리고 그녀는 부모님이 살아 계시는 고향으로 갈 생각이라고 하며 누구의 자식인지도 모르는 혹을 하나달고 가면 누가 좋아 하겠느냐고 자기의 신세 한탄을 하며 서럽게 울더라고 했다.

나는 이 사실을 곧바로 외삼촌에게 알렸다. 외삼촌은 '에잇 나쁜 사람' 하면서 눈시울을 붉혔다.

간병인 아주머니가 연락을 해왔다. 아버지가 누구를 찾는 것 같다면서 어서 오라고 했다.

무슨 일일까 싶어 서둘러 병원에 갔다. 아버지는 나를 보더니 눈을 감은 채 아무 말도 하지 않았다.

역시 그녀를 찾는 것처럼 보였다. 하고 싶은 말은 많지만 참아야만 했다. 죽음의 문턱에서 사경을 헤매는 사람에게 무어라고 할 수는 없었다.

밖으로 나온 나는 술잔을 기울이며 바보 같은 아버지를 원망했다. 아버지 왜 그랬어요, 따지고 싶었지만 지금은 아니다. 언젠가 회복이 되고 좋아지면 내가 하고픈 말을 그때 하기로 했다.

아버지가 곡기를 끊었다.

일체의 물도 마시지 않고 링거 주사기를 뽑아버렸다.

간호사와 담당의사가 당황하여 이러면 얼마 살지 못한다고 설득을 하였으나 아버지는 아무 말도 하지 않고 주사기를 뽑아버렸다고, 간병인 아주머니가 알려주었다. 차라리 잘됐다. 나에게 언제 아버지가 있었단 말인가, 아버지가 있어도 아버지라고 인정하지 않던 내 심정을 그는 알고 있을까?

내가 병실에 들어가면 아버지는 나를 한 번 쳐다보고 눈을 감고 고개를 돌려버렸다.

그녀를 찾는 것이 분명하다. 그녀는 벌써 아버지 곁을 떠났다고 말하고 싶었지만 차마 그 말이 입 밖으로 나오지 않았다.

곡기를 끊은 아버지는 결국 일주일을 넘기지 못하고 숨을 거두었다.

병원에서 위급하다는 연락을 받고 새벽에 달려갔지만 이미 이 세상 사람이 아니었다.

아버지가 돌아가셨는데, 웬일인지 눈물이 나지 않는다.

먼저 떠난 어머니를 생각하면 증오와 원망이 있을 뿐이었다.

어머니는 아버지와 철전지 원수가 되어 한없이 원망하며 저주의 한을 품고 운명했다.

그 때를 생각하면 내가 여기 있어야 할 이유가 없었다.

그녀와 아버지의 관계를 목격하고부터 불면증과 우울증에 시달리고 신경쇠약까지 겹쳐 나날이 죽어가면서 '너희 아버지는 사람이 아니다. 짐승보다 못한 사람이다'라고 늘 되뇌었던 어머니를 생각하면 아버지는 저주를 받아 그 죄 값을 톡톡히 치르고 있는 셈이었다.

아버지가 사망했는데 자식의 눈에 눈물이 고이지 않은 것은 어찌 보면 당연한 것인지도 모른다.

부고를 접한 아버지의 친구가 문상을 왔다.

그리고 내 손을 잡으며 아버지에 대한 그간의 긴 이야기를 풀어 놓았다.

"자네 아버님은 성격이 과묵하고 말이 없으며 책임감이 투철하고 의리 있는 사람이었지. 나와는 같은 업종의 직업을 가진 사람이며 오랜 친구이기도 하고……, 한 번의 실수로 가족을 잃어버렸다는 자책감에 얼굴에는 항상 검은 그림자가 떠나지를 않았네. 무엇보다 자네 어머님이 돌아가셨다는 것을 알고는 통한의 눈물을 뚝뚝 흘리며 가슴을 치면서 '내가 죽일놈이야' 하고 자책하며 통곡하셨다네. 가족에게 돌아가고 싶어도 지은 죄가 있으니 어떻게 할 수가 없고 쓴 술잔을 비우는 모습은 보기가 안쓰럽기도 하였지. 자식이 있지만 다가갈 수 없었던 아버지의 고독한 심정을 자네는 잘 모를 거야. 세상일이란 하루 앞을 못 보는 게 인간사 아닌가, 그 때는 먹고 살기위해 어쩔 수없이 그렇게 하였지. 자네 아버님을 대신하여 내가 이렇게 사죄하네. 그러니 더 이상 아버지를 원망하지 않았으면 좋겠네."

그는 잠시 술잔을 들어 마신 후 이야기를 계속 이어갔다.

"전두환 정권의 무서운 칼날은 우리도 비켜가지 못하고 어디론가 끌려가 모진 고문을 받고 풀려났지. 운동권과 깡패들만 잡혀가 고문을 당한 게 아닐세. 재수 없게 우리도 당했지. 그리고 면허취소와 영업정지를 당하고 이발소는 하루아침에 폐쇄하고 말았다네. 그 후 남대문시장 노점에서 옷 장사를 했는데 그 때는 워낙 가짜상표가 판치던 시절이라……. 아무튼 같이 어울려 장사를 했는데 그만 일제단속에 걸려 엄청난 벌금을 내고 그만 두었지."

먹고 사는 일이 막막해진 아버지는 막노동으로 공사판에 뛰어들어 노동일을 하였지만 벌이는 시원찮고 결국은 어느 아파트에 경비를 하고 있다는 이야기를 들었다고 했다.

"중국에 공자는 불언자지덕(不言子之德) 즉 아비는 자식 자랑을 하는 게 아니고, 불담부지과(不談父之過) 자식은 아비의 허물을 말하는 게 아니라고 하지 않던가, 자네도 이제 부모의 반감은 접어야 하지 않겠나."

옆에서 술잔을 거들고 있던 작은 아버지가 장례절차를 이야기 하였다.

우선 화장을 하고 나무상자에 뼈 가루를 담아 선산에 묻자는 것이다. 그리고 조그만 비석을 세워 주자고 했다. 그러나 쉽게 대답이 나오지 않았다. 어머니의 뼈 가루는 강가에 뿌렸는데, 아버지는 선산에 무엇을 잘했다고, 이건 말이 안 된다고 하니, 작은 아버지는 우리 안동 권씨는 양반이 아닌가, 그러니 집안 어른들 뜻에 따라야 한다고 했다. 양반이면 양반의 행동을 해야지 아버지는 양반의 행동을 하지 않았다고 하니, 알고 있다. 하지만 이제 고인이 되었는데 어떻게 하겠나, 부모 자식 간에는 인륜이 있는데 그것을 끊을 수는 없지 않으냐. 그러니 너도 아버지의 원한은 접어두고 너의 아버지 같은 삶을 살지 말고 어떤 일이 있어도 불의와 화합하지 말고 정의롭게 살아야 한다. 그래야 양반의 소리를 들을 수 있다고 했다.

작은 아버지의 뜻에 따라 아버지를 선산에 모시고 돌아오는 내 발걸음은 천근만근 무거우며 어디로 가야 하는지 방향감각을 잃어버린 것 같았다.

모든 것이 끝난 후 허전한 마음이 뇌리에서 떠나지를 못하고 갈팡질팡했다.

내가 무엇을 잘못하고 있다는 것일까? 그렇다. 모두가 아버지 때문인데 그녀가 불쌍하다는 생각이 불현듯 들었다. 아버지도 모르는 자식을 데리고 어떻게 살고 있는지 궁금하여 만나보기로 했다.

그녀의 고향이 강원도 정선이라는 것은 들어서 알고 물어물어 갔으나 만나지는 못하고 영등포에 있다는 것을 알았다.

다음날 오후에 그녀를 찾아갔더니 놀란 토끼 눈을 홉뜨며 깜짝 놀라는 얼굴이었다. 어떻게 왔느냐 하는 눈치였다.

되도록이면 지난 이야기는 하지 않기로 하고 앞으로 무엇을 어떻게 할 것인가, 물어 보았다.

돌아오는 대답은 원망뿐이다. 말숙이가 돌연변이 이야기만 하지 않았다면 아무런 문제가 없었는데 하며 말숙이를 원망하는 것 같았다.

나는 일어서며 준비해간 5백만 원을 쥐어주며 누구도 원망하지 말고 행복하게 잘 살라고 했다.

처음에는 안 받으려고 하더니 결국 받으면서 고맙다며 눈물을 뿌렸다.

이제 자식의 도리를 조금은 하였구나 생각하니 마음이 후련했다.

얼마 후 그녀로부터 연락이 왔다.

지난번에는 정신이 없어서 인사도 제대로 못했다며, 같이 저녁이나 먹자고 했다. 할 이야기도 없는데 가야하나 망설이다가 퇴근시간에 잠시 들렀다.

그녀는 진수성찬을 차려놓고 기다리고 있었다. 우리는 지난 이야기를 하며 술잔을 기울였다.

술이 취한 그녀는 횡설수설하며 역마살 이야기를 했다.

이발소 문을 닫았을 때 떠나야 했는데 떠나지 못한 것은 어릴 적 그녀의 어머니가 점을 보았는데 점쟁이가 역마살이 끼었다고 하며 굿을 하라고 했었다는 것이다. 만약에 굿을 하지 않으면 큰 화를 입을 것이라며 굿을 해도 크게 해야 한다고 하였으나 그녀의 아버지가 강력하게 반대하는 바람에 굿을 하지 못했다며 그 때 굿을 해야만 했는데 하며 말끝을 흐렸다…….

그 후 그녀의 어머니는 너는 나이 많은 사람하고 살아야 화를 막을 수 있다고 입버릇처럼 이야기 했었다고 하며 그 말을 늘 새기고 있었다고 했다. 그렇지 않고서야 어찌 아버지 같은 사람하고 평생을 같이 할 생각을 했겠느냐며…….

취기가 오른 그녀는 내가 누구 때문에 이렇게 되었나, 누가 나를 책임을 질것인가, 요염한 자세로 나를 유혹하고 손을 내밀었다. 아버지가 쓰던 죽부인은 아들이 쓰지 않는다고 하는데, 아버지와 똑 같은 전철을 밟으라고 세상에 이런 나쁜 사람이 또 어디 있을까?

지금껏 아버지만 원망했는데 또 다른 이유가 여기 있다는 것을 이날 알았다.

역마살驛馬煞이란 본인의 의지와 상관없이 그 액운이 사람을 지치게 하고 파멸로 이끈다.

정말 역마살이 끼었다는 걸까? 그래서 아버지를 그렇게 만들었단 말인가?

옆에서 흐느적거리는 40대 중반 여인의 풍만한 젖가슴과 매혹적인 눈웃음은 뭇 사내들을 유혹하기에 충분했다.

아버지도 모자라서 그 자식까지 구렁텅이로 내몰려고 이러는 것인가, 너는 분명 이 세상에 태어나서는 안 될 요물임에 틀림없다. 천년 묵은 여우꼬리를 단 요물, 다른 사람도 아닌 나를 유혹하다니…… 생각하니 분통이 터졌다.

우리 가정을 파탄으로 만들고 우리 어머니와 아버지를 죽음으로 내몰고 그것도 모자라서 나까지 자신의 욕정을 채우기 위해 풍만한 젖가

습과 애절한 눈으로 천년 묵은 여우꼬리를 흔든단 말이지. 아무리 역마살이 끼었다고 하지만 인간의 본성을 잃은 너를 그냥 둘 수는 없다.

천추의 한을 안고 구천을 떠도는 어머니를 생각하면 어쩔 수 없이 너를 품어야 하는 내 운명인가 보다…… 정의란 도덕을 말한다고 하지 않던가.

이튿날 모녀의 살인사건이 전파로 세상에 알려지고, 가해자는 곧바로 경찰서에 자수하였다는 신문기사가 났다. *

# 임옥희

경북 구미 출생

2015년 가을호 문학나무 신인상 등단

2011년 『지금 행복해』(공저)

2012년 『사랑의 묘약』(공저)

2013년 『영혼을 주고 싶다』(공저)

한국소설가협회 회원

# 고뇌하는 빼꾸기

임옥희林鋈姬

바람은 달맞이 공원의 신갈나무를 휘어잡고 한바탕 요동을 쳤다. 그 기세로 산허리를 타고 휘파람 소리를 내며, 행복연립 주택 앞에서 잠시 숨 고르기를 하며 조용해진다.

"이렇게 바람이 부는데 도대체 어디로 갔을까?"

사흘 동안 헌옷 수집하는 주변과 쓰레기봉투 모으는 곳을 샅샅이 뒤졌다. 밤에는 손전등으로 하수구 쪽을 비춰보며 다니기도 하였다. 하루에도 몇 번씩 4층을 오르내린 탓으로 장딴지가 물 풍선처럼 탱탱하다. 햇살은 두껍게 퍼지고 바람이 언제 불었는지 감조차 느낄 수 없다. 재활용품을 수거하는 할머니가 몇 개의 폐품과 종이박스를 손수레에 싣고 지나가고 있다.

"할머니! 혹시 우리 복꿈이 보지 못했어요?"

"뽀꾸미가 뭐요?"

"우리 집 고슴도치예요."

"고슴도치인지는 몰라도 쓰레기 모으는 곳에서 부스럭거리는 소리가 났는데……."

또닥거리는 구두 소리만 남기고 할머니가 말한 곳으로 휑하니 갔다. 허사였지만. 행복연립과 호수연립 주택의 경계로 만든 낮은 담장 위에 고양이 세 마리가 앉아서 털을 핥으며 멋 내기에 한창이다. 김 여사를 본 길고양이들은 멋 내기를 멈추고 일어선다. 여차하면 도망갈 태세다.

"아니야, 밥 가지고 왔다. 매일 보다시피 하는데 볼 때마다 도망갈 궁리만 하냐? 야속한 것들. 복꿈이 못 찾았다고 너희들한테 소홀할 수는 없잖아."

대장으로 보이는 고양이는 쫑긋한 두 귀와 양쪽 눈이 흑기사 가면을 쓴 것 같다. 야성을 잃지 않고 주위를 삼엄하게 살피고 있다. 엄숙하면서도 진지하다. 눈은 깊이를 알 수 없어 상대를 혼란에 빠지게 한다. 몸집이 좀 작은 다른 한 마리는 한쪽 귀가 뜯겨 들쑥날쑥하였다. 중성화 수술을 받은 모양이다. 그렇다면 주인이 있었다는 얘긴데. 하기야 길고양이들은 모조리 가출한 녀석들이라던가. 흰털에 깊숙한 푸른 눈을 가진 고양이는 허공을 향해 헛발질을 하고 있다.

삼십 대에 세상을 향해 헛발질을 무던히도 한 시절이 있었다. 사회나 공동체에 대한 올바른 도리가 무엇인가 하는 것에 대해 골똘히 생각하던 때였다. 가슴이 시리고 아팠다. 진정 가슴시리고 아팠던 건 아무것도 모르던 십 대 때였지만. 그것은 생명에 대한 사랑의 아픔이었다. 쓰레기봉투를 모아 놓은 곳에 뜯겨진 봉투 속의 내용물이 주변에 어지럽게 흩어져있다. 고양이 짓이 분명하다. 고슴도치의 흔적은 어느 곳에서도 찾을 수 없다. 여느 때와 같이 고양이의 먹이를 숄더백에서 꺼낸다. 먹이를 가져온 줄 알고 보석 같은 눈으로 쳐다보고 있다. 길고양이는 도도하게 꼬리를 하늘로 치켜세우고 있다. 꼬리 끝은 곡선 모양으로 휘어진 것이 지팡이 손잡이처럼 힘이 있다. 도도함은 그 꼬리에 담겨 있다. 영물다움은 눈빛 속에 숨겨져 있다. 인간을 경계하는 눈빛은 한 번도 늦추어 본 적이 없다. 도도함 역시 내려놓은 적이 없다.

먹이를 먹을 때도 경계하는 눈빛은 여전히 남아 있다. 인간을 끝없이 경계하다가 잠시 다가오긴 하지만 절대 마음을 터놓는 법도 없다. 머리라도 쓰다듬어 주고 싶어 손을 뻗치면 먹던 것 다 버리고 벼락같이 도망을 가 버린다. '어찌 고마움도 모르고 늘 경계를 하나. 세상에 뭐가 그렇게 두려운가. 사람들이지. 너희 동물들을 보호하기 위해서 광화문 광장에서 일인 시위라도 하고 싶은 생각이 문득문득 들 때도 있지. 야옹아! 많이 먹어. 다음에 더 맛있는 것을 가져올게.' 고양이의 발에 눈길이 잠시 머물렀다. 두툼한 발 속에는 날카로운 발톱이 도사리고 있다. 숨겨 놓은 발톱을 아무 때나 드러내지 않는 앙큼스러움도 있다. 언제 무기로 변할지 모르지만 지금은 편안하고 안정감마저 들었다. 사료 몇 알을 먹고는 '야옹' 소리를 내뱉고 유유히 사라졌다. '야옹' 소리의 여운 속에는 서늘한 고독이 서려 있다.

고양이들은 발정이 나면 밤중에 시끄럽게 울고 돌아다닌다. 주민들의 밤잠을 깨우기 일쑤다. 행복연립과 호수연립 사람들은 길고양이 퇴치를 해야 한다고 합동 반상회를 열자고 했다. 김 여사를 겨냥한 말들이다. 밤에 돌아다니는 길고양이들을 잡으려면 적어도 야광이 나야 쉽게 잡을 수 있을 것이다. 요즘은 해파리의 야광을 이용하여 실험용 쥐에게 야광이 나는 실험에 성공하였다고 한다. 야광 고양이가 나올 날도 멀지는 않았을 것이다. 밤에 빛을 내는 야광 길고양이들이 득실득실 많아지면 인간의 정신은 좀 유연하고 맑아지지 않을까. 설마 야광 쥐 실험은 길고양이를 비롯하여 동물들을 인간의 편의에 따라 무차별 통제하고 살육하는 과학이라는 미명의 무기가 되는 것은 아니겠지. 인간과 더불어 사는 동물은 어떤 이유든지 행복하게 살아야 할 권리가 있지 않은가.

고슴도치가 없어진 후 김 여사의 얼굴은 밀가루를 덮어쓴 것처럼 핼

쑥해졌다. 행복연립 4층에서 마당까지 계단을 내려올 때, 구두 굽에서 또닥거리는 소리는 불안한 마음을 대변하고 있다. 복꿈이를 찾기 위해서 집 안 구석구석 꼬챙이로 찌르고 헤집고 다니다시피 하였다. '굶어 죽었을까?' 거실에는 복꿈이의 살림살이가 구석구석 널려있다. 낮잠을 자거나 은신처였던 양말 속도 몇 번이나 들여다 본다. 복꿈이는 극세사로 예쁘게 만든 동굴 모양의 집은 오히려 싫어하였다. 헌 양말을 둘둘 말아서 던져 놓으면 그 곳을 들락날락하며 즐겼다. 양말을 물어서 적당한 곳에 옮겨 놓고 그 속에서 낮잠도 잔다. '굶어 죽었을 거야' 하면서도 한편으로는 틀림없이 살아있다고 자기최면을 걸고 있다. 혹시나 하고 의심이 가는 곳이 한 군데 있긴 하다. 다용도실에 육중하게 자리를 차지하고 있는 세탁기 밑이다. 혼자서 움직일 수 있는 물건이 아니다. 고슴도치가 있을 만한 마지막 장소다. 그런데 생각해보니 복꿈이는 거실에서만 놀았지 다용도실에 들어간 적은 없었다. 그래도 전자제품 AS에 전화를 한다. 생각보다 기사는 일찍 방문하였다. 설명을 들은 기사는 난감한 듯 눈을 감고 잠시 생각을 한다. 수리를 하는 것이 아니라 단순히 세탁기를 들어 올려 달라는 부탁이었다. 밀어내는 것이 아니라 바짝 들어 올려 고슴도치가 죽지 않게 해 달라는 것이다.

"틀림없이 이 밑에 고슴도치가 있습니까?"

"개들은 아무리 몸집이 커도 머리만 들어가면 몸을 비틀며 요령껏 빠져나가거든요. 고슴도치가 들어갈 만한 공간은 아니지만 개처럼 머리가 들어간다면 있을 것 같아서요."

"크기가 얼마나 됩니까?"

"대여섯 살짜리 주먹만 할까……."

기사는 스마트폰을 가슴팍에 달린 호주머니에서 꺼내며

"한 사람 더 부르면 출장비를 더 주셔야 해요."

"얼만데요?"

"두 사람 합쳐서 삼 만원입니다."

더 대화를 나누고 싶지 않아 얼른 출장비 만 오천 원을 지급하고 돌려보냈다. 잠시 머뭇거리다가 생각난 듯이 휴대폰을 꺼내 잽싸게 119를 신경질적으로 눌러댔다. 상대는 침착하고 차분한 어조로 사건 경위를 물었다.

"생명이 위험합니다. 양재동에 있는 행복 연립 402호입니다."

"어떤 생명인데요?"

다급한 목소리였다.

"와 보시면 알아요, 말꼬리 물기로 시간을 보낼 때가 아니어요."

말하고 쌍방통행이 아닌 일방통행의 행동을 하였다. 여사의 얼굴은 더욱 창백하였다. 순식간에 얼굴이 잘생기고 키가 큰 쌍둥이 같은 대원 두 사람이 왔다. 사람의 목숨이 아니고 고슴도치의 생명을 구하기 위해서 온 그들은 성실함과 믿음직스러움이 온몸에서 풍겨 나왔다.

"고슴도치를 찾고 있어요. 집 안팎을 며칠간 찾아보았어요. 세탁기 밑이 의심스럽기는 해도 혼자서 어쩔 수가 없었어요."

세탁기 주변을 요리조리 주의 깊게 살핀다. 앞쪽으로 수평을 맞추기 위해 받침대로 괴어놓은 곳에 작은 공간이 있었다. 아무리 살펴봐도 고슴도치가 들어 가 있을 공간은 아니었다. 그렇지만 그곳 외에는 집 안에서 의심이 가는 곳은 없었다. 세탁기를 두 사람이 번쩍 들어 올렸다. 고슴도치가 그 속에서 반죽음에 이른 상태로 엎어져 겨우 배만 불룩거리고 있다. 죽음의 문턱에서 살아 돌아온 자식을 만난 듯 복꿈아! 하고 외친다. 와락 두 손으로 잡아 가슴에 품는다. 복꿈이를 잃어버린 후 가을의 그림자처럼 길고 큰 그림자가 며칠 동안 붙박이처럼 달라붙어 있었다. 이제 어둠의 영혼들이 빠져나갔다. 마음은 말끔히 닦은 유리알처럼 빛이 나기 시작하였다. 김 여사는 품위를 지키지 못하고 119 대원들에게 비굴하게 필요이상으로 굽실굽실 거렸다. 대원들은 얼른 그 자리를 떠났다. 고슴도치에게 충분한 물과 먹이를 주고 깨끗이 씻긴다. 편히 휴식을 취할 수 있도록 양말 한쪽에 넣어 약간 어두면서도 조용한 곳에 놓아둔다. 고슴도치는 굶주림과 긴장 때문이었는지 그야말로 쥐 죽은 듯이 조용하였다. 혹시 죽었나 싶어 손가락으로 그 부드럽고 아름다운 털을 꾹 눌러 본다. 방어태세를 취하며 금방 가시처럼 뾰족뾰족 일어났다. 죽지 않고 살아 있다는 것을 확인하였다.

김 여사의 사무실은 2차선 도로를 낀 낮은 언덕에 있다. 사무실에서 내려다보이는 곳에 개 한 마리가 동상처럼 서 있다. 그곳은 어쩌다 대형 짐차가 눈에 뜨일 뿐 대개 비어 있는 곳이다. 가끔 승용차도 정차되어 있긴 하다. 지하철 공사에 사용했던 쇳덩이와 컨테이너 박스 녹슨 고철들이 널려 있다. 개는 컨테이너 박스 쇠붙이 창살에 밧줄로 꽁꽁 묶여 있다. 사람들이 오가는 것을 보긴 해도 특별한 일 없이 그냥 빈 트럭만 정차시키고 바로 떠난다. 임시 건물인 큰 대문은 함석으로 만들어져 있다. 그 대문에는 쇠사슬로 된 줄이 금줄처럼 매여 있다. 그 줄에 자물쇠가 띄엄띄엄 세 개씩이나 달려 있다. 시각으로도 무게감이 느껴진다. '스크루지'의 환영이 되살아 난 것 같기도 하다. 꼭 한번 개를 만나보고 싶은 마음이 간절해진다.

어느 날 육중한 자물쇠를 달고 있는 함석 대문이 활짝 열려 있었다. 무슨 큰 사건이나 난 것처럼 김여사는 용감하게 그곳으로 쳐들어가듯 들어갔다. 늘 텅 비어 있던 곳에 두 사내가 있었다. 심각한 대화에 열중한 그들은 사람이 들어오는 줄도 모르고 대화를 계속하고 있다. 점잖게 밭은기침으로 인기척을 낸다. 그래도 그들은 알아차리지 못했다. 이번에는 안녕하세요. 하면서 사내들 쪽으로 들어갔다. 그때서야 두 사내는 은밀한 대화를 들킨 사람처럼 뜨악하게 쳐다보았다. 손가락으로 사무실을 가리키며

"저는 복지 보험회사에 다니는 김 여사라고 합니다. 위에서 보면 개가 늘 혼자 있는 것 같아 가까이서 한번 보고 싶어 왔어요. 개 이름이 뭐예요?"

숨 쉴 틈도 없이 말을 몰아갔다.

"학굽니다."

"이름이 상당히 학구적이네요."

그 특유의 웃음으로 호호거리며 입을 하얀 손으로 가리고 웃었다. 두 사내는 왠지 처음 보는 사람 같지 않았다. 어디서 많이 본 듯한 얼굴이다.

"종은 어떤 것이죠?"

"진돗갭니다."

"훌륭한 종자네요. 가끔 여기 들려서 개를 좀 보고 가도 될까요?"

"지방에 출장 가는 일이 많기 때문에 문을 열 때는 큰 트럭이 들어올 때고 시간 맞추기가 힘들 것 같네요. 죄송합니다."

하는 말에서 이미 귀찮은 존재로 취급당하고 있었다. 두 사내의 몸에서 무쇠같이 무겁고 차가운 인상이 풍겼다. 눈빛은 살기마저 돌았다. 그러거나 말거나 여사는 개에게 다가가서 일단 첫 인사를 건넸다.

"학구야 안녕, 우리 앞으로 친하게 지내자"

라고 하면서 개의 머리를 쓰다듬었다. 개는 꼬리를 흔들며 발에서부터 위로 훑으며 킁킁거렸다. 마치 여사를 기다리기나 했던 듯 반긴다. 멀리서 보던 개와 완전히 달랐다. 동상처럼 서 있던 개가 감정을 가진 인간같이 보였다. 틀림없이 개는 저를 제대로 상대해주는 대상을 알아보는 것이다. 보험설계사라는 명함을 눈매가 매서운 사내에게 건네고 상대편 명함을 달라고 한다. 명함 대신 휴대폰에 전화번호를 찍어 준다. 겉으로는 보험설계사로서 보험을 권유하러 온 것 같이 행동을 한다. 속마음은 개에게 더 관심이 많았다. 다른 쪽 사내는 두 사람이 명함과 전화번호를 주고받고 하는 것을 못마땅한 표정으로 노려보고 있다. 더는 그곳에 머물 이유가 없었다. 두 사내에게 인사를 하는 둥 마는 둥 하고 나왔다.

저녁 해는 서쪽 산의 능선 위로 파란 하늘에서 지지 않고 버티고 있다. 심호흡을 한번 크게 하였다. 처음으로 개가 갇혀 있는 함석 담장을 따라 걷고 있다. 2차선 도로에서 꺾어지면서 대로변 4차선 도로 쪽으로 간판이 붙어 있었다. 함석 담장에 어울리지 않게 간판은 묵직하게 자리를 차지하고 있다. 그곳이 무엇을 하는 곳인지 명백하게 보여주는 단어들이다. 고철 비철 붉은 글자로 철거전문이란 글자가 선명하였다. '고향 자원재활용센터'라는 간판을 훑어보는데 고철 집하장에서 만났던 까만 양복을 입고 있던 젊은 두 사내의 모습이 머리에서 떠나지 않았다. 용산 철거 현장에서 쇠파이프를 들고 휘두르던 젊은 사람 같았다. 신문에 찍힌 사진을 보듯 몸서리를 치면서 그곳을 완전히 빠져나왔다.

복꿈이는 금세 옛날의 모습으로 돌아왔다. 거실 전체가 놀이터다. 여전히 부지런하고 활달하였다.

"이제 세탁기 밑에는 들어가지 마라."

거실은 고슴도치의 물건으로 어지럽게 널려 있다. 평상시 고급스럽다고 아꼈던 손수건 두 장을 거실에 던져 놓았다. 손수건에 코를 박고 입을 씰룩거렸다. 손수건을 물고 이곳저곳으로 끌고 다닌다. 그 위에 올라도 보고 둘둘 말아 보기도 한다. 빨간 눈은 순하고 눈빛은 촉촉이 젖어 있다. 살짝살짝 곁눈질 하면서 놀이에 흠뻑 빠져 있다. 복꿈이를 손바닥 위에 올려놓고 가시로 무장을 하고 있는 등을 쓰다듬는다. 그 등은 가시가 아니라 융단처럼 부드럽다. '이렇게 부드러울 수가 있을까?' 속으로 반문을 하면서 계속 복꿈이의 행동을 살폈다. 사무실에서는 일차적 언어만 오고 갔지만 동물에게는 온갖 감정이 실린 말과 표정이 오고 간다. 언제부터인지 김여사는 인간 이외 생명체는 무조건 헌신적인 사랑으로 돌봐야 한다는 의무감 비슷한 것을 가지고 있다. 정확히 열다섯 살 여름이었던가. 골목길에서 습격을 당했고 소녀는 자신에게 무슨 일이 일어났는지 알지 못했다. 여사가 어렸을 당시 성교육 같은 것은 없었고 인터넷도 없었다. 아래가 아팠지만 알 수 없는 일이거니 여겼다. 한 달에 한 번 무서운 피가 보이는 데도 아프지 않듯이 이상하게 골목에서 끌려가 어른 남자에게 이상한 매를 맞으면 피도 안 나면서 아픈가보다 하였다. 신기하게 한 달에 한 번 보이던 것이 없어지고 몇 달인가 지나면서 배가 밋밋하게 부어올랐다. 그리고 어느 밤, 배가 몹시 아팠고 소녀가 알 수 없는 인형 같은, 그런데 인형처럼 예쁘지 않고 가슴을 아프게 하면서 많이 무서운, 아주 낯설고 괴이한 물체가 자신의 몸으로부터 나왔고 오로지 무섭기만 했던 소녀는 도망쳤다. 세월이 흐르면서 소녀는 자신이 무슨 일을 당했고 자신의 몸속에 무슨 일이 일어났으며 자기가 무슨 짓을 했는지 알게 되었지만 그 일이 꿈속에서 있었는지 정말로 생시에 겪은 일인지 가물가물하였다. 아무튼, 여사는 살아 꼬물거리는 고양이나 강아지나 비둘기나 하다못해 생쥐까지도 살아 숨 쉬는 것은 보기만 해도 좋았고 행복했고 때로는 사람보다 더 마음이 끌리곤 하였다. 인형을 생각나게 하면서 인형처럼 예쁘지 않고 낯설고 괴이한 물체와 생명 가진 모든 동물들은 닮아 있는 듯싶었다. 어떻든 복꿈이는 그녀의 반려이고 가족이고 사랑이었다. 복꿈아! 하고 부르면 긴장하며 잠시 가만있다가 입을 요리조리 실룩거리면서 냄새를 맡는 것은 학구와 비슷하다. 구십년 만에 찾아온 겨울의 혹한에 학구가 떨고 있다는 생각에 집에서 한가하게 고슴도치만 들여다볼 수 없어 길을 나섰다.

관악산자락이 끝나는 곳에 아파트, 편의점, 추어탕 가게, 중국집, 부동산 등 좀 번화한 거리에 어울리지 않게 고철 수집 장소가 자리를 차지하고 있다. 날씨가 몹시 매섭고 길거리에는 사람들이 뜸하였다. 동네 입구의 편의점 문을 열고 들어가니 사람들이 붐볐다. 우유를 구입했다. 전자레인지에 덥혀서 냉기를 없앴다. 석양은 서쪽 산골짜기로 밀려들고 있다. 함석 대문 입구에서 왼쪽 골목으로 들어가는 곳에는 엉성하게 철조망으로 경계 표시를 해 놓았다. 철조망을 따라 흰 비닐 호스 속에 꼬마전구를 넣어 유인 등을 만들어 추어탕가게 뒷문으로 들어가도록 되어 있다. 살아 있는 나무에 꼬마전구를 칭칭 동여매어서 나무가 냉해로 몸살을 앓는 것보다 훨씬 보기가 좋다. 고철 집하장 주변을 눈으로 한 번 휘 둘러본다. 담장 안에 인기척은 없고 학구가 동상처럼 혼자 서 있다. 철조망에 걸린 검은 비닐은 바람에게 새 생명을 부여 받고 온갖 몸짓으로 부르르 떨며 살아 있는 존재처럼 보였다. 철조망을 벌리고 안쪽으로 들어갔다. 밖에서 보는 것보다 훨씬 많은 쓰레기 더미였다. 봄에 무성하게 자랐던 서양등골나물이 마른 대궁이로 남아 추위와 대결하고 있다. 서양등골나물은 생태계 교란 식물로 독버섯처럼 퍼져나가 씩씩하게 잘 자랐다. 죽어서도 위세를 부리는 듯 마른 대궁이가 구두를 할퀴고 다리를 휘어잡기도 한다. 녹이 슨 안전모와 낮게 쌓은 철근 사이로 해서 조심조심 학구 앞으로 다가섰다.

"학구야! 잘 있었니? 추운데 어떻게 지냈니?"

고양이에게 말을 걸면 메아리 없이 허공을 치고 날아가지만 학구는 펄쩍펄쩍 뛰며 기어오른다. 그 선량한 눈빛이 인간의 마음을 사로잡고 있다. 정이 오고 가는 순간이다. 냉랭한 고양이와 먹을 것에 목숨을 거는 고슴도치와는 사뭇 다르다. 목줄의 한계를 느끼고 제자리에서 어지럽게 뱅글뱅글 돌고 있다. 녀석은 손을 핥고 아양까지 부린다. 반가운 사람을 맞이할 때 보여 주는 몸짓이다. 순진한 시골의 소년 같다. 잔인한 인간이 성대를 잘라낸 개인지. 아니면 태어날 때부터 장애를 가진 개인지. 학구는 짖지 못한다. 낯선 사람을 경계하는 몸짓이 아니다. 오히려 사람을 반기며 구원을 요청하는 몸짓을 하고 있다. 눈 모양은 삼각형이다. 눈동자는 우묵하게 들어 가 있다. 맑고 투명한 눈빛을 가졌다. 그 아래로 흐른 눈물 자국은 어쩌면 눈에 이상이 생긴 진물인지 모른다. 등 위에는 털과 진흙을 함께 짓이겨 발라 놓은 것처럼 딱딱한 것이 뭉쳐 있다. 마찬가지로 엉덩이 주변에도 있다. 좀 떨어져서 보면 악어 등처럼 규칙적으로 울퉁불퉁하다. 손으로 문질러 본다. 흙 부스러기인데 떨어지지 않는다. 시멘트 바닥처럼 딱딱하게 굳어 있다. 집이라고 만들어 놓은 것은 몸집에 비해 작다. 그 속에 커다란 양은그릇은 뒤집어져 있다. 학구는 얼기설기 쌓아둔 철골의 공간에서 잠을 잔다. 얼음집에서 아침을 맞이하는 격이다. 이불 생각이 났다. 인간이란 참으로 모질고 독하다. 아무리 짐승이라고 하지만 이렇게 학대를 할 수 있는가. 너를 위한 사랑의 전도사가 될 거야. 다짐을 하는 듯 학구의 머리에 손을 얹고 신들린 무당처럼 눈을 감고 주문을 외우듯 중얼거렸다.

편의점에서 사 온 먹거리가 들어 있는 비닐 쇼핑백을 멀찌감치 두었다. 우선 따뜻한 우유와 어묵을 먼저 꺼내서 일회용 용기에 우유를 붓고 어묵을 찢어서 넣는다. 컵라면은 적당히 부풀어서 먹기가 딱 좋았다. 학구는 우유와 어묵을 먹고, 김 여사는 컵라면을 먹는다. 굽이 높은 구두를 신고 쪼그리고 앉은 종아리 위에 포개진 허벅지는 쌓아 둔 철골만큼이나 탄탄하다. 철조망에 걸려 있던 검정비닐 봉투는 살아 있는 존재처럼 보였지만 살아 있는 학구는 살아 있는 생명체로 보이지 않았다. 먹이를 먹고 난 다음에는 의식의 절차처럼 먼저 쌓여 있는 배설물 무더기 위에 배설을 한다. 바로 이어 그 옆자리에 누런빛이 도는 오줌을 시원스레 내뿜었다. 학구는 분명 살아 있는 존재다. 손을 핥으며 '당신은 나의 주인입니다.' 라고 하늘을 보며 짖는 시늉을 한다. 연신 손을 핥으며 온몸으로 충실한 종이 될 것을 맹세하며 땅에 벌렁 드러눕는다. 개 특유의 끙끙대는 일조차 없다. 학구는 선천적 장애를 가진 개가 아닌 것 같다. 성대 수술을 한 개 같다. 정확히는 잘 모르겠다. 인간의 횡포가 어디까지인지 가늠조차 할 수 없었다. 김 여사와 학구는 언어 체계가 다르지만 일정한 말은 알아듣고 소통도 된다. 분위기 파악하는 눈치는 구단이다. 학구의 눈에서 흐른 진물은 어쩌면 인간에 대한 원망과 그리움에 대한 눈물 자국일 수도 있다.

지난여름에 있었던 일이 잠시 머리를 스치고 지나갔다. 사십 년 만에 찾아온 더위는 폭염의 연속이었다. 학구가 서 있는 자리는 그늘 하나 없는 곳이다. 함석 담장과 맞붙은 곳에 나무가 있었으나 짧은 목줄로 거기까지는 갈 수 없었다. 낮 동안 햇빛에 달구어진 쇳덩어리를 옆에 두고 온몸으로 버티어 냈다. 오로지 동상처럼 그 자리를 지키고 있어야만 했다. 계절은 제철을 알고 어김없이 찾아 왔다. 불볕더위를 식혀 줄 장맛비가 내렸다. 길고양이들은 주차된 자동차 밑에 앉아 장맛비를 피하고 있다. 도도함은 어디로 사라지고 초라함만 남아 있다. 지루하게 내리던 장맛비가 하루 동안 멈추었다. 양재천 물이 불어났다. 물가에 군락을 이루고 있던 고마리꽃이 다 떠내려갔는지도 모른다. 장맛비가 온 뒤끝인데 폭염의 위력이 여전히 남아 햇살은 따가웠다. 사람들은 한꺼번에 쏟아져 나와 걷거나 달리기를 하였다. 그 길 위에 흑갈색의 다양한 문양이 점점이 그려져 있었다. 지렁이가 말라 죽은 시체였다. 흙 속에서 살아야 할 것들이 외딴곳에서 죽었다. 지렁이 삶의 터전을 인간들이 빼앗은 것이다. 포장길 위에 꿈틀거리는 지렁이를 손으로 집어서 흙이 있는 곳으로 던졌다. 지렁이도 제 삶을 다하고 자연의 순리에 따라 살고 죽을 권리가 있다. 인간은 아무런 양심의 가책도 없이 생명체인 지렁이의 살 터전인 땅을 아스팔트로 포장해 버렸다. 땅에서 쫓겨난 지렁이는 몰살당했다. 이 죄를 어떻게 감당할 수 있을까. 종교는 필수 과목이야. 중얼거리다가 여사는 흠칫한다. 꿈이었나 생시였나 소녀적 일이 순간적으로 머리끝부터 발끝까지를 관통한다. 나에게 동물을 학대하는 인간의 죄를 탓할 자격이 있을까.

하늘은 금방 눈을 한바탕 쏟아 낼 것 같이 낮게 드리워 있다. 자신이 덮던 이불을 여사는 학구에게 들고 왔다. 며칠 후에 눈이 어느 해보다도 많이 내려 이불은 무용지물이 되었다. 다시 학구를 찾았을 때는 그렇게 아끼고 깨끗이 사용했던 이불이 철근 더미 위에 널려있다. 버리지 않고 말리기 위해 널어놓은 것이다. 한편으로 고맙기도 하였다. 이곳에서 일하는 인부가 인정 있음을 보여준 장면 같았다. 이불은 생소한 것을 처음 대하듯 무척 낯이 설었다. 순간 이불이 노숙자 신세가 되어 있는 듯했다. 물건도 서로 인연이 다 하면 끝이다. 더러워진 그것이 소름이 끼칠 만큼 싫다. 참으로 묘한 것은 인연이다. 학구와는 무슨 인연일까? 전생은 아니고 학구와의 인연이 보인다. 눈비를 온몸으로 막아낸 학구는 여름에는 진흙에 뒹굴고 칼바람이 불면 진흙은 얼었다 녹았다 하면서 진흙과 털이 엉겨 붙어 몸의 일부가 되었다. 굶주림과 추위, 고독, 성대도 자유도 잃은 목줄. 눈물로 시간을 보낸 것은 눈물 자국이 말을 해 주고 있다. 김 여사는 평생 살아 움직이는 것에 대한 사랑앓이를 해온 기억으로 가슴이 메인다. 집으로 돌아오는 길에 운전대를 잡은 손에 미세한 경련이 일고 있다. 훌쩍거리며 휴지를 찾는다. 어쩌다 아기는 학구가 되었을까. 왜 이제야 만나게 되었을까. 학구를 구해줄 사람은 나밖에 없다. 어금니를 꽉 깨문다. 개를 자유롭게 할 수 있는 방법은 돈을 주고 사는 것이다. 지난번에 받은 번호로 전화를 한다. 서로 확인을 하는 순간 사내는 먹이도 주지 말고 이불 같은 것은 처치 곤란하니 가져오지 말 것이며, 출입구가 아닌 철조망을 넘어오지 말라며 또 왔다 간 흔적이 있으면 고발하겠다고 으름장을 놓았다. 여사에게 꼭꼭 눌러 담아 두었던 감정 섞인 말을 한꺼번에 쏟아 놓는 셈이다.

대꾸를 하지 않자 침묵이 이어진다. 김 여사가 차분하게 입을 연다.

"학구를 내가 사고 싶은데 파실 생각이 있으신가 해서요."

"나는 개 주인이 아니고 사장이 따로 있어요."

"사장 전화번호를 알려 주세요."

"나도 회사를 그만둘 것 같아요"

그 사내는 무례하게 전화를 끊었다. 도저히 개 주인의 허락을 받아낼 수 있는 형편이 아니다. 구제할 하나의 방법이 물거품이 되었다. 데려온다고 해도 연립주택이라 공동으로 사용하는 마당에 두기는 곤란하다. 그러나 방법이 있을 것이다. 우선 병원에 데리고 가야 한다. 왜 안 짖는지 궁금하고, 눈물인지 진물인지 눈도 진찰을 받아 보아야 한다. 등위에 딱딱한 껍질 같은 것은 목욕을 시키면 없어질까. 혼자서는 개를 끌고 병원 가는 것도 어려울 것 같은데, 도와줄 보조자가 필요하다. 복지 보험회사의 가까운 직원에게 사정 이야기를 하고 도와 달라고 부탁했다.

"김 여사님, 주인 허락 없이 개를 데리고 가는 것은 개를 훔치는 것과 같아요."

"목욕시키고 예방주사 맞히고 음식 먹여서 제자리에 데려다주어도?"

"그래도 개 주인의 허락을 받고 해야죠. 아무리 좋은 일이라도 개가 순간 없어졌다고 가정해 보세요. 주인은 놀랄 거고 개를 찾으려고 난리겠죠. 전단지를 돌릴지도 모르고 아무튼 애를 태울 게 분명합니다."

여사는 혼자서 하기로 결심했다. 현실적 문제는 개를 묶어 놓은 밧줄을 어떻게 풀 것이며 철조망을 요령껏 넘을 수 있을까. 장비가 필요하다. 세상이 필요로 하는 모든 것이 다 구비되어 있다고 소문난 청계천 상가로 갔다. 상가는 즐비하게 늘어서 있었다. 그중에 큰 공구가게로 들어갔다. 네모난 나무 칸막이 속에는 다양한 공구가 질서정연하게 제자리를 차지하고 있다. 바닥은 오랜 세월의 흔적으로 다져진 검은

색의 흙이 반질반질 빛이 났다. 공구가게 주인은 상대를 탐색하는 눈빛이 보통이 아니다. 눈에서 꾀가 졸졸 흘렀다. 그는 김 여사를 예사로운 사람으로 보지 않았다. 하얀 손을 가진 여자가 혼자 공구를 사러 온 자체가 호기심을 부추긴다. 철조망과 탁구공 굵기의 밧줄을 자르려고 하는 데 좋은 기구가 있느냐고 물었다. 펜치와 고강도 가위를 내놓았다. 가격 흥정도 하지 않고 부르는 대로 값을 치렀다. 작업 할 때 장갑을 착용해야 한다며 서비스로 장갑을 주었다. 가게 주인은 문밖에까지 따라 나오면서 뒤통수에 대고 또 한 번 주의를 강조한다. 구입한 펜치와 가위 그리고 몇 가지 더 필요한 용품을 사서 자동차 트렁크에 실었다. 살짝 자신도 없었다. 그러나 학구를 생각하니 마음이 급하다. 학구를 빼내 오기 전에 동물병원부터 물색해 보는 것이 순서일 것 같다. 생각보다 동물병원은 치과보다는 적은 숫자이지만 한 구역 내에 여섯 곳이나 있었다. 그중에 삼거리에 있는 병원을 찾아갔다. 배가 약간 나오고 혈색이 좋은 수의사는 조용하고 부드럽게 보였다.

"상담을 좀 하고 싶어서 왔어요. 짖지 않는 개도 있습니까?"

"개가 짖으면 시끄럽다고 성대 수술을 받은 개들이 가끔 있습니다."

"눈 밑에 자국이 나 있는데 눈물 자국인지 진물 자국인지 알 수 있나요?"

"검사를 해 봐야 알 수 있겠습니다만 혹시 유기견인가요? 그렇다면 여러 가지 검사가 필요할 텐데……."

"주인이 있어요. 개를 방치해서 탈이지만. 근데 잔등이 악어 등껍질처럼 딱딱한데 털이 진흙하고 엉겨서 그렇게 될 수도 있나요? 아니면 다른 데는 다 털인데 잔등만 악어 같은 그런 개도 있어요?"

동물병원 의사는 개의 독특한 등에 관심을 보이면서 시간이 날 때 개를 데리고 오라고 하였다. 당연한 말이지만 개를 보지 않고 말로는 아무것도 알 수 없다는 것이다. 동물병원에서의 상담은 싱겁게 끝났지만 어떻게든 학구를 구해 내리라는 생각으로 마음은 부풀었다. 얼굴은 스쳐 가는 차가운 바람에도 상기되었다.

마트에 들려 빨간 발 새우를 중간 크기로 열 마리를 샀다. 모두 삶아서 잘게 다져 녹두알 만하게 만들었다. 동글동글한 세 개는 복꿈이에게 던져 주었다. 나머지는 냉동실에 보관하였다. 복꿈이는 이게 웬 떡이냐는 듯 다람쥐처럼 오물거리며 잘 먹고 있다. 복꿈이가 첫 번째는 새끼 두 마리, 두 번째는 한 마리를 낳았다. 첫 번째 새끼 두 마리는 암놈이었다. 초등학생이 있는 집으로 분양을 했다. 이름은 연지 곤지라고 지어서 보냈다. 일 년이 지난 다음 그 집에서 전화가 왔다. 새로 이사 가는 집은 좁아서 고슴도치를 키울 형편이 안 된다며 도로 돌려주겠다는 것이었다. 며칠 후 고슴도치를 받아 왔다. 분양할 때 고슴도치 가게에 가서 두 마리가 함께 살 수 있는 넉넉한 우리로 준비를 하였었다. 깔짚 용으로는 배설물을 잘 흡수할 수 있는 친환경 제품 우드펄프로 깔았다. 그 외에 필요한 자질구레한 것들과 사료까지 한 살림 차려서 보냈는데 그 한 살림을 고스란히 다시 돌려받은 것이다. 일 년 사이에 복꿈이의 새끼 두 마리는 어미보다 덩치가 훨씬 더 크게 자랐다. 얼마나 잘 먹였으면 이렇게 컸을까? 그런데 연지 곤지는 우리 밖으로 나오지를 않는다. 먹을 때 외에는 움직이지 않는 모양이다. 먹이를 먹으면 머리를 맞대고 잠만 자는 것이 하루의 일이다. 연지 곤지에게 자극을 주기 위해 복꿈이 집에 함께 살 수 있도록 우리에 넣었다. 제 새끼인 줄도 모르는지 외부의 침입자라고 머리를 물고 뜯고 흔들며 야단을 친다. 연지 곤지는 그냥 당하기만 하고 있다. 몸 자체가 비대하여 둔하기도 하다.

며칠이 지났다. 서열이 정해졌는지 물고 뜯고 하지 않는다. 복꿈이는 꼬리를 번쩍 치켜들고 자신의 성기를 내보였다 숨겼다 하고 있다. 자기 새끼인지도 모르는 눈치고. 암수 구분도 못하는지. 때와 장소도 가리지 않고 동물의 가장 기본적인 본능만 표현한다. 연지 곤지에게도 힐링이 필요할 듯해서 복꿈이를 가두어 놓고 연지 곤지를 거실에 풀어 놓았다. 하지만 새로운 환경에 적응을 못 하고 머리를 맞대고 가만히 있다. 언젠가 복꿈이처럼 활발해지기를 기대하며 매일 거실에 풀어 놓았다. 세탁기 밑의 공간은 작은 돌멩이로 막아 두어서 안심이다.

얼른 숄더백을 챙겨 행복연립주택과 호수연립주택 낮은 담 쪽으로 갔다. 며칠째 고양이들이 보이지 않았다. 반상회에서 정말 길고양이 퇴치를 했단 말인가. 쓰레기장에는 뜯어진 봉투도 없고 심심할 정도로 조용하다.

오늘 할 일을 가슴속에 착착 접어 넣고 신발장 문을 활짝 열었다. 십 년도 더 된 등산화를 꺼내서 신는다. 몇 번 끈을 단단히 졸라맨다. 신발장 맨 아래 서랍을 열었다. 청계천 상가에서 구입한 펜치와 가위 장갑 등 필요한 연장을 꺼내 조심스럽게 배낭 속에 넣고 출발하였다. 날씨가 매우 춥다. 어떤 아저씨가 뜨개질한 모자를 씌운 고양이를 안고 지나간다. 세상이 다 얼어붙고 있는데 학구는 온몸으로 이 혹독한 추위와 맞서고 있을 것이다. 어제저녁부터 내린 눈은 지금도 계속 내리고 있다. 폭설이 내린 거리는 세상을 잠재우듯 조용하였다. 여러 대의 자동차가 연쇄 추돌한 사건은 모형 자동차를 종류와 무관하게 요리조리 벌려 놓은 것 같이 보인다. 눈 내린 관악산은 동양화를 그려 놓은 듯하다.

추어탕 집으로 가는 유인등의 점멸전구가 반짝거릴 때쯤이다. 철조망을 조심스레 들어 올려 펜치로 싹둑 잘랐다. 고철 집하장으로 아기를, 학구를 찾아간다. 학구는 아기다. 어느새 여사의 가슴에서 학구는 아기가 되었다. 눈이 무릎까지 꽉 차오른다. 배낭 속에는 따뜻한 우유와 어묵도 함께 준비해 왔다. 예상했던 대로 학구를 데리고 가도 아무도 보는 사람이 없을 것 같아 마음이 놓인다. 나는 도둑이 아니야. 먹을 것을 배부르게 주고 목욕시킨 다음에 모든 것을 제자리로 되돌려 놓는 것이다. 학대받는 한 생명을 위한 거룩한 작업이야. 내가 도둑으로 몰려도 경찰서에서 당당하게 말할 수 있어. 경찰서 아저씨들도 다 알 거야. 학구가 내 아기라는 걸. 내 아기, 벌은 학대한 그들이 받아야지. 내 아기라고 알려주지 않은 사람들이 벌을 받아야 해. 어둔 골목에서 습격해 나도 모르게 내 몸 속에 아기를 만든 나쁜 어른이 벌을 받아야하는 거야. 나는 죄가 없어. 내가 동물을 사랑하고 마음이 순수하다는 것은 주변 사람들이 다 알고 있어. 복지 보험설계사 동료들은 나의 마음을 너무나 잘 알고 있지. 봉사를 해도 남들처럼 요란스럽게 하지 않아. 나는 동물보호 운동가야. 물론 회원증은 없다. 나름대로 대단한 자부심을 가지고 봉사활동을 한다. 그녀는 봉사를 위해 일하고 봉사를 위해 산다. 삶 전부가 봉사다. 가끔 비합리적이고 돌출행동을 하지만 타인에게 피해를 준적은 없다. 자기만의 세계에 갇혀 사는 통화권 이탈의 인물이기는 해도, 또 때때로 사람은 안중에 없고 동물만이 중요한 듯 행동할 때도 없지 않지만 그건 어쩔 수가 없다. 그녀에게 모든 숨 쉬는 존재, 사람 외의 생명체, 동물은 아기이므로.

"아기야! 내 아기 학구야! 엄마 왔다! 엄마가 왔어!"

학구가 보이지 않는다. 눈이 많이 와서 다른 곳으로 이동을 시켰나 하고 사방을 눈여겨보지만 어느 곳에도 학구는 없다. 사료 그릇도 물통도 눈이 덮어 버렸다. 작은 집 위에 쌓인 눈은 포근한 느낌마저 들었다. 학구의 목을 옭아매고 있던 쇠가죽목줄은 보이지 않는다. 밧줄을 물어뜯은 부스러기와 끊어진 줄만 널브러져 있다. 학구가 혼자서 치열하게 몸부림친 흔적이 추상화처럼 눈 위에 남아 있다. 학구의 흔적 위로 눈이 또 쌓이고 있다. '도대체 이 추운 날 어디로 갔을까.' 눈이 세상의 모든 것을 잠식해 버렸다. 학구가 없는 그 자리는 공동묘지처럼 괴

괴하였다. 지난번 사내에게 전화를 한다.

"개가 없어졌는데 어디 다른 곳으로 옮겼어요?"

"저는 거기 그만두어서 모릅니다. 이제 전화 하지 마세요. 사장이 싫어하니 먹이도 주지 마세요."

명령하듯 말하고 전화를 끊는다. 황당하여 전화기를 들여다본다.

학구의 흔적은 뱀이 기어가는 것처럼 끊어진 밧줄만이 눈 위에 도드라지게 남아 있다. 인간의 부당함에 저항해 탈출한 것일까? 맞아 아기니까 학구는 아기니까 고향에 갔나봐 뻐꾸기한테.

분명 어떤 경계를 넘어 선 초월적 행위로 '뻐꾸기 둥지 위로 날아간 새'가 되었다. 여사는 말갛게 웃었다. 달빛보다 창백한 웃음이 얼룩진 눈 세상 위로 부서지고 있었다. *

임종호

2014년 여름호 스토리문학 등단
단편 「녹두밭 웃머리에서 생긴 일」
ljh9765@daum.net

# 궁합

임종호

쾅당… 정신없이 페달을 밟던 나는 어느 순간 건널목 차막이 기둥을 세게 들이받고 자전거에서 떨어졌다. 순간적이었다. '뼈는 부러지지 않았어야 하는데' 라는 생각이 머리를 스쳤다. 자전거는 반대 차도에 자빠져 있었다. 몸을 움직일 수가 없었다. 가쁜 숨을 헐떡거렸다. 십여 분이나 지났을까, 어떤 부인이 손을 내밀었다. 일으켜 줄 테니 손을 잡으란다. 좀 더 그대로 있었으면 편하겠다는 생각이 들었으나, 부끄럽기도 하고, 그녀의 성의가 고마워 손을 잡았다. 완전히 일어나지도 못하고 상체만을 겨우 일으켜 앉았다. 잠시 숨을 고른 후 일어서 몸을 이리저리 흔들어 보니 그런대로 괜찮았다. 다행이었다. 하지만 오른쪽 손등이 좀 이상했다. 부어올랐다.

넘어진 자전거를 끌고 도서관에 도착, 자리를 잡고 앉았으나 책을 잡을 수가 없었다. 생각보다 충격이 큰 것 같다. 콕 집어 어디가 아프다고는 할 수 없었으나 몸이 찌뿌둥하고 기분이 좋지 않았다. 병원을 가봐야겠다는 생각이 들었다. 자세히 보니 오른손 등이 많이 부어 있었다.

전동국에게 전화가 왔다

“손등 골절이 심하다며”

“아냐 괜찮아”

“몇 개가 부러졌냐”?

“검지, 장지 2개”

“아무것도 아니네. 하하”

동국은 웃어 재꼈다.

“나는 아파 죽겠는데 웃어?”

“십리 걸어 다닌 놈과 이십오 리 뛰어 다닌 놈이 같으면 안 되지, 나도 지난번에 자전거 타고 가다 낭떠러지에서 떨어졌었거든? 그런데 말짱했어—”

“누구 약 올리냐?”

두 달 동안 깁스를 하고 다녔다. 오른손을 못 쓰면 불편할 것이라는 것은 누구나 아는 사실이다. 그러나 당해 보지 않고는 그 세세한 불편함을 알지 못한다. 수저질, 글씨 쓰기, 세수하기 등등 모든 것이 불편하였다. 일상생활에선 어색하게나마 오른손을 대신해서 왼손이 할 수 있는 일이 있다. 그러나 양손을 써야 하는 일은 아예 할 수 없었다. 아침마다 하던 기구 운동은 꿈도 못 꾸었다. 매일 계속하던 운동을 못하니 몸이 점점 무거워졌다. 약을 먹으니 와락 와락 아픈 것은 아니나, 운동을 하지 못함으로 기분이 무거운 것도 사실이었다. 무엇이 그리 급해서 정신없이 페달을 밟았는가? 다음 신호에 건너가도 아무도 뭐라 할 사람 없거니와 나의 일에도 전연 지장이 없었다. 그놈의 ‘빨리, 빨리’하는 성질머리 때문이었다.

걷기는 할 수 있었다. 습관대로 4시경에 일어나 운동장에 나갔다. 서너 사람이 나와서 운동을 하고 있었다. 멍하니 쳐다보고 있다가 운동장 둘레의 트랙으로 갔다. 그 곳에도 몇 사람 나와서 뛰기도 하고 걷기도 하였다. 나도 깁스한 손을 최대한 움직이지 않는 자세로 뛰기 시작했다. 한 3분 뛰었는가? 팔이 더 무거워지고 먹먹해진다. 집에 가서 눕고 싶었다.

병원 의사가 주의를 주었다.

"세 달 동안은 아무 운동도 하지마라."

"예"

대답하고 나왔으나 습관적으로 하던 운동이라 새벽 4시만 되면 눈이 떠지고 나가지 않으면 답답해서 견딜 수가 없었다.

"어이차… 어이차… 호종이 잘 뛴다! 호종이 파이팅!"

응원에 힘입어 죽기를 각오하고 뛰었다. 숨이 찬다고 하는 말은 안이한 표현이다. 가슴이 터지는 것 같았다. 금방 쓰러질 것 같은 기분이었다. 다리가 파근파근하고 뜀질이 느려졌다.

응원소리는 더욱 악착스럽게 변했다.

"어이차! 어이차! 힘내라! 힘내라!"

빨리 뛰어야 한다는 마음은 가득했으나 뜀질은 점점 느려졌다. 멀리 앞에서 한사람이 뛰었다. 지는구나 하는 생각이 들었다. 이겨야 하는데 하며 악을 썼으나 발길은 무거워지기만 했다. 가속은 불가능했다.

"십리 걸어 다닌 놈과 이십오 리 뛰어다닌 놈이 같을 수 있나?"

이놈의 소리를 또 듣겠구먼.

앞선 선수는 마지막 골인 선을 보고 속력을 올렸다. 결승선을 보니까 힘이 좀 났다. 죽어라고 뛰었다. 그러나 앞의 선수를 따라 잡기는 역부족이다. 결국 2등을 하고 말았다. 이것이 나의 마라톤 기록이었다.

나는 중학교에 십리 길을 걸어서 다녔고, 전동국은 이십오 리 길을 뛰어서 다녔다. 지금은 더 많이 뛰어다녔던 것이 자랑이지만 당시 중

1짜리 꼬맹이 시절에는 전혀 자랑이 아니었다. 동국이는 '우덩리'에 살았고 나는 '맹리'에 살았다. 맹리는 읍내에 가까워 장에 가기도 쉬웠고 버스타기도 쉬웠다. 그러나 우덩리는 그야말로 화전촌이었다. 동네 호수도 맹리는 60여호가 되는 동네였는데 비해 우덩리는 15가구 밖에 안 되는 작은 부락이었다.

우덩리 아이들이 읍내를 가려면 맹리를 거쳐서 가야만 했다. 시절이 그랬는지, 소악마들이라 그랬는지. 지나가는 우덩리 아이들은 맹리 아이들의 밥이었다. 얼마나 심하게 괴롭혔든지 우덩리 애들은 정식 길로 다니지 못하고 논두렁길로 돌아서 읍내를 오갔다. 어른들도 그 동네 어른들은 촌스럽고 꾀죄죄해 산중사람 테가 역력했고 맹리 어른들은 비교적 말끔한 편이었다. 우덩리 사람들은 촌놈이요, 맹리 사람들은 도시 사람인양 으스대는 촌구석이었다.

중학1학년이 된 나와 동국이는 국민학교가 서로 달라 모르는 사이였다.

중고등학교 시절, 특히 중학교 1학년 초반에는 각각의 힘에 따라 주먹의 서열이 정해지기 마련이었다. 거기에 싸움 좀 하는 형이 상급생이거나 같은 동네에 있으면 그 동네 아이들은 그 힘에 의해 한몫을 보게 된다. 3학년 '짱'이 맹리에 살았다. 그 누구도 맹리에 사는 1학년 학생들을 건드릴 수가 없었다. 내가 전동국이를 하찮게 본 것은 싸워 이겨서 세워진 서열이 아니었다. 큰 동네 울력과 3학년 짱의 힘에 의해 그냥 그렇게 된 것이었다. 같은 1학년이지만 전동국은 내 밑이었다. 오라면 와야 했고 가라면 가야만 했었다.

어느 날 등교 길. 뒤에서 뛰어 오던 동국이 옆을 지나 앞으로 계속 뛰어갔다. 건방지게.

"야! 전동국. 너 거기 서"

"학교 늦어"

동국은 그대로 뛰어가고 있었다.

'이자식이 사람 말을 무시해?'

쫓아가 그를 잡았다.

"서라면 서지, 무슨 말이 많아. 이 새끼야"

주먹이 올라갔다.

그전 같으면 맞고 가만히 서 있었을 텐데 그날은 이상하게 달려들었다. 나도 놈의 주먹에 얼굴을 한 대 맞았다.

"이 자식 봐라! 덤벼? 너 뒤져봐라."

책가방을 던지고 훅을 한방 날리고, 발로 차고, 머리로 받고, 정신없이 두들겨 팼다. 동국은 처음부터 기가 죽어있는 형편이라 힘을 제대로 쓰지도 못했다. 싸움이, 아니 일방적인 폭행이 끝나자 동국의 얼굴은 붉게 푸르게 부어올라 찌그러져 있었다. 누가 봐도 심하게 맞은 티가 역력했다.

조회가 끝나자마자 담임이 알았다. 나는 선생한데 불려가 엉덩이를 대나무 막대로 여러 대 맞았다. 하지만 맞으면서도 잘못 했다는 생각은 하지 않았다. 동국이 새끼가 일러서 내가 이렇게 맞는다고 생각했다.

"너 죽어봐라"

교무실을 나오며 엉덩이를 문지르며 중얼댔다.

그리고 종례를 마친 후 나를 피하는 동국을 행여 놓칠세라 바짝 따라붙어 귀에 대고 속삭였다.

"너 도망 가지마……"

동국은 겁에 질린 얼굴로 움츠러들었다.

학교로부터 약 1km 떨어진 성황당 나무 밑에 이르렀다.

"야, 이새끼야… 사나이가 비겁하게 그것 좀 맞았다고 선생한테 가서 일러 바쳐?"

"아니야……"

나는 동국의 입을 향해 세게 주먹을 날렸다. '아이고…' 하는 소리와 함께 앞니 하나가 부러지는 것이 보이고 입을 감싸쥔 채 피를 흘리는 동국의 모습이 망막에 맺혔다. '이런…' 생각보다 큰 일이 난 것 같다. 겁이 버럭 났다.

"야. 이가 부러졌냐? 미안하다—"

가슴이 벌렁벌렁하고 번뜩 감옥에 갈 수도 있다는 생각이 들었다. 나는 사과하다 말고 정신없이 뛰기 시작했다.

집에 와서 아무 말 없이 방에 들어가 이불을 둘러쓰고 누웠다. 마음이 안정되지 않는 것은 마찬가지였다. 퇴학은 물론이요. 형사 처벌을 받을 지도 모른다. 밥을 먹으라고 엄마가 부르는데 싫다며 악을 썼다. 또 부르기에 배 아프다고 또 악을 썼다. 엄마는 알지도 못하고 방으로 들어와 머리를 짚어보고 배를 만지려 했다.

"왜 이래—"

있는대로 짜증을 내며 손을 뿌리쳤다. 엄마는

"그래. 피곤하면 자거라"

하고 나가셨다.

싸운 것을 아버지가 알면 정말 죽을지도 모를 일이다. 그러나 피해 갈 데가 없었다. 저녁도 안 먹고 잠도 설치며 새벽이 되었다. 배가 고팠다. 부엌에 가서 밥이 있는가 솥을 열어보았다. 따로 떠 놓은 내 몫의 밥 외에도 대접에 밥이 한가득 남아 있었다. 김치 한 가지를 꺼내 놓고 허겁지겁 입에 욱여넣었다. 배를 채우고 자리에 누우니 오만 생각이 들었다. 이빨을 부러뜨린 것은 큰 죄가 된다는데, 걱정과 근심이 온몸을 휘감았다.

꼬박 날을 새고 평소보다 일찍 학교로 뛰어갔다. 전동국의 등교여부를 보기 위해서였다 잘못했다고 백배 사과하고 일이 커지지 않게 달래어 조용히 끝내야 한다는 생각이 간절했다. 조회 시간까지 교정을 유심히 살폈다. 동국의 모습은 보이지 않았다.

전동국이 없는 학교에 불안해서 있을 수가 없었다. 학교를 나와 책가방을 맨 채 외갓집으로 향했다. 걸으면서도 머릿속은 복잡했다. 내가 경우 없이 먼저 동국이를 때렸으니 선생님한테 몇 대 맞은 것으로 비겨버리고, 다시 손을 대지 않았어야만 했다. 이 자식을 초장에 꼼짝 못하게 잡아 놔야 한다고 생각한 것이 실수였다. 정말 후회막심이었다. 병원에 갔을까? 입을 한 대 밖에 안 때렸으니 다른 데는 괜찮겠지… 아니, 등교 할 때도 때렸잖아? 얼굴이 많이 상했고…, 정말 퇴학을 당할 지도 모른다. 그 애 아버지 어머니가 우리 집에 와서 야단치는 것이 눈에 선했다. 외갓집에 가서 어찌 왔느냐고 하면 무어라 답하지? 머리가 아파서 조퇴하고 왔다고 하면 되지… 외갓집이 집보다 가까우니까?

어느새 외갓집에 도착하였다. 외할머니가 반가와 하시며 덥석 끌어안았다.

"우리 호종이가 어쩐 일이냐, 어서 와라"

"할머니 머리가 좀 아파서요."

"왜 머리가 아퍼. 약을 먹어야지"

"괜찮아요. 좀 누워있으면 나을 거여요.

"읍내 약방까지 누가 가나?"

"아니라니까요. 읍내에서 약 사먹고 오는 중이어요. 나 좀 눕게 해주세요."

"말을 듣고 보니 얼굴이 말이 아니구나"

외할머니는 걱정하며 이불을 펴 주었다.

하지만 할머니는 아무래도 이상했는지 사랑방에서 전화를 걸었다.

'집에 전화를 하나? 이거 큰일 났네…'

그러나 하는 수가 없었다. 될 대로 되라는 심정이 되었다. 아버지의 무서운 얼굴이 떠오르고 어머니의 동동거리는 모습이 스쳐 지나갔다.

한참 후에 할머니가 부르셨다.

"호종아 어서 일어나거라. 괜찮다. 할머니하고 집에 가자"

나는 못 들은 척하고 이불 속에서 나오지 않았다. 한 시간이나 지났을까. 어머니 목소리가 들렸다.

"호종이 이놈 어디 있어요."

"너무 야단치지 말아라. 저도 많이 놀랬더라. 얼굴이 말이 아니야"

"어머니 그런 말 하지 마세요."

말이 끝나기 무섭게 어머니는 내가 누워있는 머리맡에 서서 이불 위를 막대기로 퍽퍽 두들겨 패기 시작했다. 이불속에서 '잘못 했어요'를 거듭했으나 소용이 없었다. 이불이 방패막이 되어 아프지는 않았다. 문을 막고 서있으니 도망 갈 수도 없고 도망쳐도 별 수 없었다. 할머니가 쫓아와 엄마 손에서 막대기를 뺏고 나서야 매질이 끝났다.

숨을 헐떡이며 엄마가 두서없이 할머니에게 고했다.

전동국의 아버지가 아들을 전주 치과로 데리고 가면서 아침 일찍 우리 집에 들렀었다는 것이었다. 정말 화가 난 동국의 아비는 밤새 잠을 한잠도 못 잤다고, 악을 쓰며 아버지 이름을 큰 소리로 연달아 부르고, '사람을 이렇게 때려도 되는가? 자네도 한번 맞아 보소' 온갖 성을 내더라는 것이었다. 뒤꼍에 있던 애아버지가 이게 무슨 일인가 하고 마당으로 나오니 불문곡직 애아범에게 주먹을 날리더라는 것이었다. 하지만, 힘은 호종이아비가 더 세어 덤벼드는 동국애비를 확 밀어버리니 저만치 나가 뚝 떨어지더라는 것이었다. 더욱 화가 난 동국애비가 다시 달려들어 주먹을 휘둘렀으나 역시 통쾌하게 때리지를 못하고 힘에 밀려 또 떨어져 나갔다는 것이었다. 그러자 동국애비가 정신이 나간 듯 울타리 밑의 돌맹이 하나를 집어 던진 것이 애아버지 면상에 적중하여 아버지는 쓰러졌고 어머니는 옆에서 울었단다.

불행 중 다행인 게 정통으로 눈에 맞았지만 눈알은 빠지지 않았다는 것이었다. 아침 나절 그 소란에 온 동네 사람들이 다 모여들었고, 자초지종이 전동국의 입을 통하여 낱낱이 밝혀졌다는 것이었다. 동국의 얼굴과 온몸에 든 검푸른 멍과 앞니가 부러진 것을 동네 사람들이 보더니, 이구동성으로 동국애비가 화 날만 했다고 수근대더라는 것이었다.

그러나 호종이 말도 들어봐야 얼마나 잘못을 했는지 알 수가 있을 것 같아 이놈을 찾았는데, 학교에도 없으니 아닌 밤중에 홍두께 맞은 격이 아니고 무엇이겠느냐는 것이었다. 할머니한테 대충의 이야기를 한 어머니는 깊은 한숨을 쉬었다. 그리고 한참이 지났다.

"이놈아. 집에 가자."

어머니는 무릎을 꿇고 있던 나를 일으켜 등을 떠밀기 시작했다. 할머니까지 동행이 되어 집으로 갔다. 집에 오면서 할머니와 어머니는 내게 이것저것을 물었고. 나는 사실대로 말할 수밖에 없었다.

잔뜩 졸아 집에 도착하니 아버지는 눈을 크게 싸매고 앉아 있었다. 아버지는 아무 말 없이 나를 바라보기만 했다.

엄마는 아버지 옆에 앉더니 아침에 전동국이가 한 말이 모두 맞다고 알려주었다.

불을 뿜으며 화를 낼 줄 알았던 아버지가 낮은 음성으로 말했다.

"괜찮아…… 이빨 치료비만 잘 해주면 되…"

아버지의 자신 있는 말에 나는 한숨을 쉬었다. 그리고 아버지가 갑자기 든든해졌다.

아버지의 눈이 많이 아플 것이라는 것과 전동국이와 그의 아빠도 힘들고 아팟을 것이라는 생각이 들었다. 마음이 짠했다.

학교를 갈 수가 없었다.

교내에 소문이 확 펴졌다는 것이었다. 선생들과 애들이 모두 호종이가 나쁜 놈이라고 했다는 것이다. 퇴학당할 것이라는 말도 돌았다고 했다. 산 넘어 산이라더니 정말 큰 산이 앞을 가리고 있음을 알았다. 삼 일째 되는 날 아버지가 양복을 갈아입더니 같이 학교에 가자고 했다. 머리를 땅에 박고 아버지를 따라 갔다. 학교에 도착한 아버지는 담임선생을 만나 허리를 깊이 구부리며 사죄를 구했다. 나에겐 나가 있으라고 했다.

애들이 나를 보고 피하는 것 같았다. 저만치 반장이 있었다. 반장과는 친한 편이었다. 반장은 날 보고 반가운 표정이었다.

"호종아 괜찮니?"

"그럼. 괜찮지. 어때…"

반장과 같이 있으니 반 아이들이 하나둘씩 모여 들었다. 모인 아이들과 함께 이러저런 얘기를 하는데 아버지가 교무실에서 나왔다.

"선생님한테 가 보거라"

무거운 발을 끌며 교무실로 향했다. 담임선생은 아무 말 없이 한숨만 쉬었다. 그리고 한참 후에 무거운 입을 열었다.

"네 잘못에 대한 처벌은 교무회의에서 결정이 되겠지만 중징계 처분이 될 것 같다. 싸움도 잘 않던 놈이 어쩌다 그런 대형 사고를 쳤냐?"

지금 생각하니 나는 우뇌형 인간이었고 동국은 좌뇌형 인간이었던 모양이다.

나는 그의 이빨을 부러트린 순간부터 겁이 났고 잘못했다는 것을 깨달았었다.

처벌은 '정학 3개월, 반성문 쓰기 15일'이었다. 무거운 처벌이라는 생각보다도 시원하게 맞을 매를 맞고 끝났다는 생각이 들었다. 한결 마음과 몸이 가벼워졌다.

반면 동국은 마음에 지워지지 않는 앙심을 품었다.

'호종이 자식 너 두고 보자. 반드시 복수하고 말겠다. 내 앞니가 부러졌겠다… 이건 회복할 수 없는 상처다. 금니를 한다 해도 평생 보기 싫은 얼굴이 될 거고, 사람들 앞에서 당당하게 웃지도 못 할 거다. 특히 여자들을 만날 때 입을 자유롭게 못 벌릴 것이니 장가가는 것에도 지장이 있을 거다. 내 가만 둘 줄 아느냐. 네놈이 지금은 학교가 가깝고 큰 동네에 산다는 그 울력으로 뻐기고 있지만 조금 지나 그 울력이 떨어지면 가만두지 않을 것이다.'

치과 의사선생은 동국에게 별것 아니라고 아주 간단히 말했다. 다행히 치아 뿌리가 건재하니 그 위에 본이와 같은 색의 사기 재료를 씌웠다가 이빨이 다 자라는 고등학교 졸업 후 다시 교체해서 싸면 본이와 같게 된다고 말했다. 혹여 이뿌리가 많이 나빠지면 발치를 하고 '임플란트'로 하면 된다고 하였다. 치아는 고 2때까지 자란다고 알려주기까지 하였다.

동국은 이놈의 의사가 제 이빨 아니라고 아주 쉽게 이야기 하는구나. 요즘 예쁜 B양이 눈에 밟혀 가슴이 설레이는 상황인데 얼굴의 간판격인 이빨이 부러졌으니 호감을 줄 수 있느냐고 항변하고 싶었다. 임플란트는 정말 입을 벌릴 정도로 비싼 가격이었다. 동국은 의사를 아니꼽게 쳐다보았으나 마음뿐이었다. 생각할수록 호종이 자식이 미웠다. 여러 가지로 의논 끝에 치아 색에 맞추어 사기로 덮어 싸기로 하였다. 결과는 다른 이빨 색과 거의 같아 얼른 보면 구분 못할 정도였다. 그제야 동국은 억울하고 분하던 앙심이 좀 풀렸다. 그러나 '내가 너를 가만 둘 줄 아느냐' 하는 결의는 사라지지 않았다.

정학을 마치고 학교에 간 나는 모든 것이 서먹하고 어색하였었다. 처음 입학했을 때는 동네 아이들과 떠들며 떼를 지어 다녔고 3학년 짱인 동네 형이 뒤에 버티고 있어 두려울 것이 없었는데, 이번은 달랐다. 정학동안 놀기만 했으니 공부도 학우들을 따라갈 수가 없었다. 전동국이를 만나 아주 힘들게 '동국아!' 하고 부르니 놈은 대답도 않고 고개를 돌렸다.

어쩌다 길에서 만나도 동국은 싸늘한 얼굴로 나를 외면했다.

외로워졌다. 외로움을 잊으려고 공부에 열중했다. 동국과는 그가 화해를 안 받아주면 포기하고 말지… 하는 심정이 되었다. 다른 애들과는 그럭저럭 지냈는데 동국과는 영 아니었다. 그와 나는 각기 다른 고등학교에 입학했다.

나는 아침 일찍 동네 운동장을 뛴다. 요즈음에는 걷기 운동 열풍이 불어 아침이면 남녀노소 할 것 없이 걷고 뛰는 사람들이 많다. 운동장을 한 바퀴 돌면 1.6km다. 걷고 뛸 때는 발 따로 머리 따로다. 어린 시절 있었던 일이 생생하게 떠오르며 그때 그렇게 고통스럽게 여겨졌던 일이 지금와선 그리워지기까지 하는 것은 무슨 이유에서 인지 모르겠다.

동국이와는 전생에 끊지 못할 인연이 있었던 모양이다. 전혀 의도하지 않았음에도 그와 같은 대학에 입학했다. 둘이 학과가 달랐었다는 것은 중학 동창생들의 전언에 의해서 알게 되었다. 나는 잘 됐다고 생각했다. 이번에 만나면 어떻게 해서든 화해를 하고 말겠다는 생각을 했다. 동향의 촌놈들끼리 서울이라는 낯설은 곳에 와서 어렸을 때 일로 고개를 돌리고 지낸다는 것은 있을 수가 없는 일이다. 그러나 바로 찾지는 않았다. 동국이도 내가 같은 학교에 들어왔다는 것을 알았을 것이라는 생각에서였다. 그렇다면 그도 나를 찾지 않을까. 하지만 그는 나를 찾지 않았다.

우뇌형인 나는 기다리다 못해 동국을 찾아나섰다. 이과동의 강의실을 기웃거렸다. 한 강의실 안에 저만치 전동국이 있었다. 마음이 울렁거렸다. 삼년만이다. 중학시절부터 치면 6년이다. 우뚝우뚝 생각나던 동국을 실제로 보니 가슴이 뛰었다. 미지근한 감정이 아니었다. 강의를 마치고 학생들 사이에 휩싸여 나오는 동국의 손을 덥석 잡았다. 동국은 놀란 듯 토끼 눈으로 나를 쳐다보았다.

"야! 동국아 오래 간만이다. 너 이과에 들어왔다는 것을 알았어"

"…… 나도 네말 들었지… 만나서, 반갑다."

"가자 학교 앞으로"

나는 동국의 손을 잡고 학교 앞의 막걸리집으로 들어갔다. 한 사발 두 사발 마시다 보니 마음문이 열리기 시작했다. 나는 우뇌형답게 이 말 저말 가리지 않고 거리낌 없이 쏟아냈다.

"너 어디서 하숙하니?"

"학교 옆, 하숙집에서… 너는?"

"이모 집에서. 돈 많이 들겠구나"

"그래 많이 들어. 돈 때문에 아버지가 밤잠을 못 주무시더라"

촌놈들의 본색이 드러났다.

"너나 나나 다 같이 촌놈…… 언제나 그 한스런 돈의 원수를 갚을까"?

술기운이 올라오기 시작했다. 백년지기나 만난 듯, 흉허물 없는 대화가 오고 갔다.

"이빨은 어떻게 되었니?"

"내년쯤 다시 할 거야"
"미안하다. 그것 때문에 내가 얼마나 번민했는지 넌 모르지?"
"왜 네놈도 후회하고 가슴 아파 한다는 말 반장한테 여러 번 들었지…"
"그럼 그때 만나 서로 감정 풀고 지냈으면 얼마나 좋았겠냐"
"십리 길 걸어 다닌 놈과 이십오 리 길 뛰어다닌 놈의 감정이 같을 수 있냐?"
"이십오 리 뛰어 다닌 놈 다리만 아팠지, 무슨 소용 있냐?"
"아녀, 임마. 인내와 끈기가 없으면 이십오 리 못 뛰어다녀… 그 끈기로 나는 지금 생활을 제법 건실하게 하고 있다는 평을 듣는다…"
그것은 사실이었다.
사건 이후 동국은 항상 무엇으로나 나를 이겨야만 한다고 생각했단다. 주먹은 물론이고, 공부도 운동도 이겨야 한다고 마음먹었단다. 아버지가 자기를 얼마나 힘들여서 학교를 보내는가? 원래 약하신 분이라 힘든 일을 하시면 저녁에 끙끙 앓아눕는 양반이. 자기가 이십오 리를 뛰어 다니는 것은 아무것도 아니라고 생각을 했단다. 나에 비해 훨씬 철이 들었던 것 같다. 이십오 리를 처음 뛸 때는 코피도 흘렸고 수업시간에 졸기도 많이 했었다고 한다. 그런데 약 6개월쯤 뛰어다니다 보니 뛰는 것이 보통이 되더라는 것이었다. 빨리 걷는 것보다 천천히 뛰는 것이 편하다고 느껴질 정도였단다. 이것은 사실이었다. 뛰어본 사람만이 안다. 나를 향한 동국의 경쟁의식은 고등학교에 진학해서도 계속 되었다고 했다.
동국은 '부차'가 절치부심한 심정을 잘 알 것 같았다고 했다. 그러나 시간이 지남에 따라 나에 대한 복수심은 수그러들고 싸워서 이기는 것보다 공부로 이겨야 한다는 선의의 경쟁자로 바뀌더라는 것이었다. 호종도 어렸고 자기도 또한 어렸을 때 일인데 주먹으로 이기는 것은 좋은 경쟁이 아니라고 깨우쳤단다. 나와 같은 학교가 아니니 성적대비를 직접할 수는 없었지만 항상 경쟁자로 생각했었단다.

대학을 졸업하고 동국은 공무원으로, 나는 대기업에 취직을 하였다. 열심히 공부를 한 결과였다. 화해를 하고난 후 동국과 정말 친하게 지냈다. 우리가 같은 중학교 출신이라는 것을 안 다른 학우들이 너희들 사귀냐고 농을 할 정도로 함께 하는 시간이 많았다.

서로 농담을 할 때 동국은 내게,

"십리 걸어 다닌 놈과 이십오 리 뛰어 다닌 놈이 같을 수가 있냐."

하며 항상 자기가 우위를 점하는 뉘앙스로 말을 하였다. 특히 약을 올릴 때는 아무 일에나 그 말을 쓰는 것이었다. 아르바이트를 하다 힘들어 그만 두는 내게 '십리 걸어 다닌 놈과 이십오 리 뛰어 다닌 놈이 같을 수 있느냐'고 비아냥거렸다.

'너는 아르바이트 해보지도 못했지 않느냐'고 항변하면, '내가 했다 하면 정말 이십오 리 뛰는 것 같이 잘 했을 것이라'고 으스댔다.

내가 조깅을 시작한 것은 건강을 위해서 한 것이기도 하지만, 직접적인 동기를 부여한 것은 동국이었다. 한번은 그가 말하기를 자기는 중학시절 이십오 리를 뛰어 다닌 훈련이 있어 지난 봄 '동유 마라톤' 대회에 나가 거뜬히 완주를 했고 메달을 받았다고 자랑을 했다.

생각해 보니 하루에 만보는 걸어야 한다는 말이 있는데 내 하루 걸음 수는 만보는 커녕 2천보도 채 안 되었다. 건강을 위해 운동을 해야 한다는 필요성을 절실히 느끼는 상태였다. 거기에 동국은 한 술 더 떠 조깅을 매일한다고 자랑했다.

"나도 한번 해볼까?"

"너는 못 한다. 십리 걸어 다닌 놈이 이십오 리 뛰어 다닌 놈과 같을 수 있겠냐”

언젠가 운동 해볼까에 대한 동국의 답변이었다.

그 이튼 날부터 난 아침에 30분씩 뛰기를 하였다. 그리고 학교에 가서 동국을 만나 조깅을 시작했다고 말했다.

“하루아침 뛰는 것 누가 못해 계속~해야지”

“나 계속할거야”

“십리 걸은 놈이 어떻게 해”

그리고 그는 만날 때마다 오늘 아침 뛰었니. 물어보았다. 사정이 있어 못 뛰고, 거짓으로 뛰었다 하면 귀신같이 알아보고 놀렸다.

“안 뛰었구만, 십리 걸어 다닌 놈과 이십오 리 뛰어 다닌 놈이 같을 수 있느냐”

어떻게 알았느냐고 물으면 아는 방법이 있다고 뻐겨대며 또 여느 그 말을 하였다.

동국의 말과 같이 하루 이틀 뛰기는 쉬운 일이나, 1년 365일 계속 뛰기란 정말 어려운 일이었다. 비 오면 비 온다고, 날씨가 너무 추우면 춥다고, 자기변명을 하며 뛰기를 미루다 보면 계속 운동장에 나가기가 싫어지는 것이었다. 다시 처음 시작할 때처럼 단단히 각오를 하고 운동장에 나가 10분 정도 뛰면 또한 어김없이 걷고 싶은 생각이 강열해졌다. 왜 그렇게 힘이 드느냐고 그에게 물어보니 너만 그런 것이 아니라 누구나 그러는 것이라고 했다. 그 순간을 넘기지 못하면 결국 못 뛰게 된다고 강조했다. 동국의 말대로 그 순간만 넘기면 뛰기가 좀 쉬어지는 편이었다.

또, 호흡이 잘 조정되지 않으면 길게 뛰지를 못한다고 알려주었다. 그게 잘 안되더라고 하면 여느 그 말을 또 해댄다. 그러다보니 조깅 1년 2년이 지났고 조깅은 거의 달리기로 변하여 갔다. 매일 아침 6km 정도 뛰는 일이 수월해졌다. 봄, 가을 마라톤 대회에 나가 완주는 물론,

10등 안에 드는 경우도 있었다. 나는 달리기 '마니아'가 되었다.

10년 전이다.

가을 추석 때쯤이면 중학 모교에서 운동회 초청장이 온다. 전교생, 졸업생, 지방유지, 학부형들이 관람객이며 선수도 된다. 학부형들은 자기 자식들 운동회니 참석을 하지만, 졸업생들은 모두 객지에 나가 있으니 참석자가 한정된다. 제법 명함을 내밀만한 사람들에게만 초청장이 오는 것이다. 나와 동국이도 초청 대상자로 참석하는 부류이다. 물론 후원봉투는 반듯이 지녀야 하는 행사였다.

동국한테 전화가 왔다. 중학 모교 추석운동회에 같이 가자고, 그리고 이번엔 마라톤 경주에 한번 나가보자는 것이었다. 난 대찬성을 하였다. 약10년 동안 조깅을 하여 장거리 뛰는 데는 상당한 자신이 있었다. 이십오 리 뛰어 다닌 놈을 이겨봐야겠다는 승부욕이 생겼다.

운동회는 계획대로 진행되었고, 둘은 약속한대로 각각 자기 동네 명예를 걸고 출전하였다. 나는 맹리 선수로 동국은 우덩리 선수로 명찰을 달았다. 코스는 몇 km 지점 팻말 돌아오기가 아니라 우덩리 정자나무 돌아오기였다. 약 18km 된다고 동국이 알려주었다. 나도 그 길을 안다 동국이 뛰어 다니던 통학 길이었다. 선수는 각 리里에 5명 이내로 한정했다. 11개리가 되니 선수가 모두 55명이어야 하나 뛸 만한 사람이 없는 동네는 적게 선발을 해도 무방했다. 촌에 젊은이들이 많을 리 없다. 출전한 선수들도 뛰어본 경험이 없는 청년들이 젊은 힘만 믿고 나온 것이 대부분이라고 하였다. 총 45명이 되었다.

출발 총성이 울렸다.

각 동네 응원단이 곳곳에서 냉수와 음식을 주며 잘 뛰라고 응원을 했다. 나와 동국은 중간쯤에서 달렸다. 평소 뛰던 것보다 조금 빨리 뛰었다. 약 2km쯤 달리다 보니 헉헉대는 사람들이 많아진다. 3-4km쯤 가서는 기분으로 출전한 젊은이들이 떨어져 나갔다. 나는 동국만 이기면 된다고 생각하였다. 8km쯤 달렸을까 지쳐 숨을 헉헉대는 선수들 앞에 동국이 달리고 있었다. 정자나무를 돌면서 앞섰던 선수들이 뒤로 처지고 앞에는 동국이 한 명 밖에 없었다. 결국 둘이 1, 2 등을 다투는구나 생각하고 뛰었다. 한참을 달리다 보니 동국이 코앞에서 뛰었다. 이제 때가 됐다. 지금 제쳐야 한다. 가속하였다. 앞으로 치고 나가는 나를 본 동국은 뒤처지며 나를 보고 '너무 한꺼번에 힘쓰지 마' 한다. 맞는 말이었다. 그러나 나는 너를 앞서야 직성이 풀린다. 속으로 중얼대며 계속 달렸다. 한참을 앞서나가는데 다리에 힘이 없어졌다. 승용차를 타고 응원 나온 맹리팀에게 찬 물을 뿌려 달라고 요청했다. 찬물이 철푸덕~ 옆구리에 부딪쳤다.

시원하다. 힘이 생겼다. 그러나 뒤에서 슬슬 뛰어오는 동국을 계속 앞서기는 역부족이었다. 앞서거니 뒤서거니를 두 번 하고는 어쩔 수 없이 동국의 뒤로 처져버렸다. 선두를 완전히 빼앗기는 나를 보고 맹리 응원단은 악을 썼다.

"임호종! 파이팅! 임호종! 파이팅! 힘내라! 힘내라! 임호종! 파이팅!"

소리를 고래고래 질렀다. 그러나 동국과의 차이는 점점 더 벌어졌다.

결국 "십리 걸어 다닌 놈이 이십오 리 뛰어 다닌 놈과 같으냐" 하는 소리를 또 들을 수밖에 없었다. 다른 때는 그 소리가 고깝지 않았는데 마라톤에서 지고 들으니 정말 약이 올랐다. 언젠가 기회가 다면 반드시 이기리라 다시 한 번 마음을 다졌다.

금년 들어서 아침운동을 결한 적이 몇 번 안 된다. 기구운동도 하고 달리기도 하였다. 건강을 체크하기 위해서 5월 중순 '운동처방 검사'를 보건소에 가서 했다. 결과가 아주 양호했다. 혈액 검사에서부터 14개

항목 모두 다 정상이었다.

동국에게 전화를 했다. 십리 걸어 다닌 놈이 '운동처방 검사'한 결과 모두 정상이라고 자랑하며 이십오 리 뛰어다닌 놈은 어떠냐고 물었다. 즉시 자기도 A플러스 정상이라고 크게 답했다. 하지만 나는 동국이 '운동처방 검사'를 안한 것을 안다. 그저 내 말에 지지 않으려고 한 대답이었다. 나는 '약 오르지? 약 오르지?'를 몇 번 반복하고 전화를 끊어버렸다.

그 전화 후 나는 자전거에서 떨어졌고 아내들 간의 전화질에 의해서 동국이 알게 되었으며 여느 그 소리를 듣게 되었던 것이었다. *

# 현 주

2016년 제46회 한국소설 신인상

단편 「디아스포라의 꿈」으로 등단

단편 「씽크홀의 황룡들」

국제펜한국본부, 한국문인협회, 한국소설가협회 회원

actor88@hanmail.net

# 디아스포라의 꿈

현 주

무릎에 힘을 실어 공갈빵처럼 부푼 가방을 지그시 눌렀다. 그리고 지퍼가 벌어지지 않도록 손가락의 힘을 빼고 한 칸씩 천천히 채워나갔다. 마지막이라고 생각할 때 자칫 방심할 수 있어서 집중이 더 필요했다. 이마에 솟은 땀이 맺혀 있다가 툭 떨어졌다. 옆에 버티고 서서 내려다보고 있는 가방주인의 운동화에 자국을 내고 조금씩 번져 나갔다. 속에 담고 있는 나의 마음을 땀방울이 알아챈 것 같았다. 호텔 방 배정 문제로 처음부터 나를 힘들게 했던 여행객이었다. 이번 패키지 여행객들은 조금 힘든 손님들이었다. 하긴 첫 단추가 어긋나면 쉽게 풀릴 일도 힘들게 마무리되곤 하는 경우가 많다. 농산물 매장은 일정상 들르는 곳이지만 굳이 물건을 사야하는 건 아니다. 그런데 아줌마 여행객들은 검은깨와 목이버섯은 중국산이 좋다며 꼭 사가야 한다고 경쟁하듯 집어 들었다. 농산물은 부피가 크니 주의하라고 해도 소용없었다. 결국 공항 바닥에서 가방을 풀고, 나는 규정 무게와 부피에 맞도록 짐을 분류해 주었다. 가이드 매뉴얼 어디를 찾아봐도 없지만 할 일이 아닌 것도 아니다. 마침내 컨베이어 벨트에 마지막 가방을 올렸다. 온 몸을 휘감았던 무게가 단번에 빠져나가 휘청할 뻔했다. 기회가 되면 또 보자는 빈 말을 하며 악수를 나눴다. 박 사장과도 악수를 했지만, 나는 그의 손을 놓지 못하고 오히려 잡은 손에 더 힘을 주었다. 박 사장이 손을 뺐다. 나는 믿음이 가는 한 마디를 듣고 싶었다. 생각해보면 서로 신뢰를 운운할 사이는 아니었지만. 의치라서 감각이 무딘 앞니에 혀가 닿았다.

"걱정하지 마시오. 내가 어떻게든 당신 쌍둥이 형을 찾을 테니. 기다려요."

"감사합니다. 감사합니다. 부탁드립니다. 꼭 좀 찾아주세요."

기다리라는 것이 믿으라는 건 아니어서 나는 입이 탔다. 그래도 어쩔 수 없었다. 박 사장에게 다시 한 번 내 전화번호를 확인시키고 나서, 여행객들을 출국장으로 들여보냈다. 그리고 한참을 서 있었다. 만일에 대비하는 나만의 의식이었지만, 그것과 별개의 문제로 오늘은 발걸음이 떨어지지 않았다. 다행이도 되돌아 나오는 여행객은 없었다. 문제가 발생하지 않았음이 확인되자, 습관처럼 손이 주머니 속으로 들어가 담배를 찾았다.

나흘 전, 상하이 푸동공항에 도착한 여행객들을 인솔하고 호텔에 도착했는데, 방 배정에 문제가 생겼다. 잔뜩 인상을 찌푸린 여성 한 명이 다리를 꼬고 앉아있고, 두 명은 서서 머리를 맞대고 수군거렸다. 또 한 무리의 아줌마들은 이 상황과 아무 상관이 없는 듯 즐겁게 수다를 떨었고, 나란히 앉아 말없이 핸드폰만 들여다보는 중년남자와 여자는 부부 같았다. 불륜이라면 훨씬 사이가 좋아 보였을 것이다. 그런데 중년남자는 왠지 낯이 익었다. 공항에서 처음 만났을 때도 그런 생각이 들었다. 혹시 여행객과 가이드로 만난 적이 있었나? 대수롭지 않게 생각했었다. 부부의 옆에는 할머니라 하기엔 젊고 아줌마로 불리기엔 좀 늙어 보이는 여성이 옆으로 돌아앉아서 입술을 삐죽거렸다.

"우리는 분명히 엑스트라 침대를 넣어서 3명이 한방을 쓰기로 이야기 했었고, 예약할 때 그렇게 해 주겠다고 했었어요. 모르는 사람과 어떻게 한방을 써요?"

호텔 직원은 2인1실로 예약이 되어 있다고 단칼에 잘랐다. 중국의 호텔에서 한국의 호텔과 같은 서비스는 기대했다면 큰 착각이다. 특히 한국관광객의 고객이 왕이라는 생각으로 하는 행동에 중국 호텔의 직원들은 눈도 깜짝하지 않았다. 한국의 호텔이었다면 어떻게든 잘 마무리 하려고 애를 썼을지도 모른다. 하지만 중국은 아직까지 견고한 사회주의 몸체이다. 서비스가 몸에 배지 않은 호텔 직원은 2인1실이 싫으면 추가 비용을 내고 1인실을 사용하라고 말했다. 돈의 많고 적음보다 추가 비용을 내는 자체에 여행객은 예민하게 반응한다. 호텔도 여행객도 갑이니, 대접받기를 원하는 고객을 상대할 사람은 을의 입장인 가이드였다. 누구의 잘못인지 따져본들 뭘 할 것인가. 시간을 끌면 끌수록 여행 기간 내내 나만 피곤할 것이 분명하다. 엑스트라 침대를 넣는 추가비용을 가이드인 내가 부담하기로 하고 마무리를 지었다. 여행객들을 룸으로 안내하고 돌아서니 짜증이 났다. 추가 부담한 비용은 선택 관광을 통해 채워 넣어야 한다. 여행객들의 주머니에서 돈이 나오도록 잘 유도해서.

'찜질방에서는 모르는 사람들끼리 섞여서 잘도 자는 사람들이…….' 나도 모르게 중얼거렸다.

찜질방은 발 디딜 틈 없이 북적댔다. 나는 잘 곳이 없어서 왔지만 왜 집을 놔두고 찜질방에 와 있는지 이해가 되지 않았다. 우연히 친구들과의 대화 중에 찜질방의 모습이 이해하기 힘들었다고 하자 한 친구는 "문화의 차이야."라고 말했다. 다른 친구는 "그럴 지도 모르지." 하고 너무나 쉽게 인정했다. 한창 찜질방 문화가 유행하던 시기였다는 건 나중에 알았다.

남녀노소가 아무렇지 않게 뒤섞여서 마치 제집 안방 같이 편한 자세로 누워 TV를 보거나, 자고 있는 찜질방의 풍경은 낯설다 못해 충격이었다. 소금 방이라고 쓰여 있는 방에 들어갔다. 소금은 없고 하얀 돌멩이들이 수북 쌓여있었다. 얼굴에 수건을 덮은 채 하얀 돌멩이를 다리에 수북이 쌓아놓고 누워있는 사람들의 옆에 최대한 자연스럽게 누웠다. 돌멩이를 두 손 가득 담아 옆 사람처럼 다리위에 올렸다. 왜 그러고 있는 지도 모른 채. 이십대의 튼튼한 무릎 관절에는 아무 필요가 없는 행동이었다. 도로 일어나서 주위를 한번 둘러보고 돌멩이 하나를 혀에 대 보았다. 내가 아는 소금만큼은 아니어도 짜긴 짰다. 소금 방 옆에는 더 작은 문이 달려 있었다. 몸을 최대한 숙이고 들어갔다가 숨이 막혀 화들짝 놀라 나오고 말았다. 불가마라고 쓰여 있는 걸 읽을 순 있었지만 의미까지 알지는 못했다. IMF로 권고휴직 당한 후 불법체류를 선택해서 서울에 온지 일주일밖에 안됐었다. 한국 사람과 같은 외모에 한국어로 대화하지만 내가 한국인일 수 없는, 한국인이 아닌 까닭이었다. 놀란 가슴을 쓸어내리고 들어간 방은 고기를 걸어 놓는 냉동고 같았다. 열기에 놀란 머리가 식으니 꼬챙이가 내 다리 한쪽을 돼지 뒷다리처럼 찍어서 달아 놓을 것 같은 착각이 들어서 머리카락이 쭈뼛 섰다. 찜질방에서 그나마 마음이 편한 곳은 벽에 진흙을 처덕처덕 발라 놓은 황토 방이었다. 흙냄새가 나서 좋았다. 두 손으로 벽을 문질러 보았다. 거친 질감이 고향의 느낌 같았다. 나만 그렇게 느끼는 게 아니었는지 황토 방에는 나와 비슷한 억양의 조선족들이 눈에 띄었다. 신념과 체제 때문에 떠돌아야 했던 과거와 달리 경제논리에 지배당한 자의적인 디아스포라들이었다.

칭따오에 있는 해양대학을 졸업할 때만 해도 내 미래는 핑크빛이었다. 졸업과 동시에 한국국적의 여객선에 3등 항해사로 취업했을 때 할아버지는 눈물을 흘리며 기뻐했다. 일찍 죽은 아들내외를 대신해 쌍둥이 손자를 키워낸 할아버지는 부모 없는 자식이라는 소리를 듣지 않게 하려고 애썼다. 하지만 기쁨이 오래가지는 못했다. 한국은 IMF 사태가 터졌고, 나는 1년 권고휴직을 당했다. 말이 권고휴직이지 강제휴직이었다. 그러나 학비와 생활비로 쓴 빚을 갚아야했기에 고향으로 돌아갈 수가 없었다. 선장이 가지고 있는 내 여권은 중국 항구에 도착해야만 내어 주게 되어 있었다. 밀입국이 두려웠지만 고민 끝에 나는 배에서 내리기로 결심을 굳혔다. 흔들리던 갑판에서의 여운 때문인지, 불안해서였는지 땅을 밟고 섰는데도 심한 멀미가 났다. 위액까지 게워내고 한국 땅에서 인연이 닿는 단 한사람, 친구의 아버지를 찾아갔다. 그는 두 가지 조언을 했다.

"고향을 물으면 강원도라 해라. 우리가 쓰는 사투리와 비슷하니까 말이다. 그리고 잠잘 곳이 없을 땐 찜질방을 찾아 가라."

할아버지가 아무 것도 모른 채 돌아가신 건 다행이었다.

비닐공장에 일자리가 났다는 귀띔에 망설이지 않았다. 선택의 여지가 없었기 때문이다. 하루 종일 화학약품 냄새 속에 있으니 머리가 아팠다. 가뜩이나 마른 몸은 비닐 뭉치의 무게를 이기지 못하고 다리가 휘청댔다. 젊었으니 용기만 있으면 된다고 생각했지만 그것만으로 되지 않는 일도 많았다. 결국 나는 피를 토하며 쓰러졌다. 하지만 의료보험이 없으니 병원에 가지 못하고 컨테이너 기숙사에서 누군가 사다 준 약으로 버텼다. 겨우 몸을 추스른 후 전자기기 부품케이스를 만드는 사출공장으로 옮겼다. 비닐공장보다는 나았다. 그러나 그것도 잠시뿐, 한국정부의 대대적인 불법 체류자 단속에 적발되었다. 밀입국을 결정할 때 긴 시간의 고민과 어려웠던 과정과는 달리 너무도 간단히 중국으로 추방되었고 나의 첫 번째 불법 체류자 신세는 끝이 났다. 자본주의가 몸에 밴 영리한 한국 사장은 월급을 떼어 먹진 않았다. 다만 잡다한 명목으로 공제하고 쥐꼬리만큼의 돈을 쥐어주었다. 감질나게 맛본 희망과 희망을 떼어난 고통이 쉽게 아물지 않았다. 딱히 누구에게랄 것도 없이 모두가, 모든 것이 야속했다.

할아버지는 늘 고향을 그리워했다. 3·1운동이 일어난 해에 가난한 집에서 태어나 보부상을 따라다니다가 독립 운동하는 사람의 심부름도 하게 되었다고 했었다. 그러다가 광복이 되었지만 빈손으로 고향으로 돌아갈 수 없어서 연변에 정착했다는 할아버지, 하지만 돈이 있는 사람들은 고향으로 돌아갔다고 했다. 가끔씩 낡은 상자를 열어 놓고 눈물짓던 할아버지는 죽기 전에 고향에 꼭 한번 가고 싶어 했었다. 나와 형이 한국에 가고 싶어 하는 이유와는 전혀 달랐지만.

한국에서 추방당한 후 연변에서 자리를 잡아보려 했었다. 하지만 어느 날부터인가 자고나면 동네 사람들이 사라졌다. 노인들에게 아이들을 맡기고 젊은 사람들은 수단과 방법을 가리지 않고 한국으로 떠나는 상황이 벌어지고 있었던 것이다. 연변에서보다 훨씬 많은 돈을 벌수 있다는 걸 알아버렸기 때문에 나도 어느새 다시 밀입국할 방법을 찾느라 혈안이 되어 있었다. 한국으로 다시 들어가서 돈을 벌고 다시 돌아와 자리 잡겠다는 생각이 머릿속을 꽉 채웠다. 브로커를 통해 생선배 밑창에 실려서 짐짝과 함께 한국으로 가는 정보를 알아냈다. 쌍둥이 형도 가겠다고 나섰다. 혼자가 아니라 더 용기가 나서 서둘렀고, 돈을 빌려서 배를 탔다. 지옥으로 가는 배가 있다면 그런 배가 아니었을까? 한번은 탔을망정 두 번은 타지 못할 배였다. 산소가 부족한 배 밑창에 쪼그리고 앉은 나와 형은 손을 꼭 잡고 바짝 붙어있었다. 엄마의 자궁 안에서 그랬던 것처럼. 어릴 적엔 쌍둥이로 불리는 게 놀리는 것 같아 싫을 때도 있었지만, 배 밑창에서는 함께여서 위로가 되었다. 달빛조차 들어오지 못하는 밀폐공간이라 몇 명이 그렇게 앉아 있는지 알 수 없었고, 아무도 알려고 하지 않았다. 부패해 가는 생선비린내와 배의 진동 때문에 멀미가 났다. 구토라도 한다면 아마 바다에 던져질지도 모른다는 두려움 때문에 입을 틀어막고 버텼다.

어둠이 푸르스름해지는 새벽 무렵 짐짝과 함께 어딘가에 내려졌다. 그나마 육지에 내려준 건 참으로 다행이었다. 무인도에 내려주기도 한다는 말을 들은 적이 있기 때문에. 생선들은 트럭에 실려 곧 어디론가 떠났다. 형과 나는 서둘러 사람들의 눈에 띄지 않는 곳으로 몸을 피했고 동행했던 사람들이 모두 사라질 때까지 그곳을 떠나지 못했다. 다시 연변으로 돌아가는 날까지 함께하고 싶었지만 불법 체류자 신분으로 둘이 붙어있는 건 위험했다.

"호수 맞아요? 바다 같네. 정말 아름다워요."

월나라 미인 서시에 비유될 만큼 아름다운 항저우의 서호는 송나라 시인 소동파의 마음뿐만 아니라 여행객들의 마음도 단번에 사로잡았다. 일행별로 흩어져서 구경을 하고 1시간 후 매표소 앞에 모이기로 했다. 단체 관광은 시간이 빠듯하고 서호는 워낙 넓어서 경험상 함께 움직이는 것보다 더 나은 방법이었다.

멀리 작은 배 한척이 물결위에서 춤을 추듯 일렁였다. 배를 보자 형 생각이 났고 이어서 눈물이 고였다. '물결에 닿아 반짝이는 햇살에 눈이 부셔서 그런 거야.' 누가 물어본 것처럼 변명이 떠오르고, 어떻게 지내는지 갑자기 궁금증이 밀려왔다. 움찔거리는 입술 같아 보이는 물결의 일렁임에 귀를 기울였다. 그러나 나른해진 눈이 생각을 밀어내고, 고개가 떨어지는 순간 깜짝 놀라 눈을 떴다. 얹힌 외로움의 무게만큼 내려앉은 어깨를 팔짱 낀 두 팔로 안은 채 터덜터덜 걸어오는 가장 연장자인 여성이 보였다. 왜 벌써 오시냐는 내 물음엔 답하지 않고 입을 삐죽였다. 특유의 버릇 같았다. 그다지 좋은 인상은 아니었다. 몇 명씩 어울려서 온 다른 여행객들은 혼자 여행 온 그녀에게 눈길은커녕 관심도 갖지 않았다. 그도 그럴 것이 공항에 늦게 도착해서 비행기를 타지 못할뻔하는 바람에 다른 여행객들이 고생을 한 모양이었다. 그런데도 사과 한마디 없이 자신을 챙겨줄 때만 기다린다고 여행객들끼리 불평하는 걸 들었었다.

약속한 시간이 되었는데 아줌마들의 일행과 박 사장 부부가 나타나지 않았다. 불길한 예감일수록 맞아떨어질 확률이 높은 건 무슨 까닭일까. 스마트 폰은 통화기능이 최우선이건만 여행지에서는 카메라로 착각하는 것 같다. 아무도 전화를 받지 않고, 아무에게서도 전화가 오지 않았다. 로밍 때문이기도 한 것 같다. 선착장, 쇼핑거리를 샅샅이 뒤지고 다녔다. 등줄기에서 땀이 흘렀다. 이런 순간들 때문에 가이드들은 담배를 끊지 못한다. 혹시나 하고 약속 장소로 돌아왔지만 역시였다. 불안해하는 다른 여행객들에게 걱정하지 말라고 하고 호기 있게 돌아섰지만 속은 그 반대였다. 그리 멀리 가지 않았을 것은 분명했다. 심호흡을 하고 다시 여행사 깃발을 높이 들었다. 시간이 얼마나 흘렀을까, 전화벨이 울렸다. 출발시간이 지났다는 관광버스 기사의 독촉전화였다. 머리에서 부터 흘러내린 땀 때문에 눈이 따가웠다. 다시 전화벨이 울렸다. 모르는 번호였지만 무조건 받았다. 공안이었다.

여전히 여유로운 아줌마들과 박 사장 부부가 낯선 땅에서의 보호자인 나를 보자 반색했다. 아줌마 여행객들이 중국 돈 대신 대만 돈으로 바꿔치기하는 환전사기를 당할 뻔했다는 내용이었다. 중국 백 위안과 대만 백 위안은 한국 돈으로 만원정도차이가 난다. 그래서 길거리장사꾼들이 물건을 파는 척 하며, 감언이설로 정신을 빼놓고는 대만 돈으로 바꿔치기하는 수법이었다. 자세히 보면 차이를 알 수 있지만 외국인은 속기 쉬웠다. 마침 그 광경을 목격한 박 사장이 참견했고 남의 일에 상관하지 말라는 장사꾼과 시비가 붙었다고 했다. 길거리에서 뼈가 굵은 장사꾼이 호락호락할 리 없었다. 박 사장을 자극해 몸싸움이 벌어지도록 유도했을 것이다. 그때 중국경찰이 나타나 모두 공안으로 인솔된 것이다. 길거리장사꾼은 박 사장이 자신을 협박하고 때렸다고 말하고 있었다. 나는 얼른 중국경찰의 주머니에 지폐를 찔러 넣었다. 공안에서 조서를 어떻게 쓰느냐에 따라서 사건이 커질 수도 유야무야될 수도 있다. 이런 일일수록 시간을 끌지 말고 빨리 해결하는 것이 중요하다. 박 사장은 잘못한 것도 없는데 공안에 간 것이라며 투덜댔다.

나도 그렇게 말했었다. 나는 잘못이 없다고, 지금 박 사장에게는 내가 있지만, 그때 나에게는 아무도 없었다. 박 사장은 한국 땅이 아님을 깨달았는지 더 이상 말하지 않고 께름칙한 표정으로 내 뒤를 따라 나섰다. 내가 아니었다면 박 사장은 공안에서 쉽게 나올 수 없었을지도, 한국으로 추방되었을 지도 아니면 돌아가는데 시간이 오래 걸렸을지도 모른다. 그런 생각을 하자 속이 뒤틀렸다. 서로 금세 알아보지 못한 게 당연했다. 박 사장은 흰머리가 많이 생기고 앞머리가 벗겨져 조금 늙어 보였지만, 경제적으로 안정된 중년 남자의 모습이었다. 살쾡이 같던 눈빛은 부드럽게 변했다. 호전적이었던 말투도 듣기 좋은 톤으로 바뀌었다. 대꼬챙이 같던 나도 살집이 붙은 30대 후반이 되었다. 벌써 13년이 지났다.

한국 경찰서 유치장에 갇혀 있었던 날, 내가 뒷돈으로 쉽게 여행객을 풀어내듯 그들이 나를 풀려나게 하리라 믿었었다. 왜냐하면 나는 잘못이 없고, 지배인과 박 사장의 싸웠기 때문이었다. 고백하건데 그때 나는 무지하고 한심한 연변 촌뜨기였다. 3일 만에 추방당해 중국 땅에 내던져졌다. 형에게 연락을 취할 여유도 없을 만큼 너무나 순식간에 벌어진 일이었다. 한국경찰의 신속한 정보 통신망에 깜짝 놀랐다. 요즘도 인터넷이 안 돼서 고장신고를 하면 언제 수리하러 올지 알 수 없는 연변의 생활습관으로는 상상할 수 없는 일이었다.

식당에서의 지배인은 좋은 사람이었다. 적어도 나에게는. 서울에 도착한 후 형과는 따로 행동했다. 같이 있다가 잡혀서 두 사람 모두 추방당하는 것을 면하려는 생각이었다. 위로의 힘을 잃으니 더 힘든 것 같았다. 처음부터 없었던 것과 잃은 것은 확실히 달랐다.

열은 고기 냄새가 코끝을 스치자 위장이 세차게 진저리를 쳤다. 몇 끼니를 걸렀는지 생각할 틈도 없이 본능적으로 몸이 끌려갔다. 유리문에 붙은 직원모집이라는 종이를 보았다. 그런데 손은 벌써 문을 열고 있었다. 사투리와 억양을 듣더니 고향이 어디냐고 물었다. 강원도라고 했다. 아래위로 훑어보더니 혀를 찼다. 너무 말라서 일이나 하겠냐고. 시켜만 주면 열심히 하겠다고 말했다. 다음날부터 출근하란 말에 기뻤지만 주민등록등본을 떼어 오라는 말에 절망했다. 찜질방 구석에서 무릎사이에 머리를 박고 밤새 고민하다 다시 찾아가 솔직히 고백했다. 사장은 고개를 갸웃거렸지만 지배인이 옆에서 나이도 어리고 불쌍하니 받아주자고 말했다. 가끔 불법 체류자 단속이 나오니까 주방에서 일하라고 배려까지 해 주었다. '죽으라는 법은 없다.'가 맞는 말 같았다. 그날의 사건만 아니었다면 아마 오래도록 그곳에 있었을지도 모른다.

식당 영업이 끝나고 지배인은 포장마차에서 한잔 하자고 큰소리로 말했다. 하지만 아무도 동조하지 않았다. 그가 도박 빚에 시달리고 있었고 혹시 돈을 꿔달라고 할까봐 피하는 거였다. 그러나 그의 핸드폰을 몇 번 빌려서 고향에 전화했던 나는 거절할 수 없었다. 도박판에서 일수 돈을 빌렸다는 걸 나도 알고 있었다. 매일 밤 똑같은 색 점퍼를 입고 식당 문을 등진 채 일수업자가 서 있었기 때문에. 얼핏 봐도 초라한 행색이었다. 그날도 밀린 일수 때문에 전화로 다툰 것 같았다. 빈 술병이 탁자에 늘어갈 때쯤 일수업자 박 사장이 포장마차로 들이닥쳤다. 돈만이 해결할 수 있는 뻔한 이야기들이 오고가다가 몸싸움이 일어났고 지배인이 맞았다. 지배인의 역성을 들다가 나와 박 사장의 몸싸움으로 번졌다. 내가 조금만 더 세상을 알았더라면 싸움에 개입하지 않았을 텐데. 두고두고 후회했었다.

순식간에 경찰이 왔고 세 사람은 파출소를 거쳐 경찰서로 넘어갔다. 지배인은 도박 사실이 드러나는 게 두려웠고, 일수업자 박 사장도 켕기는 게 많았을 것이다. 포장마차에서 일어난 우발적인 싸움이라고 진술했던 모양이다. 겉으로 보기에 다친 데는 없어 쉽게 합의가 이뤄졌다. 그들은 자신들이 풀려나는 것에만 급급했고 나까지 챙기지 못했다. 나는 박 사장을 많이 원망했었다. 결국 원하는 만큼 돈도 벌지 못한 채 두 번째 추방을 당했기 때문이었다. 그리고 싸움의 후유증으로 치아가 빠져버렸다. 텅 빈 앞니 자리는 너무 흉했고, 말이 새어나왔다. 사정이 나아져 의치를 해 넣기 전까진 복화술을 하듯 말해야 했고 크게 웃지도 못했었다.

중국 공안까지 갔던 사건 때문에 미안했는지 아줌마 여행객들이 저녁식사 후 간단한 술자리를 마련했다. 술이 한두 잔 들어가자 자신들의 해외여행담을 앞 다투어 쏟아놓았다. 그리고 해외여행에서 자신들이 장만하고 싶은 쇼핑 목록의 물품을 사는 것도 여행의 낙이라며 자랑을 늘어놓았다. 라텍스 매트리스를 싸게 사려면 전시장보다는 공장으로 가서 단체로 흥정을 하는 것이 좋다느니, A급 짝퉁을 사는 노하우라든지. 그녀들의 경험담은 끝이 날줄 몰랐다. 수다도 지칠 무렵 여자들이 한두 명씩 자리를 뜨고 박 사장만 남았다. 술김이 아니었다면 굳이 박 사장에게 과거의 일을 들추지는 않았을 것이다. 나는 지배인과 박 사장이 끝내 외면했기 때문에 추방당한 거라고 믿고 있었다. 그런데 박 사장을 공안에서 재빨리 꺼내준 건 나라고 생각하니 조금은 억울한 생각이 들었던 것 같다. 여행객 목록에 적힌 이름을 보았었는데 그때는 이름이 기억나지 않아서 박 사장이 내가 생각하는 그 사람인지 확신하지는 못했었다. 그런데 공안에게 받은 잡혀왔던 여행자들의 이름이 적힌 종이를 들고 나오다가 찢어버리면서 기억이 났다. 박 사장은 내가 생각하는 사채업가가 맞았다.

"혹시 내가 누군지 모르시겠어요?"

"지금 내가 취한 것 같아 보이오? 누구긴 누구야, 가이드양반이지."

"OO식당 지배인 기억나세요? 일수 안 찍는다고 매일 쫓아오곤 하던."

박 사장은 놀란 듯 눈을 깜박이지도 못하고 정지상태가 되었다. 눈물이 날만큼 빽빽해 진후에야 눈꺼풀을 움츠리더니 나를 빤히 보았다. 너 누구냐, 네가 누군데, 그걸 어떻게 아느냐는 눈빛이었다.

"정말 기억 안 나시는 모양이네, 일수 안 찍는다고 포장마차에 와서 지배인하고 싸울 때 함께 있다가 싸움에 휘말려서 경찰서에 같이 잡혀갔었는데."

이번에는 입이 벌어진 채 다물지 못했다. 그러더니 가까이 다가와 나를 위 아래로 훑어보았다. 당신이 정말 그 아이냐는 듯이. 나는 박 사장과 지배인이 경찰서에서 나가고 난 후 나에게 일어났던 일에 대해 이야기해 주었다. 당신들이 빼주지 않아서 추방당했다고 그리고 당신에게 맞은 후유증으로 빠져버린 이빨이라고 입을 벌려서 정상 치아와 색이 조금 다른 의치를 보여주었다.

"미안하오. 정말 미안하오. 몰랐소."

이빨을 해 넣을 돈을 벌기까지 입을 크게 벌리지도 못하고 살았었다는 푸념을 하며 이제라도 사과를 받으니 됐다고 말하며 술잔을 들어 박 사장의 술잔에 부딪치려는 순간, 핸드폰이 울렸다.

"형수 웬일이에요? 뭐라고요? 형이요? 그래서요. 울지 말고 천천히 말해 봐요. 왜 진작 연락을 안 하고 이제야 했어요? 알았으니까, 너무 걱정하지 마세요. 내가 어떻게든 방법을 찾아볼게요."

내가 싸움에 휘말려 두 번째 강제추방을 당해 연변으로 돌아오고 나서 몇 년 후 한국의 노무현대통령 정부에서 불법 체류자를 합법화하기 위한 대책이 마련되었다. 자진신고하고 출국했다가 1년 후 다시 입국하여 3년간 취업을 할 수 있다는 내용이었다. 그러나 연변으로 돌아가 1년을 지내게 되면 벌어놓은 돈의 대부분을 쓰게 될 것이 뻔했다. 그리고 다시 한국에 오기 위해 몇백만 원이나 되는 경비를 들여야 하고, 그러면 다시 빈손으로 시작해야하기 때문에 불법체류자의 입장에서는 무조건 좋게만 생각할 수는 없었다. 안정된 생활을 위해 합법적인 선택을 하는 사람들도 많았지만, 형은 연변으로 돌아오지 않고 불법체류자의 길을 선택했다.

"너 소문 들었니?"

"무슨 소문?"

"못 들었구나? 왜 있잖아? 아들이 서울 가서 돈 많이 벌어와 가지구

식당 차린 집 말이야. 알지?"

친구가 말하는 그 집이야기는 동네에서 모르는 사람이 없었다. 서울 갔다 돌아온 사람 중에 가장 성공한 사람이었다. 서울에 다녀왔다고 해서 모두 잘 살게 되는 것은 아니었기 때문이다. 때론 병만 얻어 온 사람들도 있었다.

"알지. 그 집이 왜?"

"이번에 한국국적을 취득했다더라. 그 집 할아버지가 일제시대 때 독립운동으로 공을 세웠다나? 공을 세웠는지, 꽁무니를 따라다녔는지는 몰라도 아무튼 그랬대. 독립운동에 관련 있는 것이 확인되면 한국에서 국적을 준다던데?"

친구에게 그 말을 듣는 순간 나는 할아버지의 낡은 상자가 떠올랐다. 이상하게도 나는 할아버지가 낡은 상자 속 물건을 들여다보며 눈물지었던 걸 기억했지만 물건을 직접 본 적은 없었다. 며칠을 뒤져서 누렇게 바래고 귀퉁이가 잘려나간 몇 장의 사진과 접힌 면이 찢어질 것 같이 너덜너덜한 몇 통의 편지 그리고 알 수 없는 명패가 들어 있는 상자를 찾아냈다. 증언해 줄 사람이 필요했지만 너무 오랜 시간이 흘렀기 때문에 찾기가 어려웠다. 가까운 곳에서부터 찾아나갔다. 몇 사람을 거쳐서야 할아버지처럼 10대 시절에 독립군의 심부름을 했었던 분이 있다는 걸 알게 되었고 용정으로 갔다. 그 노인은 여러 가지 자료를 보관하고 있었다. 숨어 다니며 편지를 전달했던 일과 일본군에게 잡혔다가 도망쳤던 일이 기억난다고 했다. 그리고 떠듬떠듬 전해 주었다. 그 시절 할아버지를 상상해 보기에 충분한 만큼 천천히. 그리고는 할아버지의 유품과 내가 찾은 자료가 형의 불안한 현재의 삶을 바꾸고 할아버지의 희망이 이루어지길 간절히 바란다고 적어서 형에게 보냈다.

대학에 입학하기위해 연변을 떠나기 전까지는 연변이 내가 아는 세상의 전부였다. 연변은 조선족자치주이고 조선어가 공용어였다. 하지만 큰 도시로 나오니 차별이 무엇인지, 차별받는다는 것이 어떤 것인지 조금씩 알게 되었다. 신장 쪽에서 온 위구르족을 베이징의 숙박시설에서 받지 않는 걸 목격한 순간부터였다. 신분증에는 드러나지는 않지만 그들만이 식별하는 방법이 있었다. 정부는 직접적으로 탄압하는 대신 뒤에서 압력만 행사하기 때문에 드러나지 않았다. 단순했던 나의 의식이 깨쳐지면서 여러 종류의 책을 읽었다. 어느 날 친구가 빌려준 책에서 재일교포 작가인 서경식의 칼럼을 우연히 읽으면서 한참동안 울었다. 모국에서 살지 못하고 떠도는 디아스포라들을 수레바퀴 자국에 고인 물속의 붕어에 비유한 글이었다. "말라 가는 수레바퀴 자국에 고인 물속의 붕어는 침으로 서로의 몸을 적신다."는 루쉰의 글을 인용한 칼럼을 읽으면서 정체불명의 감정이 갈라진 내 살을 파고드는 것 같았다.

형수에게는 형을 찾아볼 테니 걱정하지 말고 기다리라고 했지만, 내게 방법이 있는 건 아니었다. 술을 마시던 박 사장은 무슨 일이냐고 물었다. 문득 박 사장이라면 도와줄 수 있을 거라는 생각이 들었다. 그래도 선뜻 말을 꺼내지 못하고 망설이자 박 사장은 말해보라고 했다.

"쌍둥이 형이 있습니다. 지금 한국에 불법체류하면서 일을 하고 있는데, 간암이 걸렸답니다. 투병 중이면서도 일을 쉬지 않았는데, 갑자기 연락이 끊겨서 형수가 걱정이 돼서 연락이 왔어요."

"그래요? 쌍둥이였군요. 이형이 한국에 가려면 절차가 필요할 테니까, 내가 내일 한국에 돌아가면 찾아봐 주겠소."

부탁하지도 않았는데 박 사장이 먼저 도와주겠다고 말을 꺼냈다. 그가 신뢰할 수 있는 사람인가는 중요하지 않았다. 지푸라기라도 잡아야

하니까. 나는 벌떡 일어나 박 사장의 손을 잡았다.
"정말이십니까? 정말 그래줄 수 있습니까?"
"걱정마시오. 그렇지 않아도 예전 일로 이형한테 미안한 일도 있으니……."
그래 줄 수 있는가를 거듭해서 확인하자 박 사장은
"나도 그리 나쁜 놈은 아니오. 먹고 살려니까 어쩔 수 없이 일수놀이로 서민들 피 빨아먹는 일도 했지만 이젠 손 씻고 착하게 살고 있수다."
그러나 서울로 돌아간 박 사장에게서 연락이 오질 않았다. 혹시 바빠서 잊은 건 아닐까? 빈말이었나? 그럴지도 모르는 일이었다. 겉 다르고 속 다른 사람들이 얼마나 많은가? 어쩌면 경찰서에서 나를 외면했던 모습이 그의 진짜 모습일지도 모른다. 기다리며 욕하며 초조한 날을 보내다 지쳐서 다른 방법을 찾을 궁리를 할 때, 박 사장에게서 전화가 왔다. 다짜고짜 서울로 오라고 했다. 박 사장을 믿지 못한다 해도 나는 가야했다.

"환자는 간경화로 인한 간암 4기입니다. 4기는 간암의 말기 상태를 말합니다. 대학병원에서 이미 치료가 힘든 상태라는 판정을 받고 치료는 포기한 상태였습니다. 환자가 우리 병원에 온 이유는 통증 때문이었어요. 말기에 가까울수록 통증이 심해지거든요. 1달 전에 진통제를 처방받은 후 다시 병원에 온 기록이 없습니다."
박 사장이 수소문해서 찾아간 의사는 환자 정보보호 때문에 알려줄 수 없으니 가족을 데려오라고 했다는 것이다. 나에게도 한국에 있는 단 한명의 가족이고, 쌍둥이 동생인 것을 확인한 후에야 형의 상태에 대해 설명했다. 지금쯤이면 진통제도 남아 있지 않을 거라면서 환자를 빨리 찾아서 병원으로 데려오라고 말했다. 한여름의 해가 지면으로 사정없이 열기를 쏘아댔다. 겨드랑이부터 땀으로 젖어들었지만 더운 것도 느껴지지 않았다. 형이 살아있는지 아니면 이미 죽었는지 알아내야 한다는 생각으로 마음이 급했다.

5층 건물의 입구에 OO고시텔이라는 간판이 붙어 있었다. 좁은 계단을 올라가니 더 좁은 복도 양쪽으로 301, 302…… 방의 호수를 나타내는 것 같은 숫자가 문마다 붙어 있었다. 마치 감옥 같았다. 312호 문을 두드렸다. 한번, 두 번, 세 번. 아무 반응이 없었다. 시끄러웠는지 누군가 문을 열고 고개를 내밀더니 관리실로 가라고 손가락으로 가리켰다.

"누구? 이산씨? 짐 빼서 나갔는데."

관리인으로 보이는 남자는 나를 아래위로 훑어보며 누구냐고 물었다.

"동생입니다. 멀리서 형을 찾아왔는데, 혹시 어디로 간다는 말을 없었나요?"

"어쩐지…… 똑같이 생겼네. 글쎄…… 아, 전화번호를 주고 갔지? 우편물이 오면 연락해 달라고 부탁했었어."

서랍을 뒤져서 전화번호가 적힌 종이를 꺼내더니 알려줘도 될지 모르겠다고 망설였다. 형이 아프다는 말을 듣고 왔으니 전화번호를 달라고 하자, 형제가 맞는 것 같아 주는 거라고 했다. 그 번호는 형의 친구 전화번호였다. 형은 세상과 닿는 전화번호조차 갖고 있지 못했구나 생각하니 마음이 저렸다.

뼈만 남은 한 남자가 웅크리고 옆으로 누워있었다. 옆으로 드러난 얼굴은 황달로 노리끼리했고 입술은 흑색이었다. 얼마나 위태롭고 고단했었는지 읽을 수 있었다. 천천히 이불을 들췄다. 복수가 찬 배는 숨쉴 때마다 힘겹게 보였다. 나는 눈을 감았다. 형의 이 모습은 아주 오랫동안 잊지 못할 것 같았다. 피의 끌림은 말로 설명할지 못할 만큼 강했다. "형" 내가 부르자마자 초점을 잃은 형의 눈이 떠졌다. 눈의 흰자도 완전히 노랗게 변한 상태였다. 보이냐고, 알아볼 수 있느냐고 묻는 내 목소리는 울음이 섞여 제대로 나오지 않았다. 그런데도 형은 더듬어 내 손을 잡았다. 살은 전혀 남아 있지 않은 가죽에 뼈의 크기까지 드러나는 손가락으로. 환자의 힘이라고 믿을 수 없을 만큼 강하게. 형은 내 손을 잡고 비로소 눈을 감았다. 마치 그 순간을 기다린 것처럼.

다음 날, 같은 조선족이라는 형의 친구 김씨가 고시텔에 들러서 가져 왔다며 봉투 하나를 내밀었다. 형이 고시텔 관리인에게 부탁했었던 우편물이었다. 봉투의 겉면에 태극기 사진과 광복 70주년, 대한민국 만세라고 인쇄되어 있었다.

"귀하가 신청한 이종섭님의 국적회복이 되었습니다. 축하합니다. 이종섭님의 직계가족은 국적 취득의 자격이 있습니다. 원하는 직계가족은 국적 취득에 필요한 절차를 밟으시기 바랍니다."

마침내 형은 불법체류자의 딱지를 뗄 수 있고, 할아버지는 고향으로 갈 수 있다는 뜻이었다. *

* 〈디아스포라 기행〉의 서문 中, 서경식

남소회 소설가 12인의 소설 모음집
글길을 따라 걷다

**초판 인쇄** 2017년 2월 01일
**초판 발행** 2017년 2월 10일

**지은이** 박　황 외
**펴낸이** 노 용 제
**펴낸곳** 정은출판

**주　소** (04558) 서울시 중구 창경궁로 1길 29
**전　화** 02-2272-8807
**팩　스** 02-2277-1350
**출판등록** 제2-4053호(2004. 10. 27)
**이메일** rossjw@hanmail.net

ISBN 978-89-5824-320-5 (03810)

* 값은 뒤표지에 표기되어 있습니다.
* 잘못된 책은 바꾸어 드립니다.
* 양측의 서면 동의 없는 무단 전재 및 복제를 금합니다.